窈窕文丛

骨节

孙频 著

译林出版社

窈窕文丛：爱情一息尚存

贾梦玮

“窈窕文丛”，顾名思义，作者都是女性，是女作家，而且这次基本都是八〇后九〇后的青年女作家。关于女作家，关于女性书写，有“女权主义”的说辞，也有女性文学为文学提供了细腻与抒情风格的说法。这两点都有它的理由，但也都可以不管。或者说，“窈窕文丛”的年轻女作家们所提供的，远远不止这些。

我相信，女性所体验的世界一定不同于男性所体验的世界，这是由男女不同的身心所决定的。因此，女性作者一定会为文学共同体提供新的东西。“窈窕文丛”不仅是女性文学，而且要为文学提供新质。就拿经典的女性文学形象来说，目前我所知道的大多为男性作家所创造；但我更愿意信任女作家们所塑造的女性形象。因为，那不是“他者”，而是她们“自己”。“窈窕文丛”为文学世界提供的女性文学形象，如纪米萍、夏肖丹、丁霞、刘晋芳、商小燕、娜娜、云惠、阮依琴、唐小糖、芸溪、静川、梅林、汪薇……还有好多个“我”与“她”，那些鲜活的女性形象，只有她们才能创造，“她们”身心的千疮百孔，只有她们才能感同身受。阅读“窈窕文丛”，我一次又一次被震撼，我对于“她”的阅读体验，不是同情、怜惜、悲悯等等词汇所能概括的。常常，我觉得我就是“她”，就是“她们”，我居然也可以感同身受。这是文学的魅力，也是文学的命运。

让我这个男性读者觉得遗憾和汗颜的是，“窈窕文丛”中所塑造的男性形象，或萎缩，或无能，或逃避，或不忠，或模糊不清、不负责任，或外强中干、金玉其外败絮其中，伊甸园至少有一半有坍塌的危险。女人都那样了，男人就没有责任？还有幸福可言？男人都这样了，女人的幸福又从哪儿来？男人的命运和女人的命运如此紧密地联系在一起。异性环境颓败了，无论男女，他们和她们情将何堪？免不了的，每个人的心上都会有一道或一道道伤口。我们都是伤心之人。文学，某种程度上就是疗伤的艺术。

但是，“窈窕文丛”中所有的故事也都在告诉我：爱情至少一息尚存。“窈窕文丛”的每部作品中，有一万条否定爱情的理由，可是爱情还是在那儿，无法否认。倘若本体意义上的爱情已经死亡，“窈窕文丛”中的那些女性，也就不可能有那样的深创与剧痛。爱情似乎是痛苦之源，但也只有爱才能创造奇迹。

广义上的“爱”和“情”是世界的本源。“窈窕文丛”中的作品，也有不以两性关系为描写中心的，而是更多关注底层人物粗砺、绝望的人生，像冰冷的石头和灰扑扑的尘土一样的命运。

“任何人在写作时想到自己的性别都是不幸的。”弗吉尼亚·伍尔夫的话颇堪玩味。她还说：“心灵要有男女的通力协作才能完成艺术的创造，必须使一些相互对立的因素结成美满的婚姻，整个心房必须大敞四开，才能感觉到作家是在美满地交流他的经验。”弗吉尼亚·伍尔夫被“女权主义”时而认作同道时而认作敌人。我只知道，男人和女人有着更宽广意义上的共同命运。

美貌曰“窈”，美心曰“窕”；美状曰“窈”，善心曰“窕”。“窈窕”形容的是女子仪表心灵兼美的样子，丛书以此命名，编者和出版人的美好愿望可以想见。“窈窕淑女，君子好逑”。说好的“君子”呢？“窈窕文丛”既是给女人的，也是给那些男人的。

给“爱”机会，让“爱”创造。

目录

1 不速之客

49 骨节

107 恍如来世

165 九渡

211 铅笔债

263 柳僧

309 杀生三种

不速之客

一

大约晚上十一点钟的时候，又是三声敲门声从天而降。羞怯，笃定。敲在门上像落进了一只空桶里，那回音一落进去就迅速破土而出，直长得蓊郁妖娆，阴森森得爬满了整间房子。

苏小军扯开被角翻身坐起，紧张恼怒地盯着那扇门。三声敲门声无声无息地落下去了，空气里出现了一段短暂的空白，然而，这空白倒像是一只紧闭的柜子立在他面前，有装满了敲门声的嫌疑，似乎只要他一打开，它们就会立刻占领他的整个房间。一定又是那个女人。他下床，光着脚轻轻走了几步，无声地把灯关掉了。然后，他赤着脚戳在黑暗中，静静地等待着。果然，一分钟之后，又是三声同样质地的敲门声响起。笃。笃。笃。苏小军站在原地一动不动，他从最下面的门缝里窥到了楼道里一线昏暗的灯光和那个正守在门前的影子，那影子也一动不动，像是本来就长在他门口的一株植物。他希望它能走开，可是，它因了黑暗和绝望的浇灌反而长得更葳蕤了。它简直要在他家门口繁衍出一片森林来。

又是几秒钟的空白，门外的影子不动，门里的苏小军也不动。虽然身体没动，苏小军却觉得他整个人都被一口气提起来了，正悬在空中。他等待着一秒钟之后再次拔地而起的敲门声，果然，又是三声敲门声。只是比刚才烦躁了些，急促了些，似乎是果子成熟，急于要落到地上来。苏小军发现自己居然还是一动没有动。在那一瞬间，他都有点惊讶于自己的残忍了，他居然能在九声敲门声后还待在屋子里装死，只是为了不让门外这个女人知道他在里面。

屋里的这团黑暗比外面的夜色更加坚硬，盔甲一样裹着他，让他闻到了一种生铁的冷硬，还有一缕细若游丝的血腥味。他有些恐惧，但这恐惧里还夹杂着一种奇异的快乐。他看着自己的那双手，在黑暗中，它们看起来面目模糊，安详残忍。

就在这时候，他的手机忽然响了，该死，他忘记关机了。就在他扑到床头要摁住活蹦乱跳的手机音乐时，门外的人已经听到了。一阵猛烈的敲门声倾巢而出向那扇门砸过来，这样再砸下去所有的邻居都会被砸醒，大家都会披着睡衣揉着眼睛出来看热闹，说不来还会有人报警。他知道，如果今天不开门，她会一直砸门砸到天亮。这个可怕的女人。他扔下手机走过去，开了门。屋里还黑着灯，猛一开门，他有些不适应楼道里的灯光，然后他眯着眼睛看到了灯光夹裹着的那个女人，她身上披着一轮光晕。果然是纪米萍。她敲第一声门的时候他就知道是她了。

除了她还有谁会在深夜里死不罢休地敲他的门。

他站在那扇门里，像个邪恶的门童一样守护着背后满满一屋子的黑暗。借着黑暗的庇护他仔细地打量着她，她头发散乱，眼角泪痕未干，就着灰尘和成了两粒黑色的眼屎，肩上又背着那只鼓鼓的黑色大挎包。肯定又是坐火车长途跋涉过来的，和以往每次都没什么不同。她终于敲开了门，却不敢与他对视，仿佛他是坐在教室里的威严的老师，而她是犯了错误的学生。她歪着一只肩膀，那只包可能太重了，扯着她的肩膀，露出了一根黑色的胸罩带，她也不打算把它收进去。她歪着肩膀低着头站在他面前，一缕油腻的头发垂下来遮住了她的眼睛。

这已经不知道是第几次了，每次都这样，她事先连个招呼都不打就跑过来找他，坐七八个小时的火车，如果买不到坐票，她就一路站到太原来找他。然后，她就站在他门口一遍一遍开始敲他的门，如果他真的不在，她就在他家附近找个最便宜的小旅店住下来，几天几夜安营扎寨专职等他。以至于他每次一走到楼下就有一种踩上了蜘蛛网的恐惧感，似乎这蛛网是专门为他布下的。他要是不撞到这网上来都有点对不起她了。

他阴沉沉地立在那里不说话，她也不动，以固定的姿势垂着眼睛，只让自己躲在那缕油腻头发的门帘后。那只大包正从她肩膀上往下滑，每滑一次便把她的衣服往下扯一点，仿佛地下有什么神秘的力量正把那只包连那只胳膊拉向深渊。她不抗拒。渐渐地，她的整个肩膀都露出来了，她上身偏胖，肩膀本有些肥腻，又箍着那根黑色的胸罩带，倒也有几分萧条的肉欲。她似乎是在以此刻意提醒他，衣服下面，这衣服的下面还有别的，好比超市的货架，你要用什么随时可以来拿。他盯着那肩膀心里一酸，叹了口气，往后退了一步，说了声，进来吧。

她像刚刚被赦免的犯人一样，诚惶诚恐地跟着他进了屋，关上门他顺手开了灯。黑暗中轰然炸出一片雪亮，像座刚刚浮出来的岛屿，她仍然不敢放下那只大包，拖着它站在岛上等候发落。他像个观众一样又看了她几秒钟，然后又叹了口气说，把包放下吧，你也不嫌累。她得了指令便怯怯地把包放在墙角，似乎那桌子上是收费的。头依然垂着，他看到她那只扯衣角的手在习惯性地抽搐着，他知道她一紧张就这样，一只手放在腿上抽搐的时候就像她正在练习弹钢琴。她怕他看见了，忙使劲往下拽衣角。他假装没看见，只说，快去洗把脸吧，这都几点了。

她终于抬起脸来看了他一眼，她看上去并不痛苦，准确地说，她的五官都像泡在某种溶液中一样，呈现出一种夸张的休眠状态，似乎它们是某种海底生物，可以几千年地蛰伏着不动。

纪米萍从包里取出自己的毛巾，然后借着脸上那缕头发的掩护向卫生间走去，好像这样护着自己，他就暂时不会看到她了。他看着她的背影，她走得很慢，佝偻着背，抱着自己肥硕的毛巾，整个人看起来忽然变得很小很小。她进了卫生间，把门关上了。苏小军再次倒在床上，他脑子里一遍又一遍地想，这个女人，这个可怕的女人，简直好像随身携带着棺材一样，好像随时准备着一死，好像她压根就不打算活长久。真是比他还要亡命徒，他最多被人雇来做临时打手讨讨债，出出气，杀人的事还从来没干过。他简直不是她的对手。

过了一会，纪米萍从卫生间出来了，苏小军感觉她慢慢走到床前了，她似乎从自己的包里又掏出了什么，她站在床边低声对他说，这是给你买的衣服。他并没往她身上看一眼，她每次不打招呼跑过来的时候都会给他一件东西，衣服，围巾，袜子，没有什么牌子也看不出价格，和她身上的衣服如出一辙。他从来不会穿，但也无法阻止她。他皱着眉头说，先关掉灯睡觉吧。她听话地关掉灯，整间屋子咣当一声再次掉进了黑暗的箱底，在他们掉进箱底的一瞬间，那种恐惧在黑暗中忽然再次苏醒了，好像它本来就蹲在河流的上游，现在随时会随着黑暗顺流而下，流到他们面前。他只觉得黑暗的空气里全是她，站满了密密麻麻大大小小的她，她们像千佛洞里的佛像一样向他挤压过来。

就在这时，被子被掀开一角，她无声地爬进了他的被子里。

在这张床上她睡过不是一次两次了，她很熟稔地躺在他身边，把半张被子盖在了自己身上。她身上冰凉滑腻，还挂着水珠，像一尾刚刚捞上岸的鱼。她躺在那里慢慢蠕动着，好像要在这床上给自己刨出一个坑来，在这个过程中她和他有几处短暂的肢体接触，这些接触很细小很轻微，小心翼翼的，好像从她身上长出了无数气根一样的小手，这些小手试探着触摸着他，见无处生根便又自己缩回去了。他静静躺着不动，好像已经睡着了。她终于停止了蠕动，也静静地躺在那里，他感觉到她把脸侧到了一边，好像在黑暗中都怕他会看到她的脸。两个人像两具尸体一样并列在床上。

不知过了多久，他叹了口气，终于伸出了一只手，这只手准确无误地放在了她的一只乳房上。她上身是光的，他继续往下摸，她全身都是光的。在上床之前她就把自己脱光了，像是要祭献给他的一盘肉。他仍然是那个姿势，懒懒地躺着，那只手从她上面摸到下面，又从下面摸到上面。在这缓慢的抚摸中她开始了低低的抽泣，他每摸她一次，她的抽泣声便大一点，似乎是在给他计件付报酬。她的乳房肥硕松软，一躺下来便流得到处都是，他慢慢摸着那只乳房，像是要耐心地把它们都收集起来，收好了像雪人一样堆成一堆，他慢慢摸到中央，她变得冰凉而坚硬。与此同时她忽然便大声抽泣起来，这骤然响起的哭声在黑暗中听起来鲜艳凛冽，像块刚揭了皮的伤口。他下意识地把手抽出来，像是怕不小心碰到了这鲜红的皮肉。她的哭声像玻璃碎片一样四处硍着他，在这张床上他几乎没有容身之地了。

他知道他再没有别的办法可对付她。黑暗中，就着这裂帛似的哭声，他鞭策自己一跃而起，趴在了她身上，他像给汽车加油似的又使劲揉了她两把乳房，下面好歹硬了，可以发动了。可是他进不去，她下面太干了，干到了铜墙铁壁，连丝缝隙都没有。她没有声息了，在屡次实验中他的脸碰到了她的脸，他感到她无声地躺在那里却是在比刚才更汹涌地流泪，她的整张脸都是湿的，她在那无边无际地流泪、流泪。他把手放在她的眼睛上，想把那泪水堵回去，可是他的那只手很快就被淹没了，泪水从他指缝间涌出来。他简直像趴在一眼泉上汲水。

他像被大雨浇透一样再没了心情，可是他刚要从她身上下去又被她死死抱住了，她一边抽噎一边哑着嗓子乞求，和我做一次，就一次，好吗？她一边乞求一边流泪一边揉搓着他下面，他也快流泪了，但是他知道他现在唯一该做的就是进去，进去了才是对她的安慰，好像只要他一进去她就可以把他整个人都霸占住了。她才不会这么恐慌，这么神经质。

为了接纳他，她几乎摊开了身上的每一个毛孔，似乎要给他一道永久免费的通行证，他什么时候想进去就可以进去。可是，他还是进不去，她那该死的眼泪还在不停地决堤不停地淹没他。他随手打开台灯，几乎要求她了，求求你不要再哭了行吗？灯光下他看到她两只眼睛已经哭得红肿，眼泪鼻涕糊了她一脸，脖子里也全是泪，再往下是那两只四处流淌不成形的大乳房。她使劲嗯了一声，伸手撕了一块卫生纸狠狠擦了擦鼻子、眼睛，然后，她肿着两只通红的眼睛，大义凛然地对他说，我不哭了，来吧。好像她是屠宰场上那只洗干净的牲畜，就等着他一刀子下来了。

他也急于想进去，不是他多想要，而是，他知道，若不进去今晚便没完。可是他软了硬硬了又软还是徒劳，果然，她的泪又出来了，她又一次无声地流泪，两道泪水在她脸上闪闪发光，像两把利刃对准了他。他不想再看，又伸手把台灯关了。她在黑暗中抽噎着说，你吻我一下好吗？你都不吻我。就一下……你知道的，你不吻我，我是不行的……就一下，让我知道你还是爱我的。他没有说话，嘴唇也没有向她的嘴唇伸过来。她忽然再次大声抽泣起来，你明明知道，你都知道，你就是不肯吻我一下，吻一下就那么难吗？

我知道什么？

你撒谎，你知道的，从第一天起你就知道，不接吻我根本不能做爱，我不是妓女，我得接吻，你不吻我的时候你根本就进不去。你早知道的，你从一开始就知道。

你和其他人不接吻又不是没做过。

她歇斯底里地哭号起来，那不算那根本就不算，那是做爱，那就不是爱。爱一个人就是要接吻的。

那你不照样也做了。

…………

她不再说什么，只是把自己摊在黑暗中歪着头无声流泪，他的手碰到枕头，那里已经湿了一大片。他的眼睛一阵酸涩，泪差点也下来了。这个女人啊。他使劲掰过她的脸，终于对着那张湿漉漉黏糊糊的脸吻了下去。在他的嘴唇触到她的脸的一瞬间里，她把自己整个人都送了上去，忙不迭的，唯恐过时不候的。在找到他的嘴唇之后，她贪婪地吮吸着，恨不得把他整个人都吸进去，咽下去。她嘴里满是浓烈的牙膏味，好像刷个牙便挤掉了半管牙膏。他知道，为了迎接他，她恨不得把自己身体里的每个角落都打扫干净。这牙膏味像鞭子一样抽在他身上，使他忽然便生出了很多蛮力，他一使劲，总算进去了。这次的任务好歹是完成了。他知道，只要进去了，哪怕只有一分钟，她对他也会感激涕零。

她痛苦地叫了一声，然后便更紧地抱住了他，她紧紧地抱着他，好像生怕他会消失了，会忽然跑了。他在这馥郁浓烈的拥抱中几乎动不了，就像身上驮着一个人试图要飞起来一样，两具沉重的肉身压着他拖着他，只三分钟就结束了。他趴在她身上想对她说一句对不起。却发现她还是那么紧那么不顾死活地抱着他，他开始感到一阵强烈的恐惧，他知道她又要说什么了。可是晚了，他根本拦不住她，她抽噎着在他耳边断断续续说了三个字，谢谢你。他愤怒着，抓狂着，想大吼一声，不说这句话会死人吗？他没吼出来，泪却下来了。他趴着不动，静等着那两滴泪水自己风干。

两个人又恢复了原来的姿势，像两具尸体一样平躺在黑暗中。她的身体在黑暗中悄悄蔓延，试图向他偎依过来，他便坐起来，点了一支烟，靠在床头上一明一灭。他抽了两口烟之后还是开口了，这次你打算待几天？

她慌忙说，我不会待久的，就和你待两天，待两天我就走。她急切地强调只要两天，似乎两天是不算数的，是可以被忽略的。

你那边也不扣你工资？

我请假了，反正也不忙。

你怎么老是招呼都不打一个就跑过来了？我和你说过多少次了？

谁让你不理我了。

你跑过来又怎样？你觉得有用吗？我早和你说过了，不要再来找我，找我也没有用的。

你真的不爱我了吗？

是的。

……你撒谎，我不信，你心里对我还是有感情的，我能感觉到。

我原来是喜欢过你，可是现在真的耗光了。你这样每跑来一次我对你的厌恶就多一点，现在我已经很怕看到你了，你知不知道？

……我不信……我不信……你刚才还吻我的。我知道，不爱是不能接吻的，我和其他人都不接吻的，就只和你一个人接吻……

够了。你和别人又不是没睡过，睡都睡了，还一定要装作根本没接过吻，从来没有和人接过吻，这有意思吗？

二

她啪地打开台灯，从床上一下跳了起来，她披头散发地半跪在床上，把下半身埋在积雪似的被子里。她的眼睛因为流泪太多已经肿成了两条缝，她向他探着上半身，两条缝里挤出的目光湿答答的，像狗的舌头舔在了他的脸上，殷勤的，急切的，讨好的，不顾一切地要舔着他的脸他的手他的全身。她用一只手在胸口大幅度地比划着，指着自己的心脏部位，似乎随时准备着要把那里剖开，要把里面的东西一览无余地给他掏出来。她养的指甲很长了，半透明的指甲在灯光里闪着釉光，一把把匕首似的在肥腻的胸脯上划来划去，两只乳房跟着她的手势活蹦乱跳。她比划着胸前，探着头盯着他的脸，似乎要把她整个人都送出去，你不信？你不信我说的话吗？原来我说什么你都不信么？你居然……不信我从来没有和别的男人接过吻？

……无聊。

她的两只手以更大更焦躁的幅度在胸口乱扒拉着，好像一定要在那里刨出点什么来，好像她全身都快着火了，唯有胸口那个地方能流出泉水来解救她。他看着她的脸，心里像塞满了石头，硌得他生疼，连他那只抽烟的手都跟着抖了一下。然而，在这种疼痛的薄膜下还包着另一种物质，它像蛋壳里一只正在成形的雏鸟，正渐渐长出爪子，长出嘴，正渐渐地破壳而出。他忽然认出它来了，他浑身一哆嗦，那薄膜下又是那种快乐，那种见不得人的诡异的快乐。每次痛到极点了，这种快乐便也会跟着现形。似乎它们是一母同胞。她的动作越剧烈，那快乐便在他心里长得越茂盛，它简直快要长成庞然大物了。他忽然明白了，其实是她用她的苦痛饲养了它。它在他的身体里喝着她的血长大了。可是他唯恐它会跑出来，因为在它的映照下，他会像一个被投射在幕布上的巨大剪影，他会觉得自己比它更凶残更阴森。果然是一个做打手的料，他再次害怕他自己厌恶他自己。觉得自己像个刽子手。

他大喝一声，不要说了。手又是一抖，一截红色的烟灰掉到了被子上，她也不顾手烫，低下头去急急摘掉了那截烟灰。她仿佛连疼痛都感觉不到了，简直是水火不进的钢铁之躯了。他愈加烦躁，转身碾灭烟头，对着她绝望地说，我求求你，这次走了就不要再来找我了好吗？我对你这样的不好，为什么还要来找我。她还是那样半跪着，两只手还搭在胸口，她脸上已经没有泪了，两只眼睛肿得遮天蔽日，快要把整张脸淹没了，这使她看起来分外丑陋。她跪在那里喃喃自语，我来看你是我自己的事，我需要它，你不懂吗？你不相信我吗，这么久了你还是不相信我吗？我和别人睡过觉那是由不得我，可是接吻不接吻我是可以自己做主的啊。

他冷笑一声，由不得你？有人逼着你卖吗？

她哑着嗓子叫起来，你不和他们睡你怎么活？十几岁我就开始养活自己了，我没有本事没有钱没有亲人，我什么都没有，他们看你年轻就要和你睡，你说怎么办？我怎么活？你让我怎么活？她的声音忽然又兀自低了下去，就像绕过了一个激流险滩后忽然被搁浅了。她声音低低的，浑浊不清的，像是在自言自语，又像在向着一个神父忏悔，他就是站在她面前的神父，她忏悔着，一定要把自己从一汪血泊中解救出来。她喃喃地说，可是，这么多年里我从来不和他们接吻，因为他们没有人爱我，我知道，他们只是要和一个身体睡觉。我和他们睡觉是因为我觉得那身体我早就不想要了，可是，我还可以给自己留着一个吻。他鼻子里又是一声冷笑，心里的疼痛却更剧烈了，他忽然无比恨她，恨她要一直这样喋喋不休下去。可是她还在继续，我一直在想，只要他是爱我的，我就什么都不怕，我就怎样都可以……你能相信我吗？我怎样才能让你相信我？

他不再看她，只说，我们结束了，以后不要再来找我了好吗？

她的目光从那两条石缝里榨出来，已经支离破碎了，可是她没有再流泪。她哑着嗓子又问了一句，你真的一点都不爱我了吗？

不爱了。

……你知道我心里是把你当成亲人的，我就你这么一个亲人。

我知道，可是，我真的爱不起来了。对不起。

不要对我说对不起，我不需要，我不需要。她的声音猛地高起来，然后再次落下去，向深不见底的地方落下去，你放心，我就只是来看看你，看看你我就走。我就是觉得不放心，不放心你一个人住在这里，你不会做饭不会洗衣服，你看看你的桌子有多脏，你看看你的裤子开线了你都不知道。不知道为什么，我经常觉得你还是个小孩子。你记不记得有一次你在路边摘了一朵花送给我，你不知道，我捧着那朵花，跟在你后面悄悄哭了一路。那时候我真觉得你像个调皮的小孩子啊，我就总想着，能为你做点什么就做点什么，哪怕给你洗一次衣服做一次饭，我也会觉得安心一些。就算你真的不爱我了我也还是心疼你，我明天就走，我来就为了和你待一个晚上，待几个小时，我明天就会走的。只是现在……你再抱抱我好吗？

他的泪再也止不住了，那疼痛像一种刚刚酿好的毒药腐蚀着他的五脏六腑。他流着泪咆哮起来，你马上滚，马上离开，我再也不想见到你。你这贱货，你为什么要让自己这么下贱，你能听懂吗？你有一点点尊严好不好？算我求你了，你有一点点尊严好吗？

她跪在那里呆呆看了他几秒钟，像是在辨认一个水中的模糊倒影，终于，她认出是他了。不会是别人，只能是他了。她不再说话，缓缓从床上爬起来，走到地上，她在那里失魂落魄地站了几秒钟，看着自己脱下来的衣服却没有穿，好像她已经不认识它们了，它们是天外来物，她压根没见过它们。一分钟之后，她赤身裸体地向自己带来的那只大包走去，他看到了灯光下她那宽阔的臀部，死鱼白的大腿，像反射的雪光一样灼伤着他的眼睛，原来，这一切他已经是这么熟悉了，她一次一次跑来看他，他竟无法不熟悉关于她的一切了。她背着那只包，赤裸着，像个随时会化掉的雪人一样，向门口慢慢走去。在她即将打开门的一瞬间，他以飞快的速度跳下床，同样赤裸着，从背后抱住了她。你这傻瓜。他的泪落在了她肥腻的肩膀上，又顺着那肩膀向下流去，流去。

他第一次见到纪米萍是在两年前了。那一晚一个朋友请他去一家夜总会，叫了两个陪酒小姐。其中一个是新来的，二十一二岁的样子，脸上还带着点婴儿肥，穿着一件廉价的黑底白点裙，浑身上下到处是圆鼓鼓的，散发着一种肉质的荤腥。她就是纪米萍。她坐在那里，表情看起来有些怪异，表示她对所有的人爱理不理。她才喝了一瓶啤酒就把酒瓶往桌上使劲一蹾，然后像个烈士一样大义凛然地对两个男人说，我可是只陪酒不陪睡的。另一个陪酒女低头偷笑，两个男人想，这女人怎么有点二百五。她看起来似乎酒量极好，一瓶接一瓶地往下喝。几瓶啤酒下去之后，她身上那层怪异的肃穆忽然裂开了一道缝隙，有什么东西正挣扎着从那道缝隙里探出一只触角来。她忽然对他抛了个媚眼，波光潋滟的，水红色的，职业性的媚眼，抛完后又向另一个男人也抛过去一个，以示她根本不缺这点东西。然后她坐在那里跷起一条腿架在另一条腿上，咣当又喝下去半瓶。这个媚眼像枚大头针一样，穿过了苏小军的身体，使他忽然动弹不得。

倒不是这目光多么妖媚，而是，他忽然觉得这目光像是从她身上拔起的一个塞子，有更多的东西即将从里面倾倒出来了。果然，又是一瓶酒下去之后，她呆呆地坐在了那里不动也不看任何人，像是突然在思考什么问题。几分钟之后，她带着一副被打扰了的不耐烦的表情抬起头来看了他们一眼，好像一个被迫中断了工作的伟人。她又喝了半瓶酒，然后对自己凛然一笑，就像在空气里忽然看到了自己的倒影。她好像感到包间里很热，便把领口往下撕了撕，于是露出了半个肥硕的乳房。两个男人的眼睛都落在了那半个乳房上，她感觉到了，对着空中笑着晃了晃身子，半只乳房也跟着她晃动。然后她看着他们，又抛来一个娴熟的媚眼。媚眼之后她赶紧又灌了一口酒，好像急于要把刚才那媚眼压下去，仿佛她很厌恶它，都不知道它是怎么跑出来的。

又是整整一瓶酒，这瓶酒下去之后，她的表情明显开始呆滞，她呆呆坐在那里，好像正在空气里费力辨认着什么。苏小军坐在旁边像看一出话剧一样一直看着她的表情，她好像还是有点不相信那个抛媚眼的是她自己，她好像不知道该拿那个已经存在的自己怎么办。她的另一个自己似乎受到了极大的威胁，她的目光松脆，零散，慌乱，像是忽然走失在了异国他乡。她似乎正在忙于探究自己的身份，在费力地辨认自己究竟是谁。

他看到她那只放在大腿上的手正神经质地抽搐着，四个指头胡乱敲着大腿，像是正在弹一架钢琴。发现他在看她，她便举起那只手，做出燠热难耐的样子又撕了撕领口，这次，是一条很深很肥沃的乳沟被犁出来了，她自己在前面给他们引路。她不再看他们，只是挺着这道乳沟傲然坐在那里，好像是她自己一手开发出了胸脯上这广袤的原野，就等着游客来参观了。

她敞着宏伟的乳沟喝了一瓶又一瓶，不讲荤段子也不唱歌，只是恪尽职守地喝酒。喝完第十五瓶，她开始呕吐，不顾一切地排山倒海地开始呕吐，呕吐完之后她开始哭泣。哀哀地没有任何理由地开始哭泣，仿佛呕吐哭泣都是她自己的事，和别人没有半毛钱关系，她一个人肆无忌惮地游弋于其中。朋友皱着眉说今天怎么这么背。苏小军平日里最讨厌喝点酒就痛哭流涕的人，好像全世界都欠了他们，但现在看着一个女人喝了酒痛哭流涕还是觉得别有风味，就好像，她的苦痛要比别的女人深，深很多，以至于根本无法从中把自己打捞出来，必得这样大哭才能让它们像盐一样析出来。他说，今天先这样吧，我把她送回去，你看她吐成什么样子了，也就是个没酒量的。我看她不过是想借酒发发疯，也怪可怜。

苏小军打了一辆出租，上了车问她住在哪。她缩着脖子看起来迟钝寒冷，好像正踽踽独行在冰天雪地里，她指指这又指指那，苏小军叹口气，把她带到了一家宾馆。他指着房间里的那张床说，今晚你就睡这吧，早点睡。她迷惑地盯着那张床看了半天，忽然扭过头来，用浑浊不清的目光盯着他，这是哪里，我到哪里了。他说，你喝醉了，回不了家，这是宾馆。宾馆？她忽然咧嘴笑了，一边笑一边挣扎着蹒跚着又打出了一个媚眼，媚眼七歪八扭，像刚凿出来的石头，掷过来刺得他生疼。

她指着那张床，媚笑着说，你带我来这里，是不是想和我睡觉啊。他看着她，不说话。她跌跌撞撞地游到了他面前，绕着他转了一圈，好像他是地球，她是卫星。然后她忽然又撕了撕领口，那条乳沟再次跳出来，殷实而肥腻，似乎正静等着人的收割。她用拉皮条的眼神瞅着他，然后独自在房间里转了一圈，似乎这屋子里站满了密密麻麻的人，她正和他们交谈，手舞足蹈。他听见她对着空气说，每个男人都想和我睡觉，我就知道，你们都想和我睡觉。我在这个社会上已经混了五年了，五年啦你知道吗？我十八岁就开始端盘子做服务员，那时候就老有人会摸我的胸摸我的屁股。他们都说我胸大屁股大，真是个抗操的货。五年啦，我什么没做过？我做过传销，做过售楼小姐，卖过保险，做过保洁员，做过收银员，告诉你我什么都做过，但做什么都做不长。因为老有男人想和我睡觉，走到哪里都是这样。因为他们觉得我会贪他们的小便宜，比什么都好打发。就是睡了，给点小恩小惠就打发了，或开张空头支票也打发了……不睡白不睡。可是你知道吗？我从来不要他们的钱，我不要任何男人的钱。为什么要他们的钱？难道我是只鸡？他们太小看我了，太小看我了，你看看，你看看我身上的衣服，三十块钱的衣服，如果我要他们的钱，我会这么穷吗？三十块钱啊。

他说，睡吧，你喝多了。

她忽然跳到了他面前，嘴里吐着酒气，用迷乱的却异常明亮的目光看着他，她像神秘地耳语一样对他说，你是不是觉得我很下贱？这么容易就被男人睡了？你们每个人是不是都觉得我很下贱？可是你知道吗，我有一个秘密……我从来没有和一个男人接过吻，一次都没有。

像是怕他不认识一般，她比划出一根指头，表示那是一。她笨拙地晃着这根指头问他，你说，接吻是不是比做爱更重要啊？就算他们把我睡了那又怎么样。睡就睡了，为什么要觉得自己被男人睡了就是亏大了？只有鸡才会这样想，因为她们觉得这个可以卖钱。可是我，你说我都没有和男人接过吻，我其实是不是还是个好女人啊？一个很好很好的女人。啊？你说，是不是啊？

他还是不说话。只是看着她。

她被他看得有些害怕了，她后退了几步，一屁股歪在了床角上。刚才那点邪气的明亮烟花一般从她眼睛里退去了，她重新变得呆滞笨重，好像一枚常年浸泡在酒里的标本，苍白，死滞。她低下头去喃喃自语，我知道你肯定在想，我刚才为什么要让自己装得像个妓女，我是不是装得很像？我只是习惯了，知道吗？习惯了这种和男人打交道的方式，从一开始他们就是这样和我打交道，从十八岁起，我就知道在这个社会上我是那个该被睡的人。我……只是习惯了，就像一个人习惯了吃一种饭。只有这样，我才会觉得自己还不是那么一无是处，还有男人会看上我，不管看上了我的什么。我还可以幻想，我在他们眼里还是有魅力的，我才能不那么厌恶自己，我才能一天一天地往下活……

他再也不愿听下去了，他粗暴地打断她，不说了，你喝多了，睡吧，我走了。房钱我已经付过了，快睡吧。

他转身要走，她忽然冲过来拦住了他，她仰着脸，用狗一样潮湿的目光阻拦着他，不让他过去。她像狗怕挨打一样一边躲闪着他的注视，一边喃喃地低语，像是生怕他听见了，你要走……你一定要走吗？你是不是……还是觉得我太下贱了？啊？

他再不愿看她的目光一眼，他一把推开她夺路而逃。把她一个人丢在了宾馆。那个晚上出了宾馆，他一个人在路边蹲着抽了半包烟。

第二次见到她的时候已是半个月之后了。他一个人去了那家夜总会，单点了她一个人。他想，她会不会已经离开了，如果那样，这辈子他就再也见不到这个人了。可是，几分钟后，她穿着一件白裙子出现在了他面前。她坐在他身边拘谨冷漠，好像根本不认识他这个人。他咬开两瓶啤酒，递给她一瓶，然后，他就一口啤酒说一句话，像夹着花生米下酒。他说，你还是干别的吧……干这个……不适合你……看你也没什么酒量……再喝那么多酒就是找死了。

你就是想说这个？

嗯。

他摸了摸他手上的那道伤疤，没有缘由地紧张，几句话被筛出来以后已经体无完肤了，这些话语的碎片在昏暗的灯光下落叶一般飘了一地，萧索颓败，似乎他和她正站在一片秋天的白桦林里，脚下的落叶一踩上去便会吱嘎作响。回头看看来路，已经被落叶淹没，他们没有来路也没有去处。她豪爽地用酒瓶子撞击着他的瓶子，说，来，喝。来，再喝。她又是一瓶接一瓶地往下灌，好像她此时是一块悬浮在水面上的木头，顺流而下，什么都不想，只求快快被河水冲刷到尽头或者干脆搁浅，被阳光暴晒而死。他知道，她大约是拼命想从他对她上一次的记忆旁边逃开。也许这么多天里，她胆战心惊唯恐会再次撞上他，怕他想起她的丑态。然而他还是残忍地自己送上门来了。她无处可逃。

两个人虽然安静地坐在一张沙发上，其实却是一个在逃一个在追，逃的那个拼命想遮羞，想遮住自己的脸不让对方认出自己，追的那个却不惜余力要把脸凑上去，一定要把她看仔细了，一定要认出她身上的气味，如同一只猎犬。

于是，她再次如愿以偿地喝醉了，再次笨拙地疯癫地躲在酒里不肯出来。他也如愿以偿地看到，在躲进酒精里的一瞬间里，另一个她还是借尸还魂了。

三

这次她跳过呕吐，直接开始哭泣，边哭边接着半个月之前的话题继续控诉，她接得天衣无缝，好像每天都在心里默默彩排一样，唯恐生疏了。她继续控诉一个初中毕业生的艰辛，控诉这个社会，你说让我做什么啊？我什么没做过？没人能看得起我，没有人把我当人。以前我做超市收银员，一个月就八百块钱，每天下班的时候我就抢着买超市的烂菜烂水果，每天晚上就吃那些腐烂的水果，那些水果烂得流水生虫。你说我和一个捡破烂的有什么区别？有什么区别啊？我没上过大学，体面的事都做不了了，哪里都不愿意要我这样的人，你以为我愿意像只鸡一样来陪酒吗？她们每天往死里喝，喝多了就给客人干。当然是要收费的。可是，我不。我偏不。我就不做收费的事。她们笑我给人白睡，说白睡还不如收费，我说我就情愿给男人们白睡，只要是白睡，他们就不会把我当成一只鸡……我就不是一只鸡。

她反复念叨着这句话，像在背诵一首单调的儿歌。她对着空气狰狞地笑着，两只手挥舞着，好像急于和空气中飘过的影子打招呼，让它们快快把她带走，带她离开这个世界。她自己跌跌撞撞地转了几圈之后，忽然停下了，她似乎醒过来了一点，意识到自己刚才的丑态了，她知道自己又出丑了，于是她对着他羞涩地抱歉地笑。橘色的灯光下，她的笑容看起来纯净而温暖，羞耻而无辜，好像她忽然小下去了，小到只是那个小学时候邻桌的女孩，不小心被同桌的男生碰了手，便无地自容地想把那只手剁掉。

为了遮羞，她又抓起桌上的一瓶酒往嘴里灌。他一把夺下，厉声呵斥，不能再喝了。她惊愕地看着他，似乎刚刚才注意到他的凶狠，她忽然看到了他手背上的刀疤，又是一惊。然后，她听话地低下头去，放开了瓶子，不再说话，好像又潜入了独自一个人的幻想。他带着她出了门，打上车，说，我先送你回去，今天知道你家住哪吗？她指着前面一条胡同，就那，就那。他皱着眉头，不相信地看着她，这么近？她振振有词，像是完全清醒了，住得近了上班方便。他指责道，那上次你怎么乱指一通，害得司机绕路。

胡同太窄，出租车进不去，两个人下了车走进了胡同。这是一排很古老的平房，估计曾是哪个工厂的宿舍，已经被列入了拆迁的范围。胡同里荒草茂密，不时跳出一两只野猫野狗。住在这里的都是些外来务工者。纪米萍在一间黑灯的屋门口站住了，她不开门，只冷冷地说，你走吧，我到了。他说，我看着你进去。她面无表情地说，你先走我再进去。他提高了嗓门，这到底是不是你家，你是不是又在骗我。她低头掏出了钥匙，嗫嚅着，开就开，干吗这么凶。

果然是她家。破旧的木门嘎吱一声开了，他不由得打了个寒颤，觉得里面那团黑暗阴冷潮湿，好像正站在墓穴前面。她一伸手，啪一声把灯打开了。这是一间十平米左右的屋子，里面唯一的家具是一张木床，木床上铺着一卷单薄的军绿色行李。靠墙的地方放着几瓶化妆品，一面镜子和一把木梳，还有一本破旧的杂志。地上扔着一只大大的塑料编织袋，袋子敞着口，吐出了里面五光十色的衣服，像流出了一截肠子。靠门的窗台上晾着一排面包片，大约是怕发霉了。还有两只腐烂的木瓜。一只木瓜往出流着水，伤口里爬出了几只黑色的虫子。

他没有再往前走一步，却忽然一伸手关掉了灯。屋子咣当一声再次掉进了黑暗里。黑暗中他听见了自己干涩的坚硬的声音，跟我走。他不由分说，拽着她的一只胳膊拖着她出了胡同。她挣扎着，去哪？又去住宾馆？我不去。他不说话，把她塞进车里，直到出租车开到他楼下，他才说，我家，上去。

就是从这个晚上开始，她知道了他住在哪里，也开始了此后一次又一次对他的突袭。后来他想，这是他自找的。她突袭他的理由永远是，我要是和你说了你就不让我来了，你要是躲起来我来了都找不到你。

她穿着一件他的衬衣从卫生间出来了，光着两条白花花的腿。他注意到她的大腿根部很圆硕，有点像古代的三足鼎。她一边用两只手拼命往下拽衬衣，一边目光游移着，并不看他，最后她看着沙发说，我就睡这吧。嘴上说着，身体却并不动，还恋恋不舍地站在刚才那个位置。他伸手把灯关了，这样就看不到她的表情了。他躺在黑暗里说，上来吧，上床睡舒服点，在沙发上睡不好的。

她又在黑暗里磨蹭了几分钟才爬到床上来，睡在了他身边。两个人都一动不动，连呼吸都小心翼翼的，因为小心又变得加倍粗重，好像这黑暗里睡满了打呼噜的人，拥挤，嘈杂。很久她都一动不动，他疑心她是不是已经睡着了，便有点懊恼又有点惊诧。他惊诧的是，他这样的人，也是吃喝嫖赌惯了的，睡个女人根本是小菜，可是对这个女人他却怎么都不敢碰。

他眼前再次浮现出她那道深犁过的乳沟，那里是够肥沃的，他又想起了她往下撕领口的动作，好像要敲锣打鼓急吼吼地给自己打广告似的，急着要和男人们分享她那里有什么样的宝藏，怎么还没有人去开采她。还有她的臀部，是够宽阔的，怕是一个人都抱不过来，怪不得她那么自豪自己的这两样东西。大约也是因为身无长物，只有这两件东西还拿得出手。他下面已经很硬了，独自在黑暗中蠢蠢欲动，几欲先走。可是他忽然想起了从她嘴里说出的那两个字，白睡。这两个字像咒符一样箍着他，他忽然便觉得有种莫名的恐惧，好像睡在他身边的是一个陷阱。他便继续一动不动地躺着，由着下面软了硬，硬了又软。

就在这时候，忽然有只手伸过来抓住了他下面。他一惊。接着他听见黑暗中传出一声甜腻的夸张的巧笑，因为用力过度反倒像未熟的桔子，涩而硬。她又抓了两下，像在鉴赏什么宝石的硬度，然后他听见她边笑边说，我还以为你真不想要呢。他无语。她一定要在他头上别一支标签，他也不能再拔下来扔到地上，否则就有点太不识抬举了。她接着在被子下面调戏他，手指从他那里出发一路游到了上面，娴熟有序。他咬着牙想，可能每个男人去了她手里都不过是流水线上的产品，她对他们完全一视同仁，用相同的程序来处理每一件产品。她要求他们睡她……既然这样。他在黑暗中翻身而起，压在了她身上。

他刚把嘴唇凑到她胸前，便听见她郑重而严肃地说了一句，我知道你是个好人。太煞风景了，他趴在那里又动不了了。然后，他又听见了更惊心动魄的话，你爱我吗？他在黑暗中挣扎着抬起头来，想看看这个女人脸上的表情。可他无法看清楚，只看到她黑黢黢地躺在那里，杂乱无章地庄严肃穆地躺在那里，有如一处倒塌的烈士纪念碑。他想翻身下去，忽然间却感觉到她捧住了他的脸，她倔强地像发高烧一样又呻吟了一句，你爱我吗？他垂下头去，睡这个女人太费事了。尽管她自己假装得那么简单，好像睡她比做世界上的任何事情都简单。他趴下去，脸贴到了她的脸上，她的脸上湿漉漉的，她早已经满脸是泪了。他心里忽然就一痛，他就着这生鲜的疼痛，在她耳边说了一个字，爱。说出来他忽然又有些后悔，预感到事情的严重性了。

她的脸上更湿了，眼泪正滔滔不绝却又寂静无声地在她脸上奔流。她努力想装出正常的声音，却还是哽着嗓子说了一句，那你能吻我一下吗？他在黑暗中沉默了三秒钟，然后向她的脸俯了下去。几乎是在他的嘴唇碰到她的第一个瞬间里，她便像蚂蟥一样牢牢地吸住了他。她用尽全力在吮吸他的嘴唇，好像她已经干渴了一万年了，她太需要一点水分的滋润了，为此她几乎愿意丢掉性命。她不顾一切地吮吸着他的嘴唇，他的舌头，他的牙齿。她嘴里的酒气犹在，这让他觉得有些眩晕，有些恶心想吐。他极力坚持着，像在参加耐力比赛。她还在哗哗流泪，像水库决堤，再也无法收回去了。

他只觉得自己周身被她的眼泪和唾液包裹着，他周身也变得湿漉漉了，他们两个人像是一同掉进了河里，像两个即将溺死的人。他们的嘴唇终于分开了，他却已经被吸得精疲力竭，再没有多余的力气做爱。她湿答答地躺在他身边，不再摸他，却又说了一句，第一次见你时我就知道你是个好人。

他觉得无端地被她加冕上这样一顶金碧辉煌的帽子有点消受不起，却又有些得意，还有些悲凉。平日里他的职业无非也就是打打杀杀帮人追债，多少年里都没有人用好人两个字来形容过他了，以至于总让他觉得她说的并不是他，而是这黑暗中另有其人，还有第三个人横亘在他们中间做替身似的。这种纵横交错的复杂让他愈加疲惫，好像忽然误闯进了一处时光深处的迷宫，一时间，他兜兜转转也找不到出口。然而，她并没有罢休的意思，他听见她哽着嗓子又说了一句更具有杀伤力的话，今晚你就不想要我吗?

不和她睡就是看不起她。正如她所自豪的，她可是向来给人白睡的，她认为这是一种美德。起码是她与妓女的最显著区分，她挣扎着一定要向他证明，她绝不是妓女。那他就必须白睡她。

她的手又伸过来，在那里抓了几下，他再次被迫坚硬，他决定成全她，他打算成全她那点可怜的骄傲。那就得睡她。

可是他再一次崩溃，他进不去。她那里干旱异常，几乎没有一滴水，他根本找不到进去的路。成人之美的欲望诱惑着他，做好人的责任感也胁迫着他，他便义不容辞，失败再尝试，尝试再失败，周而复始，却死活找不到一点裂缝。与他的崩溃交相辉映的是她那兀自鲜艳挺拔的骄傲，她躺在那里，用略带自豪的口气重复着，我已经告诉过你了，你看是不是，我不是鸡，不是谁想睡我就能睡得了的。她好像正在用一系列的实验来证明她伟大的科研成果和辉煌特性，结果仍然证明她是真理。为此她不能不自豪，甚至已经有点近于炫耀了。

他再次气馁，准备败下阵去，然而她还不肯罢休。她忽然更紧地抱住了他，死死抱着他，唯恐他跑了。她又开始流泪，又开始遍地潮湿，她就着他的耳朵呻吟，说你爱我，告诉我你爱我，这样我才能变湿。快告诉我，你爱我。叫我宝贝宝宝乖乖傻孩子傻丫头，快叫我啊。她好像在一边哀求，一边身体力行地向他传授如何进去的秘笈，而他真是在当场学艺了，而且是现学现卖。

他不肯说，她的泪水再次汹涌，几乎要把他淹死了，他终于哽着嗓子，如含着一块鱼骨头一样在黑暗中呻吟出一句，爱你，我爱你。她继续鞭策他，再告诉我，多告诉我几遍，说你爱我，你是爱我的。他机械地接受命令，像复读机一样重复她刚才的录音，爱你，爱你，爱你。

她终于湿了。她再次捍卫了她的真理。

这次做爱中流泪的不是她，是他。

这只是一个开端。此后他们的做爱必得有一个冗长的接吻来开头，简直像一把开山劈石的利斧，无往不胜。中间还必须点缀着一些夹生的不辨真假的情话，爱。喜欢。爱吗？真的爱吗？他开始的时候并不吝惜这些词语，倒不是不值钱，而是把它们施舍给她的时候，他多少觉得心安，甚至觉得替她高兴，好像替她丰收了一样。似乎这话一说出来便是真的了，真的有人在爱她。真的有人是因为爱她而和她做爱。

到后来，次数多了，他渐渐有些烦了。因为她每次来找他的时候都不打一个招呼就跑过来了，搞得像突袭，不像要给他惊喜，倒像是存心要捉奸一样。他是她的。她给他这种暗示。因为他愿意吻她，因为他说过爱她。

有一天晚上，她忽然跑来敲门。一进门就迫不及待地告诉他，她又辞职了。她不再做陪酒女了。他知道，她的意思是想告诉他，她为了他辞职了，她为了更贞洁更伟岸地对待他，再次辞职了。她满脸放光，有如莲花盛开，一副已经重新做人的欣喜。他忽然就感到很厌烦，她在以这种方式向他施加压力，仿佛在告诉他，她是为他辞职的，她再一次没有了饭碗，为了他。所以，他是要向她负责的。负责，妈的。他在心里骂了一句。不错，她是给了他一些成就感，她让他在自己十恶不赦的壳子下挖掘出了另一尊自己，文物似的自己，那个自己貌似好人。这让他遥想起很多往事，在那些如烟的往事里，他确实曾是个好人。其实他从小喜欢哭，心肠并不硬，看个电影也能看哭，见个乞丐就要给钱。他忽然悟到，其实一直到现在他还是保留着这样的习惯。他正在施舍她，所以她对他感激涕零。根子里的东西真是顽固，烧不尽砍不光。

他淡淡地说了一句，辞职了去做什么。她偷偷看着他的脸色，低声说，还没想好，慢慢找个工作吧，正常一点的工作。她又是一副随时要立地成佛的架势，仿佛此前她真的是身在地狱，污浊不堪。她急吼吼地要转世投胎，重新做人。于是，她投奔到他这里来了。因为，她大约觉得他爱她，或者爱过她，再或者，愿意爱她。有了这点东西垫底，那她来找他就是正大光明的了。

可是他并不想无限期地收留她。因为他还不想结婚，他觉得自己不适合。就算他哪天真想结婚了，也不打算找她结婚，她只适合怜悯不适合结婚，甚至，她都不适合做爱。这个变了形的贞洁烈妇。

但他不能告诉她她的无用。因为他深信本质上他真的还是个好人，就算他偶尔会因为业务把欠债的人打断一条腿。

她自己跑来的次数越多他越是厌烦，就是她躺在他身边，他也不打算去碰她，更不用说接吻。她一次又一次地怯怯地像挨打的小狗一样问他，你是不是不爱我了？你是不是开始烦我了？啊？你还爱我吗？

他忍住不去看她的目光，她的目光里有蛊，看了他便心软。他终于硬着心肠说，是的。她不愿相信，继续像无辜的迷路的小孩子一样看他，一遍一遍地问他，你真的不爱我了吗？他开始咆哮，是的，是的，是的。要我说一万遍吗，是的。我不爱了。他不能告诉她，他从来就没有爱过她，他只是收留过她怜惜过她。那怜惜是真的，那收留也是真的。

她泪如雨下，一声不吭地转身离去，步履踉跄。他喝住自己不要追过去，追过去就永远摆脱不了这个包袱了。又过了几天她发来短信，说有人帮她在大同找了份工作，在矿务局的办公室里打打杂，很轻松，工资也还不错。她要一个人去大同了。他回短信，多保重。她没有再回一个字。

他以为她就此就要消失了，甚至有点懊悔当初应该对她再好一点。她走了，倒是把目光给他留下了。那挨了打的狗一样的目光，真是具有原子核的威力，久久辐射着他。

四

然而他发现，他已经被她下蛊了。

天快黑了，他一个人走在街上，一片灯火忽然钻进了他的眼睛，天上的盛世一般。女人们穿着裙子三三两两从他身边走过，没有一个女人和他有关系，就算他现在就和她们做爱了，也还是没有关系。事实上，这世界上的每一个人都和他没有关系。他如一个气泡悬浮于他们之中，没有人能看到他。他在路边抽起一支烟，忽然就想起了那个远在大同的女人，她是不是也像他一样正被夹裹在人群中，她正在寻找下一个猎物。再下一个男人再下下一个男人的时候，她是不是还是把腹腔里录制好的磁带先放一遍，不厌其烦地放给每一个男人听，唯恐漏掉一个。世上的每一个男人都可能会拯救她，都可能是她闪闪发光的救世主。你想和我睡觉吗？我不是鸡，不要以为我是一只鸡。你能抱抱我吗？对不起，我做不了爱，你能吻吻我吗？你爱我我就会变湿。你不想要我了吗？啊？不想了吗？

抽完一支他又点起一支，在路边坐下，闭上眼睛开始回忆她留给他的那些目光。他突然发现，那些目光他其实一直就随身佩戴着，像一件诡异异常的配饰，触着他的皮肤，硌得他疼痛，却也让他欢愉。他朝夜空中慢慢吐着烟圈，把那些储藏着的女人的目光倾巢放出，由着它们像风中落花一样落在他脸上，身上。忽然，他哆嗦了一下，它们仍然带着武器的威力，每次碰到它们他都像在受刑。可是，再往这种刑罚的深处走，顺着这种疼痛的脉络再往里走，便是柳暗花明了，这时候他会忽然感觉到一种欢愉，一种隐秘的不成形的欢愉，若隐若现，但他知道那一定是一种欢愉。它因为和疼痛掺杂在一起不可分离而显得加倍妖媚加倍明亮，如雌雄同体。是的，他必须承认，他其实一直享受着她的目光。她越是像狗，他便越是享受。如服了辛辣无比的芥末，虽然涕泪交流，后面却是加倍的舒泰。

在她的目光中他仿佛成了一尊天神，隐去了真身，他住在天上遥远的国度里，他凌空而下，只要一个吻就能把她活活带走。虽然她也知道再接下来，无非还是要跌到地面，更加心力交瘁，却还是愿意被那一个幻影带走。这么多年里他活得像一粒沙子，却不料有一天他在她这里做了回国王。

烟头烫到他的手了，他一惊。忽然为刚才的得意感到羞耻，这种羞耻再次让他觉得债台高筑，觉得是他欠了她。他掏出手机终于给她发了条短信，在那边还好吗？她的短信以迅雷不及掩耳的速度回了过来，以至于让他疑心她像个猎人一样静静埋伏在手机那头，随时准备着捕获他的任何一点信息。她说，我每天都在等你的短信，晚上睡觉都不敢关机。她把自己说得像个地道的应召女郎。他再一次不能不得意，这种见不得人的得意像蛇一样阴凉地从他身上心上爬过。与此同时，他又觉得欠的债更多了些，他便给她回短信，我也想你。短信发出去他感觉轻松了些，似乎这短信携着他的债务一起发射过去了。

让他没想到的是，第二天晚上他刚走到自己家门口就发现那里蜷缩着一个人在等他，是纪米萍。她都没和他打个招呼就自己从大同跑过来了，反正她知道他住哪，即使他不在她也大不了守株待兔就是。震惊之余他有些后悔昨天是他先撩逗了她，给了她可乘之机。她大约也觉得不请自来有些心虚，瑟瑟地从那个角落里站起来，蜗牛一样背着一只黑色的大包，她垂着眼睛，不敢看他。像个知道自己犯了错误的小学生。

你怎么跑过来了？不用上班？他唯恐她张口又告诉他，她再次辞职了。

这几天不忙，我就是来看看你，看看你我就走。她重重强调了她随后就会走，以便让他宽心。大约她心里也为自己感到羞愧，好像突然跑过来是来做贼的，都见不得人。

怎么过来的?

坐火车，七个小时，慢车。

有座位就行。

站过来的。她嘴角往下撇，带着点邀功请赏的悲壮。

……

他不知道下句该说什么，便开了门，让她进去。屋子里好多天没有收拾过了，她不请自来，他没有时间提前收拾，不过就算他提前知道了他也不会为了她收拾打扫。他努力按捺住那三个慢慢爬过的字，不值得。尽管还有更多感情压在这三个字的上面，但它们照样活了下来，可见生命力之顽强。她一进屋便一惊一乍地叫了起来，这么乱啊，你这衣服都多少天没洗了，你看看这桌子上的土有多厚。

她的声音听起来丰富得近于富丽堂皇，歌剧一般，正好掩饰她在门外的萧索。他微微一笑，由着她。她卷起袖子开始扫地拖地擦桌子椅子洗衣服擦洗厨房。他听见她在厨房里一边刷盘子一边唱歌，好像她此时真的是个快乐的主妇，无比享受这样的忙碌和琐碎。她端着一杯茶出来，递给他的时候眼睛闪闪发光。她又在习惯性地谄媚。她在感激他所赐给她的主妇的忙碌。

她真是勤劳能干。房间迅速被打扫得窗明几净，衣服已经挂在阳台上滴着水，像一只荒唐的时钟在尖锐地滴答着。已经没有什么活可干了，她还站在那里摩拳擦掌跃跃欲试，她大约知道他心里在感激她，只想把这感激的药力发酵得久些再久些，储存起来才好。他看着明晃晃的屋子再次感到了一丝恐惧。忽然觉得自己此时正站在一座教堂里，而眼前这不顾一切忙碌的女人也多么像一个最虔诚的修女，一心来拜谒上帝。可他知道她真正在拜谒的并不是他，他只是一个替身。其实对她来说，哪个男人都可能是这个上帝的替身。

他不由得再次鄙视她。他听见自己说，以后不要这样不打招呼就跑过来，你好歹提前说一声。

她低着头，完全是做错事的愧疚。你不在我也可以等你的。

你赶紧回去上班吧，小心又丢工作了。

你放心，我不会待久的，我待两天就走。我就是想过来看看你，我不放心你。她说着又偷偷瞟了一眼他手上的伤疤。

他心想，不放心？把他当瞎子聋子残疾人？

她住了两晚上，他们做了两次爱。仍然是那套铁打的程序，她说抱抱我，吻吻我，然后一遍一遍地问他，你爱我吗？爱吗？爱吗？在得到回答之后便开始滔滔不绝地流泪，然后他终于允许被进去了。此时他已经精疲力竭最多三分钟完事，简直有损于他的尊严。他诧异于怎么之前会有男人想和她做爱，如她所说的每个男人见了她都想和她睡觉，如今想来也大约是她的一种幻想。但她看起来并不在乎做爱做了多久，她真正满足的是他的这种疲惫和诧异。她好像在不厌其烦地向他卖弄，怎么样，我没骗你吧，我说的是真的吧，我其实就是个烈妇，别人是装烈妇我是装鸡。懂了吗？

第三天一大早她背着那只大包走了，没有再赖下去。他以为此事可以告一段落了，没想到，一个月后的一个黄昏，他再次在自己的门口看见了缩成一团的纪米萍。

你怎么又来了？他真正想说的是，你他妈的怎么又一声不吭地跑过来了？

我想你了，就想见你一面，见见你我就走。

你为什么就那么想见我。

因为你喜欢我爱我。

我已经不喜欢你了，不了不了，你能听懂吗？

……我能感觉到你还是爱我的。

真的不爱了，真的。我们结束吧好不好，你以后再不要来找我了好不好？

就在楼道里，她扒着门框开始嚎啕大哭，一边哭一边求饶，求求你再给我一次机会好吗？我以后来的时候一定告诉你还不行吗？……呜呜，我是真舍不得你啊，只有你对我好过。就算你不爱我了那也没有关系，我只要能来看看你帮你做点事情也就行了。你看看你身上的伤疤，你连洗衣服都不会，也没有什么亲人，呜呜……，有时候我觉得你就像一个小孩子，你一个人怎么过啊。我就是希望你过得好一点，看到你过得好了我就放心了。

他想说，我一个人活了这么多年也没见死掉。可是他说不出口了，他抱住这一把鼻涕一把泪的女人，叹了口气，把她抱到了屋里。她紧紧地依偎在他怀里，生怕他把她扔下，再扔进黑暗的楼道里。

坐在桌子旁，两个人各抱一瓶红酒，红酒已经下去一半了。灯光昏暗，把两个人照得像两只古董，好像摆在这里已经有一千年了。纪米萍把腿搭在桌子上，两手抱瓶，又灌了一大口。他发现她喝酒非常功利，直奔一个目标而去，就是喝醉。至于喝什么酒并不重要。一旦喝多她就达到目的了，然后像被催眠了一样开始哭泣开始一股脑地往出倾倒，恨不得把心肝肺全给人倒出来。大约她还是体会到了这其中的乐趣，正因为深谙其味，便越发贪得无厌。

他说，哎哎哎，喝慢点，事先和你说好，喝多了不要再哭行不行？你不知道一喝酒就哭有多傻逼。

我本来就是个傻逼。

你确实是个傻逼，不过我也是。你今年才多大，二十三，二十四？我又不会和你结婚，你这样缠着我有意思吗？

你真的烦我了吗?

我们已经完了，真的完了。你能以后不来找我吗?

不能，因为我爱你。

你怎么知道你爱我，你可别告诉我你就我这一个男人。

和其他男人都不算，我和他们都没接过吻。

又来了，真的，我没法和你在一起了。

她凛然一笑，爱你就一定要和你结婚吗?说完又灌了一口酒，喝得猛了，又吐出来半口，挂在嘴角鲜血似的。大半瓶酒下去了，她两只眼睛已经开始发直，木木地看着前面一团空气，好像真正和她说话的人正在那里面。

他用手指敲了敲她的脑门，说，有时候我觉得你这里有问题。还喝，快不要喝了。你喝多了就吐，也不觉得难受?

难受，当然难受，最难受的时候三天不能喝一口水，喝什么吐什么。可是，越是难受才越是觉得快乐。

……你脑子是不是真的进水了。

放屁，你才进水了。你不要以为我就不是人，你一次次地骂我羞辱我我不是听不懂，可我还是会摇尾乞怜，还是会一次次跑来找你，因为这感觉让我心里太疼了，所以我反而对它有了依赖。就像我愿意依赖着你，不管你爱我还是不爱我了，我心里都愿意依赖着你的那个影子。依赖着一个人，我心里就不那么害怕了。

他明白了，他对她来说根本不具有肉身。

她在对着那团空气说话，一边说她一边异样地笑着，她的目光还在往上升，仿佛她整个人都要随着那缕目光飞起来了。她脸上有一种巫师的神秘，仿佛她是一炷被点着的香，她正化成一缕青烟去祭祀那庙宇中的神像。

可我们不会有结果的。

我不稀罕。我从来没说过要和你结婚，只要你还让我爱你就够了。

她的舌头已经木了，转不动了。眼泪又开始唰唰往下流。他不得不扔掉瓶子抱住了她，她流着泪说，你再叫我一声傻孩子好不好，我喜欢听。他叹着气，低低地唤她，傻孩子，傻孩子。

他知道事情不会结束的，他知道她会一直这样下去的。果然，每隔一段时间，他就会在自己门口看到不请自来的她，大大的黑色挎包，一身的火车味。简直像一棵长在他门口的怪树。砍掉就会自己再长出来。

他越来越恐惧于看到她的到来，她彻底被她的自我意识催眠了。更重要的是，她根本不愿醒过来。大约是因为一旦醒来，她又不得不奔赴于找下一个男人的途中，她早已经怕了，所以情愿不醒，一直不醒便也是一种自在。用她的话说，怎么活都不过是这几十年，耗尽了就好。可是，他无法压制这日益茂密的厌恶，他感觉自己简直是活在她的监控之下，他的每一天都得对她打开，他屋子里的每一个角落每一个抽屉都被她收拾过清理过。他的一切像被解剖的尸体一样，每个角落都被她一览无余。

她又打来电话，他不接。他下定决心不再接她的电话，他要强制结束。见他不接，她便一个接一个地往过打，连点空隙都不留。他怀疑她在那边根本就不是在上班，倒好像是在专职给他打电话。他被铃声搞烦了，使劲摁掉，这一摁向她证明了他是在电话跟前的，于是铃声愈发反弹。无论他走到哪，那手机都一路唱着，好像他随身携带着录音机正在放音乐一样，引得人们纷纷侧目。他调了静音，随它自己唱去。过了一个小时，他战战兢兢地往手机上一看，六十个未接电话，平均一分钟一个。还有几条短信，一模一样的短信，好像刚从模型里磕出来，还冒着新鲜的热气。为什么不接我电话？为什么？为什么？

正在这时候第六十一个电话又打过来了，他犹豫了一下，终于还是接了。

喂。

你为什么不接我电话，为什么为什么为什么，为什么一个电话都不肯接？

接着是电话那边汹涌的哭声灌进了他的耳朵，他不得不把电话拿得远一些。你要说什么？

呜呜……呜……

你到底要说什么？

……

电话那头只有断断续续的哭声和久久的沉默。他说，不说就挂了。说完就挂了，滴滴几声，电话里再度荒芜凄凉。

忽然又一个电话跳起来追杀过来了，他绝望地再度举起手机，喂？你，到底，要，说，什么。

……

神经病。

……

你这个疯子。

……

你到底要怎么样，啊？他的声音快哭了。

……我想让你接我电话回我短信，哪怕就说一个字，就是一个字也好。

够了。

啪一声，他再次摁掉电话，然后抱着路边的一根电线杆大口喘气，活像个发作起来的哮喘病人。他想，要不搬家吧。可是一想到如果他搬走了，那一根筋的女人三天三夜石狮子一样守在那里等他怎么办？他相信她一定能做到的，她一定能几天几夜不吃不喝地往下等。他不能搬走，他得为她留一条活路。他果真是个好人。他惊愕地看着玻璃里的自己，不能不再次得意。

五

现在，这女人又横亘在他房间里了。赶不走，打不死。

天光已大亮，两个人都没有睡好，一脸疲倦，倒像是赶了一晚的夜路。他决定在出门之前把酝酿了一晚上的语言组织起来，锤进她耳朵里。

你在这里待两天，这两天我们好好在一起待着，我会好好对你。但你要答应我这一定是最后一次了，这次你走了之后我们就再不要见面了好吗？

……

我真的受够你这样一次次不打招呼就跑过来了，你感觉不到你这样做是完全不尊重我，来不来都不需要经过我的同意，你觉得你来与不来只是你一个人的事情，你大约觉得与我无关。可是我受不了了。真的，求求你，饶了我吧，算我求你了。

她不看他，只是专心致志地盯着前面一堵墙。她好像不认识这是一堵墙，呆呆地盯着看了不下二十回。忽然她独自笑了，然后她像服毒一样哽了哽嗓子，吐出了一个字，好。

他赶紧出门，说有事要办，便急忙出门了。天黑下来的时候，他还是出现在了自己家门口，他先是蹲在楼道里抽了半支烟，烟抽到一半，他掐灭了，站起来先是趴在门上听了听动静，然后才缓缓掏出了钥匙。他知道她一定会在屋子里变魔法给他看，她每次都这样，一定会把他的房间天翻地覆地收拾一次，把每个角落都擦洗干净，所有的床单被罩只要能洗的她会全部洗一遍。她只要进了他的屋子就必须得不停地找活干才会感到舒泰，好像空气里悬着一根巨大的鞭子正不停地抽打她，把她抽打得如同一只陀螺。

他慢慢推开门，做了个深呼吸，好像即将从跳板上一跃钻进水里。一屋子的灯光轰隆隆向他碾压过来，他下意识地挡了一下眼睛，好像不适应如此辉煌的明亮。然后他慢慢移开了手，一切都不出他所料，地板亮得吓人，他站在门口就像站在一汪湖边，可以清楚地看到家具落在里面粼粼的倒影，天花板上的吊灯落在里面就像是一轮水中的月亮，似乎一伸手就可以捞出来。桌子上的玻璃器皿闪闪发光，像树上刚摘下来的水果，新鲜茁壮得让人流泪。可以一眼瞥见阳台上招摇的衣服，阴凉的水草一般渐渐弥漫在这房间里。没有一样是逃出他的假设的。没有一样。

可是他隐隐觉得不对，无端觉得这屋里还有更恐怖的东西等着他。他慢慢往这屋子腹地走，慢慢走到了那一抔灯光下，忽然一抬头他看到靠墙站着一排柜子。一排簇新陌生的柜子忽然像蘑菇一样在他屋子里长出来了。他惊愕地看着它们，看了半天他忽然明白了，是纪米萍干的。原先那只临时的柜子门早坏了，他也懒得修理，没想到她帮他换了整个柜子。可能因为匆忙，那些刚拧进去的螺丝像骨头一样露着一截，他能想见她是怎样匆忙地买回这些木板和螺丝，然后跪在地上像搭积木一样，一颗螺丝一颗螺丝地把它们搭起来装起来，就为了在他回来的时候能给他一个惊喜，这是临别时她送给他的礼物。

他僵着背久久站在那里，一动也动不了。这个女人，这个女人，她为什么要这么虐待他，她究竟要虐待他到什么时候啊。他的眼泪已经涌出来了，他又硬生生地把它们咽回去了。身后是纪米萍很轻很柔软的声音，吃饭吧。这一天时间里，她不仅打扫了房间洗了衣服，还装了柜子居然还做好了晚饭。她为什么要让自己贤良到无耻的地步，她就是愿意看着他在她面前债台高筑吧，就是想让他这辈子再还不清她吧。他忽地转身，愤怒地绝望地逼视着她。她不敢看他，好像刚又做过什么错事，只是低下头去，躲在自己的目光里不肯出来，仿佛那是一丛遮天蔽日的芦苇荡。他吼道，为什么要这么做。

她悄悄抬起眼睛偷看了他一眼，又低下去了，她狡辩一般说，我看你的柜子坏了，灰尘进去了衣服就脏了，他们送过来的，不是我自己搬过来的。

谁让你换的。

……我这是最后一次来看你了，我，能为你，做点什么就做点什么。我怕我走了你的衣服会脏，你自己又不会换。我只是能做点什么就做点什么……

他的眼睛因为憋着泪水，火辣辣地痛着，他几乎跳了起来，一拳捶在了柜子上，你这次走了以后再不要来了，再不要为我做什么了，我求你了。

好。她流着泪。

他必须把她赶走。他下了狠心，忽然抬起头说，我还没有告诉你，我已经有别的女人了，我真的爱上别人了，你不要再出现在这里了，她很快就会搬过来和我一起住。真的，要不要我给你看看照片?

她静静地流泪静静地看着他，你会和她结婚吗?

是的。

你和她在一起很快乐?

是的。

你们认识多久了?

一个月前开始的，我还没有来得及告诉你。

……我不信。

我现在就可以打电话把她叫来。

他开始往出掏手机。她呆呆站着，张着嘴，翕动了几下，忽然就向着房间里的那张桌子冲过去。她抓起桌子上的杯子，盘子，花瓶，抓起什么算什么，统统向他砸去，他不动。她又冲到电脑前面，把显示屏推到地上，抓起键盘和鼠标向他砸去。他还是不动。她佝偻着背站在地上大口喘气，慢慢蹲在了地上。两个人就这样一个站着一个蹲着僵持了十几分钟，她忽然好像从一个很深的梦里醒过来了，她慢慢用膝盖爬到了他脚下，忽然就抱住他的腿嚎啕大哭起来。她一边哭一边使劲揉着他的手，她俯下身抓起他的一只脚，用嘴亲吻着他的脚，她嘴里不停地说，对不起对不起，我是不是把你砸疼了，你这里还疼吗？我给你去拿药好不好。对不起对不起，对不起……

他说不出一个字。

她抱着他的腿仰起一张湿漉漉的脸来，她一边流泪一边笑了，她说，爱一个人就是怕他受苦吧。我只是想照顾你，只是怕你过得不好，现在有人替我照顾你了，我应该高兴才是。我一直都想着，等你要和别人结婚的时候我就会消失的，到时候你就不需要我为你洗衣服为你打扫房间了。我真的替你高兴，你相信吗？我知道我不是什么好东西，我十八岁就和男人上床就堕胎，我知道我是贱货我不过就是个傻逼。可是在你这里我做了一回好女人，我要谢谢你。其实我要的真的不是结婚，只是想做回好女人。谢谢你。谢谢。

他仰起脸，泪如雨下。

第二天早晨他又早早出门，直到晚上才回到家中。他慢慢推开那扇门，却不敢往前迈一步。里面是黑的，一种巨大的彻底的黑暗。他走进了那黑暗里，只觉得自己像一只被封在黑暗里的虫子，无法辨认方向，也不知道该去哪里。过了很久很久，他终于摸到了一面墙，打开了那墙上的开关。骤然亮起的灯光空旷荒凉，屋子显得格外得大，简直比平日里大出了十倍。他觉得自己正一个人踽踽独行在一片荒野上。她不在了，连同她那只黑色的挎包也不在了。不仅如此，她平时放在这里的所有小东西连同那盆她买的仙人头都全部消失了，消失得一干二净。好像它们从来都没有出现过。

他久久站在那张电脑桌前，桌子上的电脑是簇新的，键盘和鼠标也都是簇新的。她在走之前为他换的。他的手指从那冰凉的键盘上划过，忽然想起了她的那个动作，几个指头不停地敲打，就像在敲打着一架虚拟中的钢琴。

他想，她也许还会再来的。她是一个病人，她患有依赖症，也许她还会再来找他的。他甚至暗暗期待着哪天忽然又在昏暗的楼道里看到了蜷缩成一团的她。可是，没有。一个月过去了，两个月过去了，四个月过去了。她没有再来，他再没有见过她。

他晚上开始了严重的失眠，只要睡着了十个梦里有九个都是她，她鲜血淋漓满脸是泪地站在他面前。他惊奇地发现，当她彻底从他生活中消失了之后，他却真正开始思念她了。他躺在黑暗中，想着关于她的一切，她的所有往昔如黑白照片一样在这黑暗的房间里冲洗出来，一张一张地挂在了他面前。一张一张飞快地过去了，它们连在了一起，于是变成了一部她的电影。他是黑暗中那唯一的观众。他一边看一边流泪。

他一次又一次地拿起电话想再次和她联系，却忽然又一阵恐惧，他恐惧于她如果再一次不请自来了，他又该怎么办。他还是会把她赶走，除非，他再没有了把她赶走的能力。

半年过去了，她杳无音讯，再没有出现在他的门口。一次他正走在街上，忽然看到前面走着一男一女，男人年龄很大了，大腹便便，女人二十多岁的样子，背影极像她。他呼吸紧促，果然，果然不出他所料，她离开他之后只能再去寻找下一个男人，再下一个男人，乞求那些男人，乞求他们让她好好爱他们，让她做一个好女人。他不顾一切地冲上去却发现是个陌生女人，不是她。胖男人带着年轻女人走远了，他却再没有了走一步路的力气，他坐在马路边上大汗淋漓，好像刚刚从一场噩梦中挣扎出来，仍然心有余悸。

八个月过去了。这个晚上，他刚走进一条寂静的巷子里，就听到背后有脚步声跟了上来。他刚要回头，一根钢杵已经砸到了他头上。他明白是怎么回事了，报应来了。平日里为人追债，他就是这样打别人的。拿着钢杵或铁棍朝着别人的头上腿上砸下去。现在，别人来复仇了。这一天是他早就想到的，心里竟没有太多的惊异。只觉得头部剧痛，两眼模糊，大约是血。连两个人的脸都无法看清。两个人开始拿钢杵砸他的腿，就像他曾经做过的那样，不止一次把别人的腿打断。

开始是剧痛，他撕心裂肺地叫着，可是那两个人并不罢休，他们一声不吭地打他这条腿，看样子一定要把它砸断为止。疼痛一阵一阵地袭击着他，他感觉到浑身在冒冷汗，心脏开始抽搐，然而他们还在继续，他听到了骨头断裂的声音，这钢牙铁齿般的疼痛啃噬着他，一阵比一阵剧烈。忽然，就在这四面八方的疼痛里，他再次感到了那种奇异的却是熟悉的快乐，他不知道在哪里见过它，只是肯定见过。这缕快乐在一片狰狞的坚硬的疼痛中如一曲圣歌上升，安详宁静。他觉得自己的灵魂正跟着它上扬，甚至都能看到自己那个正在受苦受难的肉身了。肉身上的疼痛还在加剧，他感到了，那疼痛越是剧烈，那快乐便越是清晰，像一只母亲的手正从他的额头上鼻子上拂过。痛到极致便是快乐。这点快乐忽然抵消了他此时的所有疼痛，也抵消了他淤积在心底的所有疼痛。他简直要上瘾了，他从没有这样痛快过，从没有这样地感到过快乐。他是该被惩罚的，他是个恶人，是他赶走了她。多一点，惩罚再多一点吧。他鲜血淋漓地哈哈大笑着，一边笑一边大叫，打啊你们再打啊，你们快打啊。

一条腿终于被打折了。两个打手弃他而去。他就在一堆血泊里躺着，不能再动弹，意识也是断断续续的，他时而觉得自己醒了时而又沉沉昏睡过去。在睡过去的一瞬间，他看到眼前站着一个人，是纪米萍。他对她说，你终于来了。她说，是的，我来看你了。

不知过了多久，一辆上夜班的出租车在他身边停了下来，看了看他的情况，连忙打电话叫了救护车。他清楚地记得，当有人要把他抬上担架的时候，他用尽全身力气说的一句话是，不要管我，是我愿意的。

六

一条腿终究是没有保住，截肢之后他坐上了轮椅。

坐到轮椅上的第一天，他做的第一件事就是给她发了条短信，就像是急着向她报告什么喜事一样。他说："我成了一个残疾人，需要一个人照顾我。我现在过得不好，你不能放心。"

他出了院回到自己家里，一天天地等着敲门声响起。一天两天过去了，十天过去了。他开始想，也许她已经换电话了，也许她根本没有收到这条短信。还也许，她已经死了，再无法看到他的短信了。

第十一天的晚上，他正一个人坐在轮椅上发呆，忽然听到那扇门上传来三声敲门声，不多不少的三声，羞涩的笃定的三声。

他差点忘记了自己的腿，一跃便从轮椅上跳了下来，才发现自己无法走到那扇门前。他匍匐着一点一点爬到了门口，探身把一只手放在了门把上。这时，外面又传来了三声敲门声，门外的人在告诉他，她等急了。如果再不开门，两秒钟之内她还会第三次敲门，也是一模一样的三声敲门声。一共九声。

他的手哆嗦着开始往下旋转。他的脸紧紧贴在那扇门上，他发现不知什么时候他早已是一脸的泪水。

骨　节

一

夏肖丹从波光凛冽的镜子里细细看着自己那张脸，看可有破绽。其实夏肖丹在上大一之前几乎都不照镜子。那时候，镜子对她来说就像一条兀自奔流而过的河，流到哪里都和她没关系。

那团泡在镜中的影子边缘清晰。这张脸在今天晚上可是要给别人看的，全当租出去了。她知道这么做是她自投罗网，没有人要捆着她摁着她要她去见他，是她自己哭着喊着要去的。可是，还有力气去见这个男人本身就是一件值得欣喜的事情，因为，这证明她身上又长出了一点新肉，说明她身上那些被烧焦的肌理下又悄悄长出了一寸一寸的皮肤，很嫩，很薄，小心翼翼的一层，还见不得天光。猛地拿出去给人一看，簇新的一片，白癜风似的晃着人的眼睛，简直让人心惊肉跳。这年头，是块疮就要遮着掩着到深不见底的地方去，哪敢给人看，给人看了就成了长在别人牙缝里的笑话了，一夜之间就能变成参天大树。

她还是不放心，左顾右盼地看着镜子里的自己。她有些莫名的心虚，今晚要见尹亮让她觉得自己像个从战场上退下来的残兵游勇，明明是一碰就支离破碎了，还硬要装得刀枪不入一样。可是，就算是已经粉身碎骨了，她都要把自己一块一块地缝起来，垒成一个人形。

她厌恶而敬畏地看着镜子里寒光凛冽的自己，就像瞻仰着寒风中一座伟岸的雕塑。顶天立地，睥睨人间。她又有些怜惜自己了，便对着自己一笑，那笑刚落进镜子里就像雪一样化成了碎片。

今晚要见的男人是她的大学同学尹亮，她来到上海才知道他一直在上海工作。这么多年杳无音讯，她也猜想他可能有女朋友了，动作再快点都可能有老婆了，可她还是在拿到他电话的第一时间里便近于跋扈地把电话给他打了过去。她敢这么跋扈，仗着的全是他们十年前的那点底子。那点底子很多年里被她压在箱子底，平素里很少会想到，就像压着一件过时了的衣服，料子不错，但知道再没机会穿了，扔了又可惜，只好带着一丝怅惘等着它自己在一个角落里慢慢发霉腐烂。这一点底子就是，他当年是喜欢过她的。他当年青涩地在雪地里站一个小时就是为了能在她下自习出来时，假装正好不小心遇到了她。她自然知道他在想什么，可是她假装看不见他，目不斜视地从他身边过去了。

在从他身边走过去的那一瞬间里，她多少有些自我牺牲的悲壮感和自豪感。还有一点细若游丝的，她至死都不愿承认的感激。他不知道她是感激他的，她永远不会让他知道，因为这种感激对她来说其实是一种耻辱。她希望他只能看到她长在地面上青山绿水的那一截，却永远不要看到她被深埋在泥土里的根茎，那些根茎在暗无天日的地下生长着，如同她深埋在地下的城堡，隐秘而坚不可摧。她就是一棵从这城堡里长出来的植物，不管她的枝叶能长到哪里，她的根就囚禁在这城堡里。

事实上，在大学四年里她都没有真正谈过恋爱，因为在恋爱这一方面，她简直是被按照做烈士的规格要求出来的，那真是贫贱不能移，富贵不能淫。母亲孔梅的那一截指头像座五行山一样压着她，她就是山底下的那只石猴，永远没有出世的时候。

多少年里她从来不吃任何罐头，就是因为，任何罐头都会给她一种错觉，她觉得那些挤在瓶子里的东西全是指头，大大小小的人的指头。

她跟着孔梅在一个颓败的院子里长大，院子里有一棵葡萄树，是孔梅亲手种的。夏天的时候，葡萄树的叶子像一片深深浅浅的灰色的睡眠，无声地栖息在了那面白色的墙上，微风过处，风摇影动，好像一墙的睡梦都苏醒过来了，瑟瑟作响。院子太小，天井小得只能含得住这一棵葡萄树，这葡萄树只能拼了命地往上长，因为下面没它歇脚的地儿。它嗖嗖爬上屋顶才勉强有了安身立命之处，于是就在那口四方的天空下搭起了一座葡萄架，居然每年也能红红绿绿地挂出了几串葡萄。谁进门都高高仰起脸看着那几串葡萄说，哟，这是真的假的，怎么长得和假的一样，能吃不？孔梅一边刷锅一边指着梯子说，要吃葡萄还得架梯子，不怕摔的就往上爬。谁还真为了吃颗葡萄爬那么高的梯子，还是胳膊腿值钱，所以几串葡萄一直岿然不动地挂到了中秋节后，简直都老得要成葡萄精了，孔梅才踩着梯子上去一串一串地摘下来。

夏天晚上，镂刻在墙上的，除了葡萄叶的影子，还有母女俩的影子。灯泡是挂在纱窗外面的，因为怕蚊子飞进屋里去，玉米色的灯光把她们两个人的影子斜斜地掷到了墙上。影子落在墙上就像发酵过了一般，虚弱松散。母女俩正坐在桌子旁边喝粥就咸菜，饭桌上的三五座钟一板一眼地走着，像一支小型部队正从这屋子里经过似的。屋子是里外间的，夏肖丹睡里间，孔梅睡外间。

这是机床厂以前留下的老宿舍。有点钱的人家都搬走了，这剩下没人住的一排宿舍便荒凉得像颓垣一样。夏天的时候那些没人住的院子里草长得过人头，人一进去就看不见了。冬天的时候，破房子里便住着些准备生产的流浪猫流浪狗。夏肖丹时常看到那些大着肚子的猫狗从垃圾堆上一点一点地衔回破棉絮之类的，它们要给小猫小狗们铺个窝。冬天有阳光的时候，瘦得只剩下了一张皮的母狗会卧在阳光里晒太阳，几只刚能睁开眼睛的小狗闹哄哄地趴在它肚子上吸奶。母狗像是快被它们吸干了，却一动不动，只是眯着眼睛贪婪地晒着太阳，好像被这阳光晒着就可以进行光合作用产出奶水一样。

一次夏肖丹看见一只刚生完猫仔的母猫不知吃了什么东西，躺在胡同里吐着白沫，眼看着就要死了。她回去告诉孔梅，孔梅让她按住猫的头，她往猫嘴里灌肥皂水。忙了半天猫还是躺着一动不动，她很难过，一下午躲着不出去，怕看见那只猫。等到天快黑的时候她忍不住再出去看时，却发现那只猫不在那了。说明它没死。她心里一阵高兴，泪差点出来了。第二天的中午，她看到了那只母猫，它正病快快地躺在阳光里喂小猫。她喂了它点吃的，它根本就没力气爬起来去，只是轰着几只小猫过去吃。它就静静地躺在那里眯着眼睛看着它们吃。孔梅说，那只母猫一定是因为心里放不下自己那几只小猫才挣扎着活下来的。

墙上除了她们的影子，还有一张照片，一张巨大的黑白照片像月亮似的悬挂在她们头顶，照片里是一个年轻的男人，脸上没有笑容，抿着嘴唇，森然从照片里向外看。黑白照片又被放大了的缘故，清冷肃杀，像座寺庙似的悬在墙上。母女俩像沐着月光一样在这青森的照片底下吃完了晚饭。然后收拾出桌子，孔梅在院子里洗碗，准备第二天炸油花的面团，发上一个晚上，到第二天早上面团就软得没有了筋骨。夏肖丹就趴在桌子上做作业。

夏肖丹开了台灯，孔梅便关掉了纱窗外的灯，省电。台灯的光是橘色的，灯光一亮，整间屋子就像掉进了一口暖酽的山洞里，这灯光像血液一样流满了整间屋子，几件简陋的家具像充了血的血管一样回暖了起来，有一架电子琴在墙角里静静地清冷着，不食烟火一般。电子琴外面罩着一层黑色丝绒，缩在墙角里，好像还没有从蛋壳里孵出来的银器一般，新鲜，柔弱。电子琴是孔梅给夏肖丹买的，从幼儿园开始夏肖丹每天就要雷打不动地练一个小时的琴。机床厂倒闭以后孔梅就靠卖油花为生。每天早晨四点多就起床，劈柴生火，架鼓风机，支起案板。把发好的面往案板上一摔，开始在胡同口炸油花。油花一炸就变得肥肥大大，香气四溢。一架电子琴要两百多块钱，为了买这架琴，孔梅有一年时间里没有吃过蔬菜，给夏肖丹做好饭扣在锅里，自己每天中午吃早晨卖剩下的油花。

等到电子琴买回家里的时候，孔梅的头发几乎全白了，染发也是要上瘾的，染一次发，以后便不得不染下去，因为齐根长出来的新发根是雪白的，扣在头上像顶着医生的白帽子一样晃眼。每次新染过的头发都能黑到杀气腾腾，看上去像顶盔甲似的戴在头上。这黑铁似的头发还像秋天的落叶一样掉色，一块一块地往下掉，把她所有的枕巾都弄得像熊猫皮一样斑斑驳驳。

夏肖丹就是一天下来累得连饭都吃不动了，就是做作业做到半夜了，一坐到电子琴边她便立刻像打了鸡血一样精神抖擞地把一个小时拿了下来，她看着琴上那些黑白的琴键，就像看着孔梅黑色和白色的头发，这些黑白的头发一缕一缕地从她手心里往过划，她想抚摸它们的时候，它们像虚空中的音乐一样，袅袅地从她指缝间流走了，嫦娥一般奔向了苍青色的月亮。有时，她的指尖从那些琴键上掠过的时候，她就觉得自己正踩着一级一级的台阶向上飞，她越来越快越来越轻，最后她清晰地看到自己化成了一缕绝细的浅绿色的幽香，像丝质的流苏一样垂在这黑夜的额前。有时候她的眼泪忽然就下来了，一滴一滴地落在了黑白的琴键上。

一曲弹完的空隙里，她和孔梅都在这余音里僵着，像两座雕塑似的。在那一个静场里她知道，此时的孔梅和她正叠加成一个人，这琴声让她们有了一种相加的力量，好像被一束微茫的火焰慢慢焙到了一起，皮连着肉，骨连着筋。她在这暂时的寂静中感觉着另一个女人身上清晰的肌理，她就像要烙到她身上一样。这种逼近又让她有些恐惧，于是她慌忙垂下手指，另一支乐曲从她指尖流出来了。一切再一次模糊起来了，就在这一间屋子里，她和孔梅却像两个被时光的洪荒冲散了的人，隔着一条大河，远远地看着彼此。

她不用回头就知道，孔梅现在一定是坐在放着三五座钟的桌子旁边摸索着那只玻璃瓶。每天到了这个时候，在夏肖丹练琴的时候，她做完了所有的家务，便坐在桌子旁，一边等夏肖丹一边摸索着那只瓶子。瓶子不大，正好可以放在掌心里，孔梅像摸一只鸟一样摸着那只瓶子。夏肖丹一直都害怕看见这只瓶子，因为这只瓶子里装着一小截手指。这截手指被泡在防腐液里泡了十几年，已经不像一截手指了，苍白浑浊，带着一切尸体特有的滞重。夏肖丹只和这截手指认真地对视过一次，那次，她壮着胆子隔着玻璃瓶，仔仔细细地看着这截指头，因为被泡涨的缘故，指头上的每一条纹路都被放大了，大得有点面目狰狞，类似于青铜器上那些原始的饕餮花纹。看起来这应该是一截小拇指，因为指甲很秀气，这片秀气的指甲泡在液体里却像牙齿一样坚硬可怖。似乎它永远都不会腐朽，永远就要生长在那里了。

事实上，泡在瓶子里的整截手指都像一个泡在子宫里的死婴，虽是死的，却散发着一种类似于匕首的锋利光芒，使那瓶子看上去就像一只独立出来的邪气的眼睛。那目光沾到人身上一点都会让人觉得不寒而栗，仿佛是阴间的候鸟落到自己身上了，是不祥的，恐怖的，让人避之不及的。就那一次，夏肖丹对着阳光举着那只瓶子呆呆看了半天，忽然就被瓶子里飘出来的那缕目光慑住了，她与它对视了片刻，然后慌忙丢下了那只瓶子，跑到了院子里。她跑到有阳光的地方开始大口喘气，像一个刚从地底下钻出来的人。

孔梅每天晚上睡觉前都要细细摩挲那只瓶子半天，就像是这只瓶子是她身上的一个器官，本来就长在她身上的。夏肖丹原来以为这截手指就是孔梅的，因为孔梅的右手上就缺了一小截小拇指，那剩下的半截枯指像被砍过的树枝一样，有些铁划银钩的萧索和荒凉。在十个指头里因为是个残疾，反倒有些无赖式的桀骜不驯。反正是到底了，你们谁还能伤得着我？瓶子里的那截断指与孔梅的那只残缺的右手一直就遥遥相望着，即使只有一步之隔的时候，它们却仍然是咫尺天涯，永不能相会。

白天孔梅里里外外忙的时候，这截手指就被弃置到桌子一角上，它太小了，往光线昏暗的角落里一放，简直就和其他油盐酱醋的瓶子混在一起了。可是，无论它躲在哪里，夏肖丹只要一走近就能闻到它的气味，她就像是对这截手指过敏一样，它就是藏得再深，她都能在瞬间里直直把它挖出来。后来她才慢慢明白过来，她对它这种超乎寻常的过敏其实是因为她对它有一种很深的恐惧，她在潜意识里想避开它，所以反而无时不刻不在寻找它的蛛丝马迹。更重要的是，即使在她看不到它的时候，她也无比清晰地知道，它就在这屋子里。它坚硬得如同空气一样，每时每刻就在她的身体里进进出出。她根本拦不住它。

有时候坐在屋子里她会有一种阴森森的感觉，就好像是她们母女俩长年累月和一具尸骸生活在一起。尽管只是一小截指头，但当它离开人体，长年累月孤单地浸泡在一瓶防腐溶液里的时候，夏肖丹便觉得，它其实与一具尸体无异，在本质上，它们就是一回事。尸体的骇人与它的大小有什么关系？就像寻死的人，吃一勺毒药和吃一瓶毒药有什么区别。但是孔梅不扔它，她不仅不扔它，还把它当吉祥物护身符一样，只要有时间就拿在手里摩挲，简直是要把这截断指再摸活过来才作罢。

再长大一点后，夏肖丹才知道，这截断指并不是孔梅的。

二

因为常年炸油花的缘故，孔梅和夏肖丹的身上头上终年散发着一股挥之不去的油哈味，这种荤腥油腻的味道带着巨大的腐蚀性常驻在她们身上，像安家落户了一样，任是怎么洗都洗不掉。夏肖丹就是要把一层皮都刷下来了，那油哈味还是横亘在她身上岿然不动，像是她的血液里已经撒下了它们的种子，割了一茬再长一茬，野草似的，她休想将它们根除掉。就这样，夏肖丹每天披挂着一层厚厚的油哈味去上学，盔甲似的。于是，她身上就像盖了戳一样，一走到哪就有学生对她指指点点，卖油花的，那个就是卖油花的，一闻就闻出来了。那时候她刚上小学二年级，一天下午放学回家的时候，夏肖丹刚从两个女生身边走过去，就听见其中一个女生说，别碰到她，卖油花的。夏肖丹心里很想扑过去骂那女生，没见过油花啊，你没吃过油花啊，你爹妈没吃过油花啊，吃了也没见把你毒死啊，有本事你这辈子都不要吃油花。你要是再吃一根油花你就不是人养的。

她终究没有回头看那两个女生，正是放学的时候，学生们像豆子撒了一地，到处都是。她知道，所有这些学生都是那个女生的同谋，他们都是一个阵营里的，只有她才是个真正的异族，是他们真正的敌人。他们是水，她只是浮在最上面的那层油，她单单只是被迫浮在那里，却从来没有生出水的肌理，就是在她身上绑上铁，绑上石磨，她也沉不下去。出了魁星阁的门洞，校门口已经等着很多推着自行车的家长，都是下班后来接孩子的。她知道永远不会有人来接她的，站在门口的这些人里面没有一个是等她的，他们像一只硕大的严丝合缝的容器却独独要漏掉她。她连一道挤进去的缝隙都没有。周围都是大人们的腿和自行车的轮子，腿和轮子交错在一起，在四起的暮色里站成了一片喑哑的丛林。夏肖丹扛着自己笔直而空脆的背，目不斜视地从这丛林里穿过去，她小心翼翼地护着自己。

然而就在她已经走到这丛林边缘的时候，还是有人揪住了她的头发。经常有男生在半路上揪住她的头发扯下一根，然后便笑着跑开，嘴里大喊着，看猪毛了，看猪毛了。她的头发又黑又硬，因为留着短发，只要睡上一觉，每一根头发都像失重了一样，根根倒竖，必须得蘸上水，一根根地摁下去。所以夏肖丹每天早晨出现在教室门口的时候都是顶着一头水光闪闪的头发，像是刚从水里钻出来的。冬天的时候，头发上就结了一层薄薄的冰，像罩了一层玻璃似的在阳光下闪着光。这头发自然要引起男生们的注意，加上她身上本来就已经打上了卖油花的标签，再加一道标签也无妨。没有人怕她，因为每个人都知道她妈是卖油花的。对每个人来说，落井下石似乎是一件无师自通的事情，几乎是本能，大约是因为把一个人往高处推费事，往更低的地方推却再容易不过。大约是践踏更下贱的东西会多少给人一点成就感。所以，隔三差五的，就有男生悄悄跟在她后面，冷不丁地扯下她的一根头发，再大笑着跑开。

她的头发成了全校男生最大的娱乐。到了后来她在路上走着走着就会很神经质地回头看有没有人跟着她，紧张得像个地下党员一样。整个小学时代，她是他们集体的消遣物。在那枯燥单调的年代里，她的油哈味和那头头发成了他们一次次狂欢的诱饵，像一个按钮一样，只要一摁下去，就能给他们制造出廉价的欢乐。

很多年以后，夏肖丹才慢慢明白过来，那其实是人对贫穷的本能憎恶。他们憎恶的其实不是她，是她身上代表着贫穷和低贱的所有符号。当那些符号让他们望而生畏的时候，他们便本能地试图去消解它们驱逐它们。而她就是那些符号寄生的一处壳。

那个下午，夏肖丹又被拔去了一根头发，头皮火辣辣地疼，开始的时候她还会哭着追打他们，到后来就渐渐习惯了，她越哭着追打，他们越高兴，看着她就像看着一只被抽打的陀螺。她转得越快，他们越是兴奋。她忍着疼痛，头也不回，硬硬地，脆脆地往家里赶，一步都不敢停歇，就像有人在后面追杀她一样。她深一脚浅一脚地进了胡同，进了门先是呆呆地在门口立了两秒钟，就像是刚从冰天雪地里进了屋一样，没有回暖过来，浑身还麻木着。然后，她踉踉跄跄地又往前挪了几步，冰雪开始消融了一点，她从里面蜕了出来，然后便抱着院子里的葡萄树嚎啕大哭起来。

那个晚上，夏肖丹断断续续地哭了一晚上之后，连饭也不吃，作业也不写，单单就呆坐在桌子旁边，她觉得白天里所有的这些痛还不够，她要索性再往深处挖，再往狠处挖，她要自己接着去侮辱自己，直到把根子都挖出来。要鲜血淋漓就更彻底一些，干脆就全逼到眼前来，痛到最底下了还能有什么。孔梅坐在桌子的另一边，昏暗的灯光在她们身上流动着，使她们看起来像两尊寺庙里昏暗陈旧的菩萨，在她们的头顶上高悬着那张男人的黑白照片，男人的脸隐匿在一片灰败的黑白之间。那些层层叠叠的黑白像一层层风干的时间，一层层向里退去，在最芯子处才是那张男人的脸。他像一个天外来物一样，站在一个深不可测的地方遥远地看着她们。这么多年里，他一直就这样看着她们，却从来没有走下来过。

孔梅一边摩挲着那截断指，一边直勾勾地看着窗外的黑暗，就像是要隔着一重一重的时空把黑暗最里面的一点芯子勾出来。

看了一会之后，她的目光开始变虚了，开始变得松散起来，稀里哗啦落了一地，连收拾都收拾不起来。目光一散下去，她的整个人也忽然之间散了，就好像她的魂魄已经从她的眼睛里出来了，而在这身体里反而什么都不剩了，只剩下了一堆废墟，这眼睛便是废墟的窗户。

这个晚上夏肖丹第一次蛮横地罢工，拒绝弹琴。她远远地看着那架电子琴的影子，它清冷的影子被柔软的丝绒遮住了，像一截月光下的寒枝。夏肖丹忽然就有一种欲望要过去把这架琴给掀翻了砸了，她们这样一对母女，这样一对被驱逐得四处没有容身之地的最卑贱的母女，却像秋虫一样，在深夜里在角落里弹琴给自己听。当她弹琴，孔梅做她唯一的听众的时候，这琴声其实是做了她们两个的面具，这张面具把她们与这个世界隔开了。然后，她们自娱自乐着，在这面具的背后拼命为自己创造出了一个小世界，不见天光却自给自足。那是一点多么虚弱卑微的优雅啊，根本没有骨节，只要有阳光照进来，它就会像雾气一样自行消散。

孔梅和夏肖丹坐在照片的下面，坐在灯光的丛林和暗影中，夏肖丹忽然就觉得这张照片变得硕大无比，照片里的男人也跟着膨胀起来，到了后来简直是巨大，像太阳一样煌煌地悬在她们头顶，几乎要把她们烤干了才作罢。夏肖丹从小就知道这照片里的男人是她父亲，可是这照片里的男人就像住在高高的神龛里一样，十几年时间里从来没有下来过，也从来没有老去。孔梅已经驼了背，已经白了满头的黑发了，他还是像吃了长生不老药一样，年轻轻地端在那神龛里，就靠着母女俩敬给他的香火过活。

这时候，孔梅像在黑暗中徐徐打开了一扇幽暗的雕花柜门一样，终于开口了，我当什么事呢，就这点事啊。你怎么能跟着那些人作践自己？如果你父亲还活着，他们哪敢这样对你。你哪里知道，你父亲家本是京城里的望族，他父亲是当年的大银行家，母亲是国民党的高级军官。后来他父母都逃到了台湾，不知什么原因他一个人留了下来，我和他就是在那个时候认识的。我们当时在一个厂里做工，就是做工人的时候，谁都能一眼看出他曾经是个贵族。那时候缺吃少穿的，可是在他身上，一块补丁也要打得方方正正，就是切萝卜丁，他也要切成比例一致的寸丁。他喜欢看俄国的小说，还会写诗，他写一首就读给我听一首，他给我写过很多情诗，因为他很爱我，我们很相爱。后来，他父母来信要他去美国找他的姐姐，说他总不能一直在国内做个机床厂的工人。他很犹豫，是我说服他去的，我说你应该去，你总不能一直在这厂子里做个工人吧。我就是在他临走的前一夜怀上你的，我们紧紧抱了一夜，天快亮的时候，我们抱头痛哭起来，因为天一亮他就该走了。哭到后来，他突然进了厨房，我并不知道他进厨房去做什么。你猜怎么，他进了厨房拿起刀就剁下了自己的一截小指头。当时，他把那截指头交给我说，我没什么好留给你的，你留着它，你一定要相信我会回来接你的，你一定要等着我。

我看着那截血淋淋的指头连一句话都说不出来，你想我还能说什么，我想，我也没有什么东西可以送给他，那时候我们真是穷啊，想给他买件像样的大衣都买不起。我有的就只是我这个人了。为了表明我对他的决心，再加上那种生离死别的气氛，我脑子里忽然就一片空白，像缺氧了一样。这时候我忽然做了一件事情，我冲进厨房拿起那把还沾着血的菜刀，朝着自己的小拇指也剁了下去。我亲眼看到那截小拇指被剁下去之后还在桌子上蹦跳了几下，仿佛不愿意死一样。奇怪的是，我竟然连一点点疼痛都没有感觉到，就好像，它根本就不是从我身上掉下去的，和我压根就没有关系。那种生离死别的伤感把一切都麻痹掉了，就像是你身上所有的器官都自己醉了，都和你无关了。

我把我那截血淋淋的指头交给他，我说，我也没有什么别的东西好送你，这截断指就是我给你的信物，你一天不回来我就等你一天，你十年不回来我就等你十年。就这样我收下了他的指头，他收下了我的指头，这是我们之间唯一的信物。

后来呢?

不久后我收到了他的一封信，告诉我他已经到美国了，找到他姐姐了，告诉我让我等他。我怎么可能不等他呢，他走后一年我就生下了你，可是他再也没有回来也再没有来过一封信。很多年里我们都联系不上，我就一个人带着你，一年一年地等他。再后来我才打听到，他刚去美国没几天就病死了。我就说嘛，他后来怎么可能一个字都不给我写呢，他能把一截指头剁给我，怎么可能一个字都不给我写呢？原来，他是早早就死了，死前连个字都来不及留给我。他终究还是先把我抛下了。你看到的这截指头就是他留给我的，是他留给我的唯一信物。这么多年里我一直留着，我舍不得扔。我对他说过的，他十年不回来我就等他十年。顿了顿，她突然带着一种骄傲的跛扈，说，现在，十年都快过去了，我不也等下来了吗？虽然我这么多年带着你很辛苦很累，可是我觉得这要比随便跟一个男人搭伙过日子强吧，人要想活怎么活不了？大不了吃得好点吃得差点罢了。我就是再多吃些苦，都不想随便给你找个继父，你说他能对你好到哪里去？

再说了，你父亲那是什么出身，你是没见过他，他就是个贵族，再落魄了也是个贵族。其他男人怎么能赶得上他，连他一个脚后跟都拾不上。你那些同学算什么，你根本就不要把他们放在眼里。他们那些父母无非就是个工人，还能是什么，根本没文化，他们父母的父母也无非是个工人农民，可你的爷爷奶奶是什么人？你怎么能把自己和他们比？他们今天欺负你？没事，让他们一马，再过几年，你就会看到，他们算什么东西。等你长大了找男朋友的时候，千千万万要记住，找男朋友不能随便找，千万不要被两个钱迷惑住，不要以为有的男人有两个钱了就可以随便嘚瑟。有两个钱算什么，你就是再穷也不能看得上他那两个钱，你不要以为自己就是这胡同里长大的一个普通姑娘，你的爷爷奶奶姑姑都是在美国在台湾的，你的爷爷奶奶都是大资本家养出来的小姐少爷。其实你的爸爸和姑姑小的时候也是这样的小姐少爷，衣食无忧，你爸爸一个男孩子也是从小就得练钢琴，知道我为什么让你从小练琴了吧。这么多年里我只看明白了一个道理，就是，一个人身上的贵族气是从根子里长出来的，是从她生下来就得把这种子埋到她身体里去，她才能长——正喽。

那年，夏肖丹八岁。孔梅就这样在夏肖丹还很小的时候，就强迫性地把这样一个父亲塞给了她。这个父亲看不见也摸不着，但是他每时每刻都活在夏肖丹的每一寸鼻息间，他不分昼夜地看着她守着她，充斥在她周围的空气里，像血液一样流动在她的身体里。有时候在清晨和黄昏的光线里，她本来正收拾着桌上的东西，猛一抬头却与墙上的照片四目相对了。他以一种宗教式的肃穆看着她，使她在那一瞬间里生出了一种奇异的温暖，就仿佛是被一束佛光罩住了一样，那佛光直直透过她的骨骼，把她照得通体透亮。

她站在那里突然就落泪了，就算他已经死了，就算他这么多年里就只是活在一张照片里，他也是她的父亲，他就是化成灰化成泥土了都是她的出处，她的源头。有时候她会悄悄拿起那只装着断指的瓶子，一声不响地看着里面的那截断指，这是她能看到的父亲的唯一一个部分。他没有脸没有身体，单单只有这一只指头。她看着这截断指时，目光就在这断指上长了出去，一点一点长大，最后幻化成了一个完整的人形立在了她的面前。这种感觉让她觉得兴奋而恐惧，就仿佛是在那一瞬间里，她有了通灵的本领，她与一个来自阴间的人形拥抱在了一起。她的父亲正拥抱着她。

她的父亲是个贵族。在以后的很多年里，她时时刻刻都在这样告诉自己。在她带着羞耻心从孔梅的油花摊子前面经过的时候，在她听到有人叫她卖油花的时候，在她又被男生们揪住头发的时候，她就像一个小和尚念经文一样，平心静气地，一遍一遍地念给自己听，她的父亲是个贵族，她的父亲，是个贵族。她是贵族的女儿。

她每向墙上的父亲看一眼，就会凭空生出一点力气，她就像一株植物进行光合作用一样，用这照片里的黑白男人喂养着自己。她迅速地长大了，因为照片里的父亲在渐渐与她合二为一，他培到了她的身体里，做了她的养料和泥土。

在夏肖丹上初中的时候，孔梅卖掉了那架电子琴，攒下的钱不够，又借了些钱凑够了一万块钱，给夏肖丹买了一架钢琴。她是铆足了劲地要把这贵族的根子夯实到夏肖丹的身体里去。钢琴无声地站在墙角里，就是这样，母女俩都能感觉到这架钢琴像柄剑一样插在那里，闪着寒光。夏肖丹和孔梅都感觉到空气里有些陌生的压抑，就像有什么东西忽然把这间屋子给砌满了。夏肖丹不止一次地看到孔梅在打扫房间时，站在钢琴前面，拿着一块抹布，一遍一遍地擦拭着它。她像是羞于被她看到，一边用眼角的余光躲避着夏肖丹，一边装作不经意地摩挲着钢琴。夏肖丹用眼角的余光就看到孔梅的这个动作了，她装作没看见，继续埋头做作业。在心里，她忽然明白了，这架钢琴对于孔梅来说，其实也是一个符号。她固执地保留这个符号就是为了能留住父亲的一缕气息。尽管在她的描述中，父亲甚至没有为她弹过任何一支曲子。当她站在钢琴前面久久流连不去的时候，夏肖丹就觉得，仿佛父亲就住在这架钢琴里面，在和孔梅说话。

夏肖丹身上背着一个虚幻中的父亲从初中到高中再到大学，成绩倒是一直很好，钢琴已经考过了十级，孔梅却没让她报音乐学院。后来夏肖丹才明白，孔梅只是要让音乐成为她身上的一种点缀，一种附加的资本。刚进入大学的时候，夏肖丹仍然留着一头短发，身上的油哈味还没有来得及完全散尽，因为平素里没有太像样的衣服，高考完的那个假期里，孔梅带着她到县里选了几件衣服。虽是为上大学准备的行头，却也不过是几件廉价的衣服，粗糙的针脚，闪闪发光的亮片像鱼鳞似的，裤子穿在腿上四处晃荡，套着两只水桶一样，带着一种自己想象中的洋气。去大学报到的那天，夏肖丹周身穿着这样一身新鲜的盔甲似的衣服。站在一堆新生中间的时候，夏肖丹紧张得近于眩晕，她一面担心自己身上这身新衣服过于扎眼，因为实在太新了，让人一看还以为是为赴宴准备的，完全是乡下人进城的架势。一面又担心自己身上的油哈味被人闻到了，尽管换了一个地方，但那种气味像层皮一样，也得蜕上一阵子才能蜕尽。她不知道该把这个新鲜凛冽的自己藏到哪里去，她觉得自己像根刺一样扎在人群里，随时会被人拔掉。

夏肖丹开始了大学里如履薄冰的生活。大学里虽然没有男生追在她后面拽她的头发了，可是她走在人群中的时候还是避之不及，走得飞快，从教室出来就扎进图书馆，从图书馆出来又进教室。她生怕有人会在人群中拽住她，拖住她，她像个走在逃亡路上的影子，单薄，匆忙，在人群中总是一闪而过。

尹亮就是在那个时候开始等她的。那天她从教室里下自习出来时，正看到系里的尹亮背着双肩包站在雪地里来回跺脚。她有些奇怪，因为不是一个班的，就没有多问。第二天从教室出来的时候又看到他站在那里。这样一连几天之后，她过去便问你站在这里干什么。尹亮红着脸说，等你呢。她几乎笑起来，那你怎么不进去找我呢？说完了忽然意识到自己这句话说得多么无聊，自习教室那么多，除非他从一层慢慢找到六层，还得一个教室一个教室地找。她问，你等了多长时间了。他低声说，一个小时了吧。她声音微微提高了些，你怎么等这么久？他用更低的声音说，怕你提前走了。怕她提前走了，所以他只能在教学楼前的必经之路上等着截住她。

夏肖丹忽然就愣在了那里，在这一瞬间里，她忽然看到了尹亮的目光，那目光里有一点点让她感到惊慌的东西，她无师自通地明白了那一点东西是什么，是喜欢。往事汹涌而来，她忽然想起了小学时代那些跟在她后面拔她头发的男生们，那些男生太多了，很多年里她仍然觉得他们在她身后，像一条繁冗的大尾巴，就长在她身上，她根本摆脱不了他们。可是现在，在这个男生的目光里，她忽然就清醒了。她开始意识到什么了，那就是，这个远离家乡的地方就是她脱胎换骨的地方。

三

夏肖丹手足无措，却什么也没说就从尹亮面前走过去了。

在从他身边经过的那一瞬间里，她突然觉得自己身轻如燕，她踩着他的目光，像踩着一层薄薄的冰面，飞过去了。他是她离开家乡后的第一面镜子，没有人相信在此之前的很多年里她几乎不照镜子。现在，她借助着他那一个瞬间里的目光，从她十八年的峡谷上空飞过去了。在那个瞬间里，她的泪几乎下来了，她突然就明白了她为什么能在一眼之间就认出尹亮目光里的那点灵光闪现的东西。因为那点东西其实一直就藏在她身体里一个最隐秘的角落里，她一直很深很深地藏着它。可是，它就像一缕被锁在木箱里的沉香，她就是把它锁得再紧，它还是会在某一个瞬间里从她的身体里浮出来。刚才那一个瞬间里，她就在尹亮的眼睛里忽然看到了它，不，准确地说，是认出了它。十八年来，第一次有一个男人站在她面前不是因为追着她身上的油哈味，不是要去揪她的头发玩，而是因为喜欢她，哪怕这喜欢只有一点点，也够了，也够她从那十八年的蛋壳里孵出来了。

她想，她其实应该对他说一声谢谢，可是，这一声谢谢是万万不能说的，说出来了她在他面前就一点骄傲都落不下了。她略一低头就从他身边走过去了，她不接他的目光，就像没看到他一样。一回到宿舍，她便扑到镜子前第一次仔仔细细地打量着自己。她急于捉住尹亮目光里的那个自己，她要趁着这点余温把自己看清楚了，逮住了。居然，有人会喜欢她？原来她居然不敢去相信，有人会喜欢上她？趴在那面镜子上她忽然就流泪了，她这才知道这么多年里她是怎样如履薄冰地过来的。不管她和孔梅怎样去编织去幻想她父亲家族血脉里的高贵，事实上她们两个不过就是在借着一个男人的黑白照片，借着一架冰凉的钢琴相依为命，它们不过是她们的意淫对象。事实上，她们的每一天都是虚的，脆的，是一碰就会碎的。

现在，一个男人来打捞她了。

可是这样一个男生，是万万不可以谈恋爱的，她几乎是本能地听到了自己这样对自己说，这样果断的语气简直不像是自己说出来的，她把自己都吓了一跳。这时候天光已经变暗了，镜子里的人影模糊起来，恍惚间，夏肖丹看到镜子里站着的女人就是孔梅。她不远千里地跟着她，就站在她的血液里，所以她无论做什么，想到的第一个人就是孔梅。她挣扎着却还是听到了自己心里有个声音流淌着，这样的男生一望而知家境平平，甚至贫寒，但他毕竟是第一个对她表示好感的男生。同时，她又在镜子里听到了孔梅的声音，将来找男朋友的时候，千万不能因为他有几个钱就看上他，有几个钱算什么，有几个钱就想嘚瑟？这么多年里，孔梅一直这样告诉她，告诉她男人有几个钱算什么，可是，可是，当真的有一天有一个男人站在她面前的时候，她最本能地最先想到的居然就是，他有没有钱。

在那一瞬间里，她忽然有一种近似于无耻的感觉。就像是在这么多年里，孔梅一直试图去遮住她们母女俩那个最羞耻的部分，她像砌墙一样一块一块地搬起砖头砌在她女儿周围，可是她女儿却在一分钟的时间里就把这墙推出了一个缺口。什么也拦不住本能，那点本能就是那只装进了瓶子里的魔鬼，它没有出现只是因为没有人把它放出来，它在沉睡。

现在，她开始把它唤醒了。

但是她也舍不得一把推开他。尹亮继续在教室外面等了她几次，每次她都像没有看见他一样就过去了。终于有一次，那天大雪刚刚停下来，踩在雪地里的时候会听到自己脚下发出的嘎吱嘎吱的碎玻璃似的声音，带着一种童趣的天真，竟让人有些无端的快乐。夏肖丹在雪地里走着走着，忽然就重重地跺了几下脚，要把雪的声音更大地踩出来些给自己听。踩完了又有些不好意思地回头看看有没有人，这一回头，看到尹亮正站在她身后一声不吭地看着她。这个晚上，尹亮和夏肖丹吃了顿火锅。白森森的水雾在两个人中间狰狞着，吃到后来两个人就像隔着一片烟水渺茫的芦花荡一样，有些微醺，夏肖丹心里忽然无端升起了一种感动，趁着这微醺，她便问了一句，你为什么喜欢我？她怎么也没有想到，尹亮的回答是，因为我觉得心疼你。她一怔，脸上的笑脆脆地干了一层，却还挂在脸上，她硬着头皮，装着轻松，又说，心疼我什么？他说，不知道，从第一眼看见你的时候，看见你的头发，看见你身上穿的衣服，忽然就觉得很心疼你。就想应该对你好一点。夏肖丹的嘴唇是干的，牙齿也是干的，牙齿和嘴唇粘到了一起，落也落不下来。

他不是小学时代里那些拔她头发的坏男生，但分明，他比他们更可恶。他居然来怜悯她。好像在替那些小男生赎罪，又好像存心要把这怜悯当成对她的奖赏。他越过她精心搭建起来的层层设防，越过她衣服上所有那些小心翼翼的簇新的褶子，从她最无骨的地方划了一刀。他分明就是那些小男生的变种，他们长大了，阴魂不散地跟着她一路走到了这里。她恨他们。

这是夏肖丹和尹亮吃过的唯一一顿饭。此后，尹亮再来找夏肖丹的时候，夏肖丹就连一点缝隙都不给他留了。虽然，当她远远看到站在雪地里等她的尹亮的时候，她也曾怀疑过，心疼是不是也算一种喜欢？或许，所有的喜欢，本质上都不过是一种心疼？可是，无论如何，这心疼她不敢接着，这心疼是长着牙齿的，会咬着她。她害怕。

但是她必须承认，尹亮的目光是一层蛋壳，她就是从这层蛋壳里孵出来的。

她开窍了。她渐渐知道了怎样打扮自己。她开始蓄长发，她那头又黑又硬的头发天生就是长发的胚子，她却硬生生地在很多年里把它们囚禁在短发的笼子里，直到现在它们才葳蕤地从笼子里长了出来，长成了它们的本来面目。可能是因为离开了孔梅的缘故，她身上的油哈味也渐渐稀释不见了。那层多年里罩在她身上的盔甲居然不见了，她再也不需要胆战心惊了。她像是一只刚刚烧好的瓷器，带着一种回炉后的新鲜站在人群里。特别是在学校的新年联欢晚会上，长发长裙的夏肖丹表演了钢琴独奏之后，学校里的男生似乎一夜之间都认识了她，都知道了英语系有个夏肖丹。源源不断的情书开始递到她手里，各种各样的求爱方式开始在她身边发生。开始的时候，夏肖丹还把那些情书逐字逐句读一遍，以求发现里面有什么感动她的字眼。她像个将军一样俯视着这些男生立的军令状，她并不相信他们在信里说的那些内容，她需要的只是一种累加。就像一个穷人在积累自己的原始资本一样，她愿意把每个男生所发出的求爱信号都当成砖石。她一块一块地把这些砖石垒起来，慢慢往高处垒，每增加一块砖石，她就可以往远处看一点。她要踩着他们一步一步往上走，站得越高她就可以看得越远，直到有一天她能把所有这些男人全搜罗到自己的目及范围之内。他们对她来说，只剩下了具体的物性，不再有血肉，不再有感情，他们只是愿意喜欢她的人，他们成了她攒在储蓄罐里的一枚枚硬币。

她怎么可能去爱他们？她冷笑着看着镜子里的自己，她又微微侧了一下脸，斜睨着镜中人。她以前居然一直不知道自己可以这么美丽，居然一直不知道。当年他们是怎么对她的，把她当一株草一样踏在脚下随便踩。当然这些男生并不是当年小学里的那些男生，可是对她来说，他们就是一个整体，他们只不过是一个庞然大物身上的不同脚趾，血管连着，筋脉连着，打都打不散。小时候他们像拔草一样揪她的头发，她会忘了吗？她对着镜子伸出一只手摘掉了头发后面的卡子，一头长发水一样哗地流了下来，流了她一肩一脸，她用手指细细摩挲着那些头发，眼睛依然笑着，泪却下来了。她把头发当手帕擦了擦眼睛，这头头发被她养得像一只手一样柔软，仿佛是她身体上长出的另一只手，这只手带着劫后余生的苍凉和温暖抚摸着她。她这些头发可真是野火烧不尽啊，它们像地里的野瓜蔓一样顽强地爬了多少年，才爬到了今天的长度。她怜爱地抚摸着它们，像抚摸着一群逃出牢笼的囚徒。不只是这些头发，她全身的每一个部位，都是囚徒，都是些刚逃出牢笼的囚徒。她只不过是一簇珊瑚石，她只是这些囚徒的寄生之处。但是，她心疼它们，就像它们也心疼着她。这么多年里，她和它们才是真正相依为命着过来的。而这么多年里锁着它们的牢笼就是那些男生，他们像大大小小的栅栏围困着它们，锁着它们，她怎么可能去爱他们?

什么都是物以稀为贵，男生们的来信刚开始还看看，到了后来她看都不看就随手一扔，像在地里割麦子一样，齐根割掉。那些扔掉的信连同上面那些白纸黑字，就像被嗑完吐掉的瓜子壳，凌乱地洒了一地，显示着一种斑驳颓败的质地，仿佛它们天生就该是被遗弃的。她给所有追她的男生起了一个统一的封号“烂桃花”。她说，又是一个烂桃花，她说，那些烂桃花。所有这些喜欢她的男生对她来说不过就是一种物质的转换，但能量守恒，他们曾经欠她的现在就该补回来。而她自己呢，曾经确实害怕过，害怕以后没有人会喜欢自己，害怕自己在大学里依然被人欺负践踏。可是当这么多男生拥到她脚下的时候，她忽然明白了，人在本质上就一个字：贱。当她心里全是幻想渴望希冀的时候，她那些报复的欲望便被隐蔽起来了，其实它们终日隐秘地与她如影相随。现在，只要有一点适当的温度，那层隐蔽的壳便自己裂开了，她放出了暗处的幽灵。这幽灵，只有她自己看到了。

喜欢她的男生越多，她便越是看轻了他们。但只有一个人，她想到他的时候多少是和别人不一样的，这个人就是尹亮。她想，难道就是因为他对她说了那句话吗？他心疼她，不是爱不是喜欢，是心疼。很长时间里她在反反复复琢磨这两个字，心疼。这两个字为什么让她有一种微微的疼痛。后来她想明白了，他能对她说出这两个字是因为，他看到了她在根子上最软的那个地方。所以她会在以后所有缺少温暖的时候想到他，因为，他是她的钙。但这仅限于想象中和幻觉中，在后来的几年大学生活里，她和尹亮再没有正面地说过一句话。因为心疼那两个字对她来说虽然切中要害，但毕竟是稍带一点侮辱性的。从这个角度讲，他也是她的敌人。

夏肖丹是从大三开始做兼职的，她找了一份弹钢琴的兼职，每个星期去一家咖啡厅弹两个小时的钢琴。手里小有了一点积蓄之后，她更是把自己打扮得风调雨顺，与大一相比俨然已经完全脱胎换骨了。她是浑身上下都铆足了劲的，她就是要让全校的烂桃花们都瞻仰她，远远看着她，却压根近不了她的身。去咖啡厅都是在周末晚上，从咖啡厅离开的时候已经十点多了。那个周末的晚上，她走到门口才发现外面已经开始下雨了，门口见不到出租车。她便在就近的沙发上坐了下来，等着雨变小。

这个时候，一个男人向她走了过来，小姐，可以一起喝杯咖啡吗？她抬头看着他，一个三十多岁的男人，干净笔挺的衬衣，这时候她注意到了他手腕上整齐地扣着的袖扣，两粒宝蓝色的袖扣，深沉喑哑地闪烁着一种光芒。袖扣是男人身上唯一的首饰。

在后来的很多年里，只要看到一切优雅的东西，她都会立刻生出一种挑衅来，那其实是一种敌视和羡慕掺杂起来的混合体。遇到自己敌视的东西，她不仅不会退缩，反而会让自己迎头撞上去，因为她发现，夸大某一种痛苦就会使那些痛苦丧失了它的真实性，那么这种痛苦也就随之减轻和麻痹了。

后来她才发现，不只是她，其实孔梅在很多年里就是这样做的。

四

夏肖丹和那男人喝了一杯咖啡，闲聊了几句。夏肖丹说自己还是个在校的学生，男人忽然开门见山地说，就是为了听你弹钢琴，我每个周末到这里来喝杯咖啡。

这个开头是一个信号，是夏肖丹熟稔于心的。但夏肖丹发现她在收到这个信号的一瞬间里，心头掠过的竟是一丝很轻很细的喜悦。她感到了喜悦。这丝喜悦像一把锋利的战刀一样把她无声地剖开了，坐在男人对面的夏肖丹就着软若无骨的音乐，突然看到了自己身体里面暴露无遗的那个切面，那个切面像阳光下的矿物质一样闪着光，刺着她的眼睛。原来，自己是这么容易就会动摇？在拒绝了一片男生之后，她对自己有了一种错觉，觉得自己已是水火不入，百毒不侵了，可是现在，这个男人一句话就钻进她心里去了。后来她想，那是因为在那个晚上在那个男人向她走来的时候，她就已经像只动物一样闻到他身上的气味了，他身上有她想要的东西。他在把她当成猎物的同时，她也把他当成了自己的猎物。

那个晚上的结果是雨一直不停，于是男人顺理成章地说，我送你回学校吧。夏肖丹发现自己一点都没有吃惊，仿佛她就在等着这样一个结果。男人优雅地为她开车门，车和她想的也出入不大，一辆奔驰。奔驰男把她送回了学校，一直送到宿舍楼下，目送她进了楼门。那个晚上夏肖丹几乎彻夜未眠，这是恋爱吗？这不是恋爱吗？这难道是恋爱？她一个人分成了三个人，三个人在一张床上辗转反侧着，互相拷问，互相鄙视，互相安慰着，她心里又有些暗暗地遗憾着，男人要是白天把她送回学校就好了，她想让人看到她款款从奔驰上下来，尤其要让追她的那些烂桃花看到。她要让他们知道，他们根本入不了她的法眼。想到这里，她忽然自己吓了一跳，她发现自己已经在幻想中向着那男人投怀送抱了。这个时候她忽然想起了尹亮，想起了尹亮站在雪地里等她的影子，想起了她目不斜视地从尹亮身边经过的情形，她的眼睛忽然就潮湿了。

又一个周末很快就到了，不出夏肖丹所料，快到晚上的时候，奔驰男打来了电话，约她吃晚饭。夏肖丹想，这倒是像一个正常的恋爱过程，现在，序幕拉开了。她洗了脸，化了淡妆，对着镜子仔仔细细地端详着自己，看可有什么破绽。她有些暗暗为自己的老到喝彩，一个从来没谈过恋爱的人，竟能第一次谈恋爱就这么现实老到。可不是吗，她怎么能找一个学校里的小男生？找一个小男生，她坐在他的自行车后面，两个人一起吃碗两块钱的麻辣烫？二十岁之前她已经穷够了，现在，她要翻身做主人了。就是一条白蛇都不能永远被压在雷峰塔下，何况她还是个人。

餐厅选得很优雅，晚饭吃得很有情致，基本符合夏肖丹这么多年里的想象。晚饭吃到一半的时候，有服务生送来了一大束玫瑰，是男人事先定好的。那束玫瑰被放在了闪亮的餐具旁边，夏肖丹看着这一切忽然有了一种幻觉，就是眼前这一幕，是从她多年前的想象中复活过来的。它们借着这鲜花和灯光，借尸还魂了。她看着它们就像看着自己的一个很深很深的梦境，然后她又看到了现在的自己，她看到自己的躯壳正坐在桌子旁边，看上去也像一个梦境。深深浅浅的梦境一层套着一层，又像多棱镜一样互相折射着，在一个梦境里就看到了另一个梦境。而她自己早已游离在外，只剩下了一双全知而恐惧的眼睛看着这一切。

送她回学校的时候，奔驰男趁着刚才的余温还未完全消散，吻了她一下。她没有反抗，心里默默地想，第二次见面，是不是太快了一些，但总得给他留一点念想。这个进展速度还真是不好把握，快了不行，慢了也不行。同时她坐在车上暗暗警惕着，男人会不会再提什么非分的要求，他别想再往前靠一步。但是，什么也没发生，男人把她送到宿舍楼下，很绅士地为她打开车门。

这次夏肖丹确定自己是在恋爱了。因为她在度日如年地等着第三个周末快些来到，像小孩子等过年一样等不及。果然，到了周五下午，奔驰男又打来了电话，约她吃晚饭。又是一周没见，她对他的感觉像被捂在密封的瓶子里发酵了一周，再取出来时，立刻便感觉质地有些不同于先前了。男人在校门口等着她，她从学生中穿过向校门口走去的时候，多多少少有些趾高气昂的跋扈。那些男生，她恨不得用目光把他们都碾成灰尘。

她想象着男人这次会送她什么礼物，他不会不送的，如果他还算有情致的话。果然，她刚刚坐好，男人就把一只女士皮包递到了她手里，声音温柔得像潮湿的舌头。送你的，喜欢吗？夏肖丹心中一阵狂喜，皮包一看就价格昂贵，虽然颜色略显成熟，但样式不失优雅。吃过晚饭，两个人上了车，奔驰男却不急着开车，他先开了音乐，放了一曲《图兰朵》。两个人默默地听着音乐，谁也没有说话。夏肖丹忽然有些莫名的紧张，觉得车厢里的空气都被两个人的体温焙干了，玻璃似的扎着人的脸，随便一碰就会碎成一片。又过了半晌，男人忽然伸出了一只手，款款把夏肖丹揽在了怀里。夏肖丹顺势倒在他怀里，没有过多挣扎。她想，等了一晚上了总要发生点什么的。

两个人都没有说话，在歌剧声中，男人把脸向着夏肖丹俯了下来，吻了她的嘴唇，她的耳垂。在吻她的同时，一双手安静娴熟地在她身上摸着。夏肖丹陷入了一种短暂的梦魇中，知道自己是在做梦，却挣扎不出来，同时还有点不肯自己出来的贪婪。男人的手已经像蛇一样钻到她衣服里面去了，手指像蛇信子一样试探着她的反应。男人嘴里发出了类似于梦呓的声音，今晚……不回去……了，好……不好？就是在这个时候，夏肖丹忽然从重重的梦魇中清晰地接了一句风马牛不相及的话，你的衬衣怎么都熨得这么整齐？男人的嘴唇一边忙着在她身上寻找着什么，一边居然也能闲出来低低答对了她一句，都是我太太熨的。

夏肖丹几乎从车座上跳了起来。

什么，你太太？你结婚了？

男人无辜而微微愤怒地看着她，愤怒是因为她坏了他的兴致，无辜是因为他不明白她为什么这么大反应。她一瞬间里觉得自己五脏六腑全绞在了一起，像绞毛巾把子一样，非把最后一滴血都拧出来不可，可是就是这样也全是内伤。一滴血都不能给人看。你都结婚了你为什么还找我？她顾不上整理蓬成一团的头发，顾不上把衣服上的纽扣扣好，就冲着他声嘶力竭地喊了一句。男人迷惑地看着她，理了理衬衣的领子，定了定神，才说，因为我喜欢你啊。

你都结婚了怎么喜欢我？

我没说要找你结婚啊，但是我喜欢你。

夏肖丹突然之间就像站在雪亮的灯光下看清了卸了妆的自己，那张卸了妆的脸纤毫毕现地死贴在她对面，她不想看清她都不行。原来，这个男人找她竟是要明目张胆地……玩她？他觉得一顿饭，一把花，一个包的成本也够了，够把她骗上床了，而且他显然是没有任何愧疚心理的。首先，我又不是不喜欢你，我喜欢你。其次，我也不是空手套白狼，不是一分钱不花就想把你弄上床。她无声地冷笑，他的意思是，她也就值一顿饭，一把花加一个包。到此为止。

她长长地冷笑着，鼻子里冒出的都是寒冰。她脑子在飞快地奔跑着，怎么办，扇他一个耳光？扇他一个耳光有什么用？就是和他打起来了自己也占不到任何便宜，更何况连个观众都没有，深更半夜的，一切哗众取宠的形式就都算了。她决定用一个漂亮干净的姿态来收尾，以便日后想起来的时候，也觉得自己没有任何做过泼妇的嫌疑。她收起冷笑，没有再朝男人多看一眼就果断地打开车门跳了下去。在男人刚从另一侧车门里出来的时候，她已经迅速拦下了一辆出租车，她钻进出租车说声快走，出租车便疾驰而去，把奔驰男和奔驰远远甩在了身后。

像演惊险片似的，她吐了一口气，向后张望了一眼，奔驰男还站在原地，没有要追上来的意思。就是，人家奔驰男又不是强扭着要她做他的小三，人家也是愿者上钩嘛。妈的，本想着在奔驰男身上狠狠纯情一把，就顺便把婚姻爱情这些问题一次性解决掉，没想到她想要天长地久，人家要的就是一个晚上，第二天早晨各自提起裤子走人。

她眼睛木木地死死地盯着车窗外的灯火，嘴角挂着一缕僵硬的微笑。没事，有什么大不了的，自己也没有太大的损失吧，大不了，被他……摸了几把。这时候她才意识到自己从上了出租就一直死死抓着自己的提包，现在手心里已经湿透了。一松开手她却发现，她手心里死死攥着的不是一个包，是两个包的皮带。一个是自己的提包，另一个却是奔驰男送她的那只新皮包。刚才，她像个烈士一样从他车上跳下来，大义凛然地又跳上一辆出租车的时候都不曾忘记要把这个包带出来。或许她当时根本就没有意识到她在做什么，她只是下意识地，完全凭着本能地，把这个包也带了出来。因为她心里明白，她再不会和奔驰男见面了，这辈子都不会再见了，那么，给他留点清高的文艺女青年形象又有什么用？让他缅怀她？还是能用这清高换点钱？最实惠的就是，把这已经送给她的包带走。她继续无声地在心里冷笑，难道这包不该是她得的吗？让他白摸了？

她这才顾得上仔仔细细地打量着这只包，突然之间像是灵光闪现，她明白了，这包并不是专门买给她的。如果是专门买给她的，就不应该选这种颜色。这个包显然是给比她大几岁的女人背更合适，那一定是她老婆不喜欢这个包，于是他借花献佛转送给她，她要比他老婆好打发嘛，只要是点零敲碎打的东西都能哄着她。她松开了手，两只包都从她手心里滑下去了。她突然之间觉得很疲惫，一种很深很深的疲惫推搡着她。她无力地靠在了车窗上，车窗没有关严实，一缕小凉风钻进来拂在了她的脸上，像一只手在她脸上蹭着。她忽然就想起了孔梅，想起了那个晚上，孔梅坐在桌子旁边对她说的一句话，这么多年里我只看明白了一个道理，就是，一个人身上的贵族气是从根子里长出来的，是从她生下来就得把这种子埋到她身体里去，她才能长——正喽。

夏肖丹一动不动地靠在那里，泪水忽然就汹涌而下。孔梅努力了这么多年的事情，在她这里一个瞬间就被摧毁了。那么轻而易举地，她就在这个男人面前露出了她的本来面目，一顿饭，一把花，一个包，就烧出了她的原形。原来，这么多年里，无论孔梅怎样节衣缩食地满足她的一切要求，无论怎样费力地让她相信自己的贵族源头，她从生下来的那个时候起，其实就是个残疾，在她身体最深处，在最不见天光的一个角落里，她缺了一处骨节。那个无骨的地方一直就荒凉着，多少年里寸草不生，而她自己从来就不敢去碰那里。她自己不去碰，但终究有人会去碰，就像现在。

原来这无骨的地方直戳下去竟会这么疼痛。

学校放寒假了，夏肖丹也回家过年。她在收拾回家的东西时，把奔驰男送她的那只皮包也塞进了行李里。她打算好了，把这只包带回去送给孔梅做礼物。她无法用这只包，这只包背在身上分明就是把耻辱烙在身上了，分明就是在时时刻刻提醒自己，你也就值这只包了。不仅如此，一看到这只包的时候，她还会看到另一个女人模糊不清的脸，那张脸笑着对她说，你背的包可是被我扔掉的。所以这包她是坚决不能背的，她也几欲要把这只包扔掉，以显示她的气节。可是一想到它昂贵的价格，她终究还是舍不得扔掉，就是扔了也只有她一个人知道，不划算。于是她做了决定，回家时给孔梅带回去，孔梅这么多年哪里用过一个皮包，连钱包都不用，多少年就用塑料袋当钱包装钱。对，送给孔梅。

让夏肖丹万万想不到的是，孔梅接过皮包的一瞬间，脸上闪过的不是高兴，是一缕让她觉得异常害怕的阴郁。孔梅一句话都没说，仔仔细细前前后后地看着这只皮包，就像警察在搜查赃物的证据一样。看了好半天，她忽然抬起头，脸上一丝笑容都没有，她用阴沉沉的眼睛直直盯着夏肖丹，嘴里只说了一句，哪里来的包？夏肖丹本来就有些心虚，这包的来路确实算不得光彩，她自然不能告诉她实话。她不敢接孔梅的目光，手里随便抓起几件衣服整理着，嘴里说，我给你买的啊。觉得好看就给你买了。

多少钱买的？

没多少钱，打折的时候买的，很便宜。

很便宜是多少钱？

夏肖丹有一种被审问的恼怒，又有一种做贼的羞耻，两种情绪像两把锉刀一样锉着她的虚弱处，她的泪快下来了，却硬是给逼了回去，趁着这泪缩回去时退潮般的空旷，她虚张声势地喊着，问这么多干吗？能值几个钱？买个包就怎么了，天就塌下来了？她没料到，孔梅依然是不依不饶，她像忽然之间中了什么邪气一样，这邪气像钢筋一样撑在她身体里，从头顶到脚，她看起来变得很奇怪，不能弯曲不能动，就只是像刀剑一样锋利地明晃晃地戳在她面前。她问的还是那句话，你说，这包是从哪里来的。

夏肖丹明白了，她无处可去了。

她不再说话，耍赖一样坐在了床上，不抬头也不说话，随孔梅去。孔梅又开口了，你说清楚，这包是从哪里来的，你不要以为我不出门就瞎了眼，不要以为我就什么都不认识，我活了快五十岁的人了，我吃过的盐比你吃过的饭还多。夏肖丹决定不再说话，不再理她，看她能怎么办。不就是一个包吗，一个包还要把她逼死？

夏肖丹不说话，孔梅也不说话。一个坐着，一个站着，两个人寒光凛冽地对峙着。空气中有一种很尖利很邪的东西像蝙蝠一样无声地飞过，带着些不祥的讯号碰撞着她们的皮肤。

五

孔梅转身出去了。夏肖丹继续坐在床边，把两只手垫在屁股下面，一动不动地保持着那个姿势。她也只有耍赖到底才能压住她心里一阵阵往出泛的虚弱。她愤愤地想，这包又不是抢来的，骗来的，她又不是白白捡的，她也是有付出的，这是她该得的。她就让那男人白摸了吗？既然摸都摸了，那这包就应该归她支配，她现在就是它的主人。可是，她怎么能把这样的理由告诉给孔梅？她怎么能冠冕堂皇地对自己的母亲说，这包也不是白得的。

她脑子里正胡思乱想的时候，孔梅的脚步声又响回来了，她又进来了。夏肖丹低着头不去看她。孔梅把什么东西咣地往桌子上一放，就向她走了过来。这咣一声很钝但满是力气，就像有人很狰狞地一脚踩在了桌子上。她心里一阵奇怪的紧张，就像心里的什么角落忽然之间收起来了。她刚要抬起头来，孔梅已经几步走到她面前了，孔梅一句话都没说就一把把她从床沿上拽了下来，然后拽住她的一条胳膊把她拖到了桌子边上。孔梅忽然之间变得力大无穷，就像在身上累加了好几个人的重量一样，这好几个人的重量像钳子一样死死钳住了夏肖丹的一条胳膊，她根本挣脱不出来。她的那条胳膊被摁在了桌子上，就在这个时候，她的目光碰到了桌子上的一样东西，一把菜刀。刚才咣一声就是它发出来的。它在这里静静地等着她。

她又看到了自己的那条胳膊，像个即将临刑的犯人一样躺在那把菜刀的旁边。她清晰地看到了自己的那只手，在这个瞬间里，这只手苍白得近于透明，像用玻璃做成的，剔透，冰凉，指甲上反射着那把菜刀上流动着的金属光泽。她被一种前所未有的巨大恐惧罩住了全身，突然就像瘫了一样，一动都动不了了。她的嘴像鱼一样张了张，却吐不出一个字。孔梅的声音在她耳边响了起来，每一个字都像是铁画银钩地刻在空气中的。她听见孔梅的声音说，你今天要是不把这包的来历讲清楚我就把你的这根小拇指剁掉。夏肖丹用眼角的余光看到，那把刀被一只手拿起来了，悬在了她的胳膊上空。那只拿刀的手就是孔梅的。

这个时候，夏肖丹开始真正感到恐惧了，她意识到事情比她想象的要严重得多。从小到大，孔梅什么时候拿着刀在她眼前比划过啊，她连打都舍不得打她一次啊，自己就是把一头头发都吃白了也要给她买架电子琴。现在，她究竟是怎么了？她怎么突然就变得这么面目全非起来。她试图挣扎了一下，才发现自己根本动不了，她的那条胳膊像是被焊死在桌子上了，一点松动的余地都没有。孔梅的声音也完全变得陌生了，像被冻僵的蛇，直直的，满是冰碴的，充满邪气的，一条一条地扔到了她的脸上。她还是在问她，你说，这包是从哪里来的。夏肖丹心里掠过一阵绝望，那就是，这个瞬间里她在这个世上是真正的无依无靠了，一切的一切都在离她远去。她张开嘴，终于说出了一句，别人送的。又是孔梅的声音，别人为什么送你这么贵的包？夏肖丹再说不出一句话来了。她静静地把脸贴在了桌子上，像一尾被摆在案上的鱼。她把脸贴在那里，静静地无声地流着泪，不再做任何挣扎。

那柄寒光闪闪的刀一直就架在她手的上方，迟迟没有落下来。像是很长很长时间都过去了，她忽然听到了孔梅很遥远很苍老的声音，孔梅说，你知道那装在瓶子里的小拇指是谁的吗？并不是你父亲的，那是我的。夏肖丹浑身一哆嗦，孔梅接着说，你知道吗，那挂在墙上的照片并不是你的父亲，我这么多年里把一个陌生男人的照片一直挂在墙上就是为了让你知道，你是有父亲的。其实你的父亲并不是贵族，你的父亲只是一个骗子，你没有在台湾的爷爷奶奶，没有在美国的姑姑，所有这一切都是我编出来的，就是为了让你能从小就在心里有一种优越感，不会像我当年一样什么都能看得起来，什么都能骗到我。我编出那样的故事来骗你是为了让你心里相信爱情，相信真情，相信世上真的会有一个人很爱很爱你。

我害怕你变成一个真正的穷人家的女儿，因为我当年就是穷人家的女儿，我知道那是一种什么心理。当年我刚刚二十岁，进了机床厂做工人，每天和车床和焊床打交道。我就一直想着找个男人换个工作，离开那里。后来我就认识了一个男人，那个男人来厂里跑采购，很有本事的样子，能说会道。一来二去我们熟了，他请我吃了一碗面，送了我一块纱巾，我们就处起了对象。其实我当时对他一无所知，连他的名字是真的还是假的都不知道。但是我就是相信他说的每句话，我把他说的每句话都当成金科玉律，就是因为我太想离开那里了，我想靠着他离开那里。他说他父亲是省城的大官我就信，他说他能帮我调动工作我也信，他说他喜欢我要和我结婚我也信。我一直等着他给我调动工作，直到后来我发现自己怀孕了。我就给他讲了，想和他赶紧结婚。然后，第二天，他就消失了。

从此以后我再也没有见过他。他都不管我怀孕了会有多么害怕，就这样跑了。他走后没多久，我在车床上刨零件的时候因为心不在焉，被车床切去了一截指头。就是你看到的那截指头，那指头不是别人的，是我自己的。当时指头没接上去，我就把它留了下来。当时我没有想明白为什么要留着它，很多年之后我才明白过来，我留下它就是为了时时刻刻提醒我自己，你当年是多么的……贱。一碗面，一块纱巾，你都能看得起来，两块钱你也能看得起来，一句空头支票你也能看得起来。后来我就不断告诉自己，你也就值一碗面，一块纱巾，一句空头支票。我不断告诉自己，你……活该。

那男人是找不到了，我偷偷摸摸地去医院想堕胎，没想，医院要厂里的证明，胎没堕掉，反而被全厂人都知道了。我明白我已经没有什么后路了，我也一眼把自己的后半辈子看到头了。看到底了心里反而就不怕了，就这样了，我最烂也烂到底了，我名声也就这样了，大不了没人会娶我，大不了我后半辈子就一个人过了，谁还能把我杀了不让我活下去？我是硬着头皮活下来的啊。

我之所以要把你生出来就是因为我那个时候就知道，我这辈子都不会结婚了。但是有了你我心里就不那么害怕不那么孤单了，我就觉得我的后半辈子是有伴了，我不怕了。你就是我的全部指望。那个时候我就想，只要你将来能过得好，就算是我也过得好了，只要你能过得幸福，就算我也幸福过了，只要将来能有一个男人真心疼爱你珍惜你，就算我也真正被人疼爱过了。我就想我什么都没有了，我还有你，我就不怕了。真的，这么多年里，我真的什么都不怕，别人都看不起我，背后骂我，当面给我白眼，我都不怕。后来就是下岗了没工作了，我也不怕，我靠卖油花一分钱一分钱地供你上学的时候，我也不怕，我就是想着一定要把你供出大学，一定要让你活出个人样，一定不能让你像我一样，什么世面都没见过，随便一点什么都能骗得了你，一定不能让你像我当年一样……贱。我把我当年幻想中的所有高高在上的不可企及的东西都买给你，就是为了让你不要变成我。为了不让你有那种……根子上的卑微和下贱。可是，你现在，怎么能和我当年一样，怎么能连一个包都看得起？

夏肖丹只是无声地流泪，浑身激烈地发着抖，却一句话都说不出来。

孔梅的声音像天外来音一样遥远地响着，你自己都不知道，这个包对你来说只是一个开始，以后随便一点什么你都能看得起来，随便一点什么就能诱惑得了你，两个钱，一件衣服，一顿饭，一个学历，你什么都能看得起来。如果我不让你记住这个教训，你以后就会是第二个我。这么多年里我吃这么多苦就是为了能把你推上岸去，可是你看看你自己。今天，我如果不砍掉你一个指头，以后我会后悔死的，我情愿让你掉一个指头也要记住这些。因为我看着你现在就是看着当年的我自己。

夏肖丹喑哑地哭了出来，却说不出一个字，也动弹不了。她看到一道寒光向着她的手飞了过来，她死死闭上了眼睛全身抽搐起来，她听到了长长一声尖叫像锦帛撕开了一样，嘶哑、绝望。那是从她嘴里发出来的。可是，当尖叫声歇下来的时候，她却没有感到任何想象中的疼痛。她终于挣扎着把眼睛睁开时，迎面看到的是一摊血和静静躺在血泊里的一截指头。她哆哆嗦嗦地向自己的那只手看去，完好无损。那只手苍白剔透却是完好无损。那根躺在血里的指头不是……她的。

她瑟瑟地回过头，孔梅静静地站在两步开外的地方看着她，面目模糊，两只手却是极度安静祥和地垂着，没有任何挣扎和疼痛，一只手里仍然握着那把菜刀，另一只手正一滴一滴地往下滴血。孔梅看着她，慢慢抬起了那只鲜血淋漓的左手，那只手上因为缺了两截指头，看起来有些奇怪，看上去不再像一只手了，它似乎变异成了另一种事物，另一种让她胆战心惊的可怕事物。孔梅的声音也是苍白的，失血的，锈迹斑斑的。她指着桌上的那截安静的断指滴水成冰地说，如果你以后能一直记着我这截指头是怎么掉下去的，我今天也算值了。

孔梅回过头，拖着一道血迹出去了，把抖得像一片树叶的夏肖丹独自留在了屋子里。

最后一年大学生活夏肖丹是平平安安地度过去的，她没有再做任何兼职，直到毕业前很顺利地找到了工作，经过笔试面试去市里一所高中做了英语老师。然后，工作半年就很快结了婚，对方是通过相亲认识的。虽然相亲难免遇上风马牛不相及的人，但仍不失为一种最稳妥最保险的经典方式，大约也不会随着时代的进步而被淘汰吧，总不能所有的男人和女人都跑到飞机上火车上跑到丽江跑到非诚勿扰上认识去。那只是概率极低的一个部分，却不小心被当成了样板。其实放眼望去，绝大部分的单身男女还是得靠着勤勤恳恳的海量相亲，排雷一样艰苦卓绝地排除、筛选、被刷。且必得有邱少云一样的钢铁意志，有任凭风吹浪打依然能岿然不动的姿态，方有望淘到自己最后的那粒金子。

这相亲男是建设厅的一个公务员，三十来岁正准备升副处，谈不上多有钱，但一望而知是潜力股。这年头大家挤破头地去考公务员是为哪般嘛。在谈恋爱的时候夏肖丹虽然从不多问他什么，却在暗地里早把这男人抽茧剥丝地滤了个剔透。男人是农家出身，但名校毕业，又自己考上公务员，这样的智商和知识结构正是日后显达的起码基础。而且这样的男人没有外在依靠反而被逼得内力强大，出身贫寒的孩子心里又多有一股狠劲，不担心他不上进。虽然狠得厉害了难免会心理扭曲，但他看起来温文尔雅，目光里也没有太阴暗的东西。加上他的职业，一个公务员在作风方面必定是谨慎的，一步不慎前途尽毁，谅他也不至于成天包小三找情妇地来摧残她。她也很明白他找她的原因，除了她看起来文雅清秀端庄，他还冲着她的职业。做老师的女人一是稳定，二是自律，不至于像文艺界的女人感情太丰富，靠着感觉活，不会给他戴绿帽子。更长远的理由当然就是教育和辅导孩子的问题，男人结婚当然要考虑传宗接代的问题，又不是光娶一个女人。老师嘛，这本来就是分内的事。真是相夫教子的最佳选择。孔梅对该男也相当满意，两个人各取所需，一拍即合，又都担心夜长梦多，这年头恋爱上八年抗战的哪对能结得了婚？于是两人速战速决，认识半年就领证结婚。

结婚前男人曾风淡云轻地问过她一句，以前谈过恋爱吗？夏肖丹面不改色心不跳，既不假装无辜也不挟以自重，她单单就只是平平静静地吐了一个字，没。难道她是在撒谎吗？难道她谈过恋爱？不，她就敢在心里斩钉截铁地告诉自己，没有。至于那晚在车上被那男人摸的那几把……也算不得恋爱吧。谁敢说她谈过恋爱，她之前没有过性经验，谁敢说她一个不字？夏肖丹想着，在心里无声地冷笑着，她突然在此刻感到了自己心里前所未有的一种强大，我没有落下任何把柄在你手里，看你拿什么能要挟得了我。她绝不能让他从一开始就拿捏住她，以后凡有风吹草动他就专门捏她这处无骨的地方。因为无骨的地方最疼。原来，一个人要是不把自己身体上的缝隙留给别人，那就任是什么都进不来，任是什么都伤不了你。

领证那天她想起了孔梅，远远地想起了孔梅，她的泪忽然就下来了。到这个时候她才明白，当年孔梅以自己的一根指头为代价，为的却不过就是，把她平平安安地送到一个男人手里，让她过一种最平稳最无缝最难以被伤害的生活。现在她和孔梅就像是站在桥的两边遥遥相望着，孔梅在桥的那边，她在这边，中间架的那座桥就是孔梅的那截断指。

结婚以后一切都不出夏肖丹的预料，男人晋升很快，对她也算不错。他们很快就在市里有了两套房，又买了车，孩子还不急着要，一切看起来都顺风顺水。夏肖丹工作卖力，年年被评为优秀老师，打扮上愈发知性优雅，穿的用的都有了自己的固定品牌，连身上散发出的香水味都是一以贯之的风格，在家里偶尔还弹弹钢琴。丈夫很愿意带她去见朋友，因为能拿得出手。

她曾几次想把孔梅接出来住，但孔梅死活不愿意出来，只说在自己的屋里住惯了，她也就不再勉强，一个月回去看她一次。其实她心里清楚，孔梅是怕她丈夫看不起她，因为，她被人看不起惯了，她已经不打算再被任何人看得起。她已经不再染头发了，每天顶着一头雪白的头发，戴着油腻腻的围裙到胡同口炸油花。夏肖丹经常偷偷看到，孔梅做什么的时候就很熟练地用她左手上的三根指头，那只手上只剩下了三根指头。那没有了指头的地方就像两截荒凉的树桩。

生活看起来已经完全进入了正轨，夏肖丹每天上班下班，就绕着这个已经成形的轨迹转，送走一个白天再送走一个黑夜接着又是白天，都来不及细细思量点什么时一天已经过去了。这年夏天，学校有一个出去进修的名额，校长有意把名额给了夏肖丹。

在上海进修三个月。夏肖丹想了想便同意去了。

然后她只身来到了陌生的上海。

六

上海。

来到上海的那个早晨，她在淮海路上走着走着便拐进了曲里拐弯的弄堂，弄堂深处有一家包子店。想起还没吃早饭，她便进去要了一笼蟹黄小笼。蘸着米醋细细把小笼吃完了，她心想，这就是张爱玲笔下的蟹黄小笼了，便坐在包子店里独自微笑了一下。

从包子店里出来时正好从玻璃里看到了自己那张还在微笑着的脸，她忽然就吓了一跳。她在笑什么？可有什么高兴的事情？没有。因为来了个上海高兴？也不是。她默不作声地盯着自己那缕怪异的微笑，不对，她总觉得有什么地方不对。这微笑看起来就像刚从密封的瓶子里钻出来的一缕魂魄，挂在她自己脸上的时候她看不到，可是一旦映在镜子里的时候，这魂魄便现形了。继而她明白了，不只是这微笑，是她整个人，在此刻，都像一缕刚刚逃出来的魂魄。

她映在玻璃里的整个人看起来就像一张被滤掉了所有颜色的黑白底片，她站在那玻璃里简单地黑白着。就是因为简单到了极致，她的整个人形反而像溶在了水中一样渐渐稀释不见了，连眉眼也模糊不见了。现在被留在镜子里的就只剩下了一缕魂魄，那丝邪气的莫名的微笑就是这魂魄发出的。它虽然微笑着，却在镜子里散发着邪气、戾气，还有一种很深的悲伤。她们隔着一扇玻璃静静地对视着。

她忽然明白了，它是从她身体里逃出来的。她把它关了那么多年，把它在自己身体里关了那么多年，让它像个囚徒一样不见天光那么多年，她让它自己腐烂去，发霉去，可是没想到，它仍然无比茁壮地活在那里。它像一粒强悍无比的种子，只要有一点点湿度，它就会立刻破土而出。她伸出一只手抚摸着那扇玻璃，隔着玻璃她抚摸着它。她的指尖冰凉地从它身上划过来划过去，她的泪忽然就下来了。原来，她是这样地心疼它，连她自己都不知道，她竟是这样地心疼它。

它就是她那下贱的根。

原来，它从来就不曾死去过，无论她的上半截长得怎样郁郁葱葱，枝繁叶茂，无论她的枝叶伸向了哪里，她的根就一直长在那里，牢固地顽强地吸附在她的身体最深处。其实她和它从来就不曾分离过，从来。当她在清晨漫无目的地拐进这上海的弄堂时，它已经在那里嗅到了，它嗅到了她此刻的自由和轻松，它嗅到了在这个陌生的地方，没有一个人认识她，她也不认识任何人。在这里的三个月是被从时空中抠下来的一处天窗，没有前因，没有后果，没有相互缠绕的根系，她只是顺水漂到这里的一个孤儿，她是独立的，空心的，是被连根拔起的，是真正无所畏惧的。

被时光漂白的河床上只坐着她一个人，静静地与这座城市对视着。

来这种成教院进修的多是些老男人老女人，年轻老师都不多见，大约是轮不上。一把年龄了哪有心思学习，多数人是因为在自己那一亩三分地里待腻了，想着出来透透气，说不定还有个把艳遇什么的。都是在讲台上当了十几年老师的人了，冷不丁被放到讲台下面当学生居然也过渡得天衣无缝，连那些年近五十的男人女人，也是一脸天真活泼的风致，上课举手抢着回答年轻老师的问题，下了课还要拦住老师问问题，一个个都返老还童了三十岁都不止。

女人们扎了堆除了拼老公就是拼衣服。

我朋友昨晚给我打电话说，你先生又换了一辆车，我说怎么车上没有你呢，心里还正奇怪难道你先生换了车把太太也换了？一问你先生才知道原来你去上海了，我说么。

我来之前就问过能不能携带老公啊，我什么都不会做你说怎么办，衣服也不会洗，我在家里从来没洗过啊。昨晚打电话给我老公诉苦，他让我把换下来的衣服给他寄回去，我下午就打包给他寄回去。

你看我这头长头发每天都得做护理，不然都梳不通，在家的时候每天都是我老公帮我洗头发的，这出了门自己连个头发都弄不了。

你可别和我开这种男女关系的玩笑，要是被我老公知道了立马过来打断你的腿。

……

夏肖丹耳熟能详的除了老公版本还有衣服版本。

我昨天买了一件正在打折的衣服，好便宜的，打完折才一千二。

我今天又买了一件五色花的绣品，我就是喜欢这些刺绣的衣服，真是优雅精致。

我今天给我老公买了一件衬衣，才四千块钱。

我昨晚闲的无事说去商场逛逛吧，结果怎么一下就买了四件衣服，连信用卡都刷爆了。我这个人就是没有自制力，下次逛商场的时候得找个人管着我点，要不然信用卡加现金都不够我用的，还得借钱消费呢。

……

女人们没有一个不是没有品位的，没有一个不是没有消费能力的，没有一个不是骄傲的，没有一个不是被老公捧在手心里含在嘴里的。夏肖丹暗自冷笑，装什么根正苗红，自己根子里那点东西只有自己知道罢。这么多年里，她习惯看人不看上半截，她带着一种近似于恶毒的心理习惯性地往下半截子里窥视。她相信，如果让一个人十几年地和自己手上掉下来的一截断指生活在一起，十几年地和一张挂在墙上的照片生活在一起，那谁都会养成这种刻薄的爱好，那就是，喜欢往别人的根子里看。

只一眼两眼之间她便知道，这些女人多数不过是她的同类，都是前半辈子的卑微挣扎，呕心沥血地上出一个学来有了一份工作，嫁了个对自己有利的男人，然后逐渐开始有了雏形，逐渐开始人模人样起来，到最后，就真的变成人了。当然，她们和她一样，修炼成人形之后就把根子上的那点东西打扫得干干净净，一点痕迹都不留。可是，她怎么能不知道她们？怎么能不认识她们？她和她们根本没有一点区别，虽然彼此连名字都叫不全，在身体里却真正是流着一处血的。所以，她们疼痛她知道，她们虚弱她也知道。

她自身携带的悲伤悲伤着她，她们的悲伤又蹂躏着她。

班上真正和夏肖丹关系不错的不是这些女老师，是一个叫吴刚的男老师。她记得那天中午午饭后她一个人在寂静的校园里散步，拐到一条林荫道上时，看到前面蹲着一个男人正和路边的一只猫低声说话。这个男人就是吴刚，他蹲在那里旁若无人地和猫说话，她站在身后静静地看着他。突然之间，一个中年男人抚摸猫的那个温柔动作让她眼眶潮湿。后来她便走过去和他说起话来。他说这是学校里的流浪猫，他经常来喂它吃的。那个中午他们坐在路边看着梧桐树上的叶子翻飞着往下落。

她问他，你结婚了吧。他说，没有。她说，怎么不结呢，一个人孤单不？他一边摸着怀里的猫一边怔怔地看着远处，因为我爱上了一个有夫之妇。她差点笑出声来，哦，你还搞这种复杂的事情？他很无辜地扭头看着她，不，你不知道的，我知道你不可能知道的，你以为你有爱情吗？你们觉得你们有爱情吗？夏肖丹心里不知什么地方咯噔了一下，隐隐不舒服，她没有说话，继续听他说。他说，你根本不知道什么是爱情的感觉，如果你没有爱过的话。我和她认识六年了，我认识她的时候她已经结婚了，没办法，已经结婚了，这都是命。这六年时间里，我是这个世界上对她说我爱你说得最多的一个人，因为我每天在清晨和黄昏的时候都会雷打不动地给她发三个字，我爱你。她从来不回，我就把这三个字一直给她发了六年。我们在一起的时间很少，六年时间里大概只有五次，每次我们在一起都会做一件事情，嚼口香糖。我把她嚼过的口香糖再放进我嘴里嚼，最后我把我们嚼过的口香糖风干，再装到一个漂亮的玻璃瓶子里。那个瓶子我走到哪都随身带着，从来没有离开过我，那瓶子里一共装着五粒这样的口香糖。它们在我眼里就像珍宝一样，因为它们的身上混杂了她的气息和我的气息，我们在这只瓶子里真正地合二为一了，我们真正地成为一体了。我把这些口香糖放在手心里一遍一遍地抚摸的时候，我就会觉得我正牵着她的手，我能感觉到她身上的体温和芳香。

你知道为什么我的网名叫第十六号，因为她的身份证号的最后两位数字是十六。只要一想起她，我和别的女人就什么都做不成，拉手，接吻，做爱都不行，我被野蛮地判给了她，成了她一个人的专属财产，她就是不要我，我也终身是她的，可我们之间也就只有拉过手，此外的就再没了。我给她打电话的时候，她对我说得最多的一句话就是，忘了我吧。要不就是长长地沉默，只是默默地听我一个人说话。但是能在电话里听到她的呼吸我也足够了，哪怕她不说一个字，我也足够了。因为在这个时候我会觉得，我很幸福，在这个世界上我真正爱的人离我很近很近。就算我们这辈子都不能在一起生活一天，我也够了。真的，六年了，我对她从来没有别的要求，我只想每天晚上能给她洗澡洗脚给她盖好被子该多好啊。下雨的时候我会想，今天她怎么去上班，有没有人接她，但接她的那个人永远都不可能是我，我只能站在雨中远远地看着她被接走却不能走近她，因为我要让她幸福。每天中午的时候我都会想，她今天午睡了多长时间，睡好了没有。我会看着表走动幻想这是她梦中的呼吸。我曾经对她提过的唯一一个要求就是，每天晚上睡觉前的最后一件事是，她能想起我。只要能想起我，就是我和她在一起了，我们每晚每晚都在一起。我买过一只结婚戒指，送给了她，我对她说，收下吧，收下就是你答应我了，下辈子会嫁给我。

……你打算一辈子就这样过了？

我觉得这样很好，心有所爱的时候你整个人会变踏实，就会愿意一直这样过下去。身体和性爱都是会腐朽的，你要真的爱上什么了，其他的不过是个形式。

夏肖丹忽然想起了孔梅，孔梅和眼前的吴刚其实是多么的相似啊，其实他们所做的不过是一种事情。他们让自己过度的沉迷其实本身就是一种解脱，过度的爱和痛都会让一个人消失在无中，这是一种类似于催眠的效果，变幻成为一种不真实的情感，却要比真实的情感更动人。因为它们本不存在。孔梅的断指和吴刚的爱人其实本质上是一回事，都不过是他们的一种幻觉。当一个人对什么期望太多，而它又不可能实现的时候，它便成为了幻觉。它让一个人在某一刻里拥有一切而又一无所有。

她想，这个男人如果根子上像她一样下贱，他还能这样不顾一切地伸向一种虚无中的爱吗？只有一个纯净的没有受过伤害的根子才能这样去爱吧。这个男人身上有一点真。

但她不能。她没有。从孔梅在她面前切掉自己那根手指开始，她就没有再去想过爱不爱这个问题。因为她已经在那个瞬间顿悟了，对她这样一个出身的女孩子来说，爱情根本就是一种奢侈。如果她要了贫贱的爱情，那最后她不过被贫贱像蚂蚁一样蚕食掉。如果她想要爱情之外的附属品，那注定她是能时刻处于交易和被交易之中，因为一个人想要附属品的时候是不可能不去算计的。她会想着她为什么成不了正房，为什么一点钱就把她打发了。虽然她想要的其实不过就是钱。

所以，她所能做的最务实的事情就是，为自己找到一个合适的安身立命的地方，把自己的根牢牢扎进泥土里，她告诉自己不能再往上爬了，不能再往空中去了。她情愿像瓜秧一样在这地面上老老实实一节一节地爬行。可是，她幸福吗？那个男人娶她是因为爱她吗？不，就像她难道就真的爱他吗？他们只是觉得对方适合结婚，这与爱无关。为什么连爱情都不敢要？因为她和他都无比清晰地认识自己，他们都知道自己那下贱的根，他们都知道爱情根本就不是他们该有的。她豁然苏醒了，身体上像被拉开了一道口子一样走风漏气。难怪毕业后这么多年里，无论她走到哪里，即使她最风光无限的时候，她始终都觉得压抑，始终都觉得挣扎。原来她身体里那处软弱无骨的地方始终就是空着的。

又过了一段时间，一个大学同学找她办事给她打电话时才知道她在上海有一段时间了，末了，那同学闲闲说了一句，听说尹亮也在上海，没让他请你吃个饭？夏肖丹一听尹亮这个名字忽然便打了个激灵，就像有什么东西要挣扎着在她身体里复活过来一样，这感觉让她有些害怕又有些兴奋。她极力按捺着，却还是要来了尹亮的电话，和同学开玩笑地说，人家不也喜欢过你吗，要宰他一顿饭，都十年没见了。

居然已经十年没见了。

她站在窗前远远地望出去。原来她已经三十二岁了。这十年里，她其实从来没有忘记过他，她不会忘记他不是因为她爱他，她谁都不爱，她忘不了他是因为，他一直就活在她心里一幅巨大的背景下，那背景是冰天雪地中，一个男生背着双肩包跺着脚等着她，然后又切换到了光线浑浊的火锅店，隔着雪白的雾气，他对她说了一句，我心疼你。他是唯一对她说过心疼两个字的男人，就这两个字牵扯了她整整十年。

她把电话给他打过去时，简直是忐忑地等着他的声音，然后电话通了，他的声音礼貌冷淡，哪位？她死命按着话筒静静说了三个字，夏肖丹。听筒里出现了短暂的沉默，似乎还是意外了。但很快他就打着哈哈说，怎么都来这么长时间了才给我打电话……请客是自然的，想吃什么你随便点……好，今晚七点见。

夏肖丹再一次细细地从镜子里看着自己，审视着自己，想象着尹亮十年后见到的夏肖丹。她不能有一丝一毫的败笔，她不能让他以为她是因为在这十年里过得不好才来找他的。她过得很好，确实很好。她想。

在饭店门口见到一个小胖子时，她吓了一跳，尹亮怎么变成这样了，她对他的记忆还停留在十年前那个背双肩包的男生身上。两个人客客气气地坐下，没有出现夏肖丹想象中的任何一种场景。一问才知道，他还没有结婚。夏肖丹心里顿时有些微微的见不得人的喜悦，他至今不结婚是不是因为他……一直放不下自己？已经十年了啊，有什么淡不下去的呢？但是尹亮吃了一口菜说，其实我和我女朋友在一起住了也有七八年了但是还结不了，再等个一两年等房子下来再结，不然结婚了租个房子哪敢要孩子。上海是什么房价你又不是不知道……他又吃了一口菜，把剩下的话都堵回去了。他不提过去，对大学生活他一个字都不提，仿佛他们是两个没有过去的人，不过就是萍水相逢在一起吃个饭的路人而已。

她有些不快，已经不再吃菜了，他以为她就真的是稀罕他一顿饭？她不说话，单单就只是坐在桌子另一边，像座塑像似的高大节烈地看着他，想从他身上逼出点什么来。可是他不接招，开始絮絮地讲着报社里的种种男盗女娼，说自己平时忙得简直是脚不点地。他甚至都不问一句，你现在过得好不好？菜被他吃得差不多的时候，他结了账，然后背起包站了起来，说，不好意思，晚上还得加班写稿子，今天我们就这样吧，改天有空了再见。她也站了起来，两个人出了饭店的门。他详细告诉她怎么坐地铁回去，然后便仁至义尽地对她挥了挥手，准备离去。

夏肖丹看着他的背影，她忽然明白她今天晚上为什么要来见他了。因为她想把过去的所有记忆打碎，重构，想用新的意义把它们浸润。她想让往日生命里那些被时间漂白的骨头变成一种新的框架，哪怕只供他们日后去回忆。今天她来其实就是为了告诉他，她在他面前装了那么多年，其实她这么多年的高傲都是装出来的，其实她根本上就是……下贱的。她好想好想告诉他，她是一个怎样下贱的女人，她当初连一顿饭一个包都看得起。这些话她这么多年里都不能对任何人讲，更不可能对自己丈夫讲，可是她今天晚上想统统讲给他听。因为只有他对她说过两个字，那就是，心疼。因为这两个字，她其实在心里感谢了他那么多年，因为连她自己都不知道，她对那两个字其实是那样的渴望和需要，原来，这么多年里她是那么需要被一个人——心疼。她知道他所说的改日再见不过是一种客套，她知道从此以后他们两个其实便永无相见之日了，因为，今天才是对他们之间真正的了断，从此以后，在这个世界上，这个人便与她再没有任何关系了。

她的泪忽然汹涌而下，她紧跑了几步追上他，从身后环住了他的脖子，她附在了他的背上。他不动了，背对着她，一动不动。她流着泪在他背上说了一句，今晚不要回去了，好吗？和我说说话。他不动，也没有任何身体的回应。半晌，他突然说，我今晚得加班，我确实很忙，我得挣钱得买房，我不是衣食无忧。她很想很想问他一句，你就真的再不心疼我了吗？可是，她的话还没来得及说出来，他突然又说了一句，你不要把手勒住我的脖子，我喘不过气来。她呆呆地把那个姿势又保留了几秒钟之后，突然地就把环着的两只手松开了，就像一只手镯从中间断开了。她一声不吭地站在他背后。他告诉她，他们之间连一个窗口都没有。他们之间没有过去没有回忆也没有以后，他们两个已经被这次相逢彻彻底底地从时空中连根拔起了。

夏肖丹掉转头向相反的方向走去，她走得很急促，一步都不敢停留，似乎生怕有人从背后追上来一样，事实上，她背后空空的，连个脚步声都没有。像是走了许久了，她一回头，早已没有了尹亮的影子。她却突然很想再追过去指着他的鼻尖说，你以为我就真的喜欢你是不是？你以为我朝思暮想地想和你上床是不是？你以为我就真的那么下贱是不是？你就真的以为我——那么下贱？你就是在报复我，隔了十年了你还要报复我，我知道你他妈的就是在报当年的一箭之仇，你以为你是个什么东西，我今天来找你是觉得曾经欠了你，可是现在我什么都不欠你了，再也不欠你了。

她气喘吁吁地蹲在了路边，一手按着心口，就像是真的刚和人大吵了一架，吵得心力交瘁，连站都站不起来了。这时候，一辆出租车在她身边停了下来，师傅摇下玻璃看着她。她不知道自己现在该去哪里，觉得自己现在涣散得简直不成人形。她上了出租，师傅问去哪。她愣愣地看着玻璃窗前方说，一直往前走。师傅没说话，车向前开去。

一开始两个人都不说话，后来夏肖丹觉得太沉闷了，便找话，你们跑出租是不是见过各种奇形怪状的人？师傅笑了，说，还真是，有意思的人好多的，不过我们不过问人家。夏肖丹问，那你看我奇怪不奇怪。师傅没看她，说，我看不出来。接着他像想起了什么有意思的事，笑着说，好笑的人多得很，前几天就有个好笑的事，就我们一个公司的。那师傅跑出租时拉了一个戏校的女学生，那女生刚刚购完物，大包小包地拎着好几袋。等到了戏校门口准备下车的时候，她发现她全身花得只剩下二十五块钱了，她也不看看口袋里有多少钱就敢打车，打车钱还要三十多块哪。怎么办呢，那女孩突然就对那师傅说，要不这样吧，你摸我一把，就当一把十块钱，怎么样？结果当时那师傅的对讲机正好没关，被别的出租车上的师傅都听到了，没过一刻钟全公司的师傅们就都知道喽，你说现在的这些女孩子可怕不可怕。

夏肖丹静静地听完，嘴角僵着一丝死滞苍冷的笑容。又是一个关于摸了一把的故事。半晌她才看着窗外的夜色说了句，是啊，你说可怕不可怕。车一直往前开，两个人又静下来了。师傅问，你……到底去哪？夏肖丹看着车窗外沉默了几分钟忽然说，就在这里停吧。师傅不多问，戛然停了车，夏肖丹从包里掏钱。

她似乎掏了好长时间的钱，连师傅都有点不耐烦了，她突然抬起头看着出租司机。她的目光在黑暗的车厢里忽然变得很亮，亮得都有些邪气了，带着些刀锋上浮出来的光泽。她从包里慢慢抽出了那只找钱的手，那只手里空空的，她把两只手叠在一起放在自己腿上，然后她开始慢慢地一个字一个字地小心翼翼地对师傅说，师傅……我今天没有带钱就出来了……这样吧……你……也摸我两把，就算这车钱了，好不好？

师傅目瞪口呆地看着她。她移开目光，开始独自微笑，她向着车窗外无边的黑暗微笑着，忽然又扭过脸来，目光热烈地神秘地天真地看着车厢里的男人，你是不是觉得我很下贱很可怕？这样吧，你摸完我之后你再骂我，你就对我说，你真贱，你很下贱，你真的很下贱，你就是个婊子，你说，其实你就是个婊子。你快对我说啊，你其实就是个婊子。

她在黑暗中无声地笑着，无声地流着泪。在那一瞬间，车厢里变得很静很静，静得她能听见类似于庄稼拔节时咔嚓咔嚓的声音。她知道那声音是从她身体最深处钻出来的，那是她身体里最软弱无骨的一个地方正悄悄地往出生长着骨节。

恍如来世

一

韩唐生躲在高三教室最隐秘的一个角落里圆熟地打着盹。

因为修炼了三年，功力已经相当深厚，他在课堂上睡觉的时候几乎没有破绽，上身拔得笔直，像支摘了帽的钢笔一样戳在座位上。只有头微微下垂，不仔细看也看不出他的眼睛正闭着，旁人还以为他正在认真看课本。他在课堂上睡觉是出了名的，他无法控制自己在课堂上睡觉就像瘫痪病人无法控制大小便一样，似乎是身体上的某一个阀门失控了，睡眠便像自来水一样从里面源源不断地流出来。

数学老师素以严酷出名，在他的课堂上睡觉简直就像是在空中走钢丝，然而就是这样的危险系数他也照睡不误。教室很大，像盒罐头似的塞了七八十个学生，七八十个学生盯着黑板的目光织成了一张巨大的蛛网，韩唐生稳稳地盘踞在这蛛网边缘，在空中遥遥相望地和数学老师过着招。

他一边打着盹，一边在梦中还告诉自己，他肯定看不见我，肯定看不见。睡眠给他罩了一层想象中的隐身衣，让他觉得自己径直从这教室里消失了，任是谁都看不见他。他呼吸均匀，身体笔直，活像在城墙上摆出的空城计，专门摆给城墙下的数学老师看的。这时，居然有人忽然之间擅自闯进了他的梦里，死命把他往外拽，这一拽他就醒了，就像跟着来人忽然从一个洞里跌了出来。他坐在原地把魂魄往回收了收，终于明白了自己正身在何处。刚才是同桌在拽他的胳膊，不过他已经来不及气愤了，同桌小小的影子已经被遮挡在数学老师巨大的影子里了，他像寄生在庞然大物身上的一株植物，知道自己是安全的，于是便半是得意半是怜悯地看着韩唐生。

韩唐生被数学老师堵在了瓮口，知道自己出不去了，便讪讪地站了起来，任人宰割。数学老师一指黑板，上去做题。他背着七八十缕手电筒似的目光，像被五花大绑了一样，一步一步挪到了讲台上。其实，他之所以走得很慢是因为他在边走边看黑板上的题，睡了一觉醒来只看到这节课的一个横截面，他得迅速把它消化掉。黑板上是一道复杂的立体几何题，是一望而知的复杂，简直像个被胡乱组装起来的变形金刚，威风凛凛地在那里等着他。韩唐生走到变形金刚前面站定，与它静静地对视了两秒钟。他身后的七八十个人用嗜血的目光贪婪地盯着他，恨不得把他叮出血来。在枯燥压抑的高三生活里，如果有人在课堂上出丑那简直就是全班人的节日，只要有一个人敢带头笑，全班人就像得了号召一样纷纷笑起来，因为笑得邪气，这笑里便有了些刀锋的意味，像一教室的马匪纷纷亮出了刀子，满教室寒光闪闪，明晃晃得吓人。

可是现在，因为站在讲台上的是韩唐生，底下的人都有些心虚，韩土豆，这小子……根本就不是人，睡了一觉醒来知道得倒比别人还多。果然，两秒钟之后，韩唐生拿起粉笔，走到变形金刚前面，像个巫师一样，在它身上加了三条符咒似的辅助线，变形金刚被卸开了。韩唐生刷刷把解题步骤写在了黑板上，写完之后他得意而从容地站定，等候发落。数学老师站在教室幽深的走廊里面目模糊却发了一道赦令，下来吧。全班人都蔫下去了，像集体被大雨淋过了一样颓唐，韩唐生接到赦令，颇有些不好意思地向自己的座位走去，像刚刚被颁发了什么奖一样试图在观众面前做出一种虚假的谦逊。数学老师正站在走廊尽头看着他，在他走向自己座位的一瞬间里他偷看了数学老师一眼，这一眼把他吓了一跳，以强硬闻名的数学老师正眯着眼睛看着他，嘴角竟挂着一种隐秘的笑容，这缕笑使他周身忽然多了一种慈祥的东西。

韩唐生睡了一觉然后用两秒钟时间解出了这道别人还没来得及看懂的立体几何题，他再一次成功地打击了全班同学。不过，这也不是头一次了，大家早已有免疫力了，没有人说话也没有人笑，全都蔫蔫地把黑板上的解题步骤往下抄。韩唐生像刚发好的豆芽一般昂着头东看看西看看，知道此刻班上一定有不少人在心里正暗暗骂他，韩土豆，这个王八蛋，长的就不是人脑子。韩唐生就喜欢别人在心里这样骂他，似乎这对他来说是一种至高的赞誉。

上晚自习的时候，数学老师来教室里视察，因为他兼着班主任。他经常在教室外面先抽上一支烟，暗暗观察上一支烟的功夫才像个幽灵一样飘进教室，然后又稳又狠地抓住一个刚才正在捣乱的学生。他提着猎物带到教室外面去高声训话，他一边在教室外训话，一边用余音震慑着坐在教室里的其他学生。数学老师每个晚自习必到教室视察，风雨无阻，这个晚自习他又悄无声息地突然出现在了教室门口，他先是环视了教室两圈，然后稳稳地叫了一个名字，韩唐生。韩唐生一惊，看来他是来秋后算账了，即使解出了复杂的几何题也不足以抵偿他在课堂上睡的那一觉。他心惊胆战地跟着数学老师出了教室，数学老师双手抱肩，坚硬的下巴戳在脖子上，看不见他的眼睛，很少有学生看到过他的眼睛，不敢，怕被吸进去。只听他说，剩下的这半年时间把主要精力放在英语上，你现在最大的弱项是英语，其他根本没有问题，英语再提高一个台阶，那你考清华没有问题。数学老师的声音有些慈祥有些激动，像从他的钢铁外壳里钻出来的另外一个人，软软的，黏黏的，像只新生的蝉蹭着韩唐生。韩唐生的泪差点下来了。

韩唐生从高一起就是学校的名人，他家在交城县附近的一个村子里，听说家里姊妹多得像糖葫芦似的能串一大串，他是夹在中间的一个，一件衣服要上面的穿几茬下来才能落到他身上。他每周回家他妈都要给他备好一周的馒头和咸菜，他就日日靠咸菜馒头为生。但全校学生都不能不敬着他，因为他在数理化方面的天分实在惊人。此外他的外部特征也过于鲜明，无论是谁只要看他一眼就一定能记住他。他长着酷似非洲人的皮肤，又黑又亮，阳光好的时候在两里地之外都能一眼看到他。因为是油性皮肤，再加上青春期，他的脸上曾繁殖出大量的粉刺，为了美观他每天早晨要对着镜子挤半天粉刺。到后来，粉刺倒是不长了，但他挤过的地方全是密密麻麻的坑，像被砍伐过的树桩，象征着他脸上曾经有过繁荣的植被。他还长着一张过于丰满的紫色嘴唇，葡萄似的，这么肥厚的嘴唇长在女人身上都是累赘，何况是长在男人身上。

就这样，他每天顶着一张又黑又麻的脸穿梭于学生们中间，谁要是不多看他一眼他反而觉得不正常。尤其是女生，又想多看他几眼，像看马戏团的猴子一样，又避之不及地躲着他，好像他是麻风病人。班上的合影里他是最好认的，在一群黄皮肤的人群里忽然冒出一张又黑又亮的脸，还闪着光，那就是他。好像整张照片被漂白了，而只有他是漏网之鱼，破例还残留着颜色。因为他这张又黑又麻的脸酷似土豆，学生们便给他起了一个外号“韩土豆”。连老师们都觉得还算贴切，并没有过于夸大事实。

但他在数理化方面有着令人恐惧的特异功能，似乎是再复杂的题只要一去了他手里立刻就会化为齑粉。他就是在课堂上睡上十觉醒来，也一定是班上最早把题做完的人。考数理化的时候，他一般是在半个小时以内交卷，监考老师不许他出去，他就趴在桌上开始睡觉。分数出来了，他毫无悬念地又一次把数理化考到了接近满分。每到这个时候全年级的学生就都想杀了他，这个基因突变的怪物。

其实没有人知道，对他来说，做难题就不是什么任务，根本就是一种享受。题目越复杂他越高兴，因为题目简单了一眼就看穿了，没多大意思。可是当遇到复杂的题目时，他会觉得自己正站在一道神秘的门前，调动着所有的感官破译着进去的密码。他的眼睛像 X 光一样几眼之间便把一道题的骨骼透视清楚了，然后他从它的软肋处下手，把它抽丝剥茧，直捣心脏处。在这个过程中，最令他迷恋的就是刚刚看出门道的那一瞬间，那一瞬间里，他会有一种感觉，自己正顺着一条通道迅速向上跑去，跑着跑着就飞起来了，什么都拦不住他，他像一种透明物质一样在这道题里无孔不入，随意出入，他可以向深处甚至更深的地方钻去。那些幽深的角落越多他越兴奋，做到最后他会有一种整个人都飞翔起来的感觉，在高高的空中只有他和天光云影，仿佛整个宇宙间只有他一个人在飞来飞去。做难题对他来说真是一处好去处，所以他总是巴望着题难点再难点。简单的题他都不屑于去做，因为他觉得这对于他来说是一种侮辱。似乎只有那些艰深晦涩的题目才能让他永垂不朽。

对他来说，做题和睡觉是有异曲同工之处的，除了形式不同，本质上其实是一样的，那就是，他的魂魄可以借机从现实中抽离出来，脱离众生，进入一种彻底自由的状态，什么都束缚不住他。

有时候他会觉得，那个瞬间从躯壳里脱离出来的魂魄才是真正的他，这个时候他还不忘怜悯地回头看着自己的肉身。又黑又丑，果然像枚土豆。自卑越重他便越想做难题，简直上瘾了。他只恨题太简单，只恨高中到高三怎么就没了呢，应该再有个高四高五什么的，才足以让他遥遥领先，把别人都甩出十万八千里。对他来说，在课堂上睡觉其实与炫技无异，有时候他在睡梦中还能清晰地梦到一道题的解法。他要让人知道，它们对他来说只是两道门，他从一扇门进去就能从另一扇门出来，他把它们像地道一样挖通了。

每次课堂上遇到难题的时候，倘若凑巧没睡着他便异常精神抖擞，脸会比平时更黑更亮，像家具刚上了一层黑油漆一样，眼白和牙齿看起来白惨惨的简直吓人。当他毫无悬念地第一个把题做完的时候，他就坐在自己座位上举目四望，脸上略带着卖弄风情的微笑，如果手上有把扇子，估计他会一把把扇子打开轻轻扇几下，再掩到嘴角上去。

数学老师的鼓励当然不是白给的，班上出一个清华北大的学生，老师也跟着沾光，就是不为钱也为一个名节嘛。数学老师相中了韩唐生，静等着秋后收割他，给他点鼓励也是对他的灌溉。

韩唐生自从被数学老师肯定了身价之后，挣扎着折腾了半年英语，果然就考上了清华。他被数学老师顺利地收割了。

本以为被叫土豆的岁月该翻过去了，令韩唐生万万没想到的是，在高中三年他是韩土豆，去了大学他居然还是韩土豆。其实全高中就他一个人上了清华，并没有人出卖他，他穿着满身是褶子的崭新衣裤到了清华，自以为高中生活已经是一张褪了色的明信片，隔了千山万水，再怎么寄也不可能寄到他的大学生活里来。没想到，他的高中和他的大学像两块漂移的板块一样，各自游移多年居然还是天衣无缝地接在一起了。这一接不要紧，两块陆地上的生物很自然地便繁衍在一处了。第一次在大学听到有人叫他土豆的时候，他疑心是遇到了家乡来的老熟人，再看却不是什么老熟人，就是化学系的新同学。这样一个和他毫无前因后果的人居然驾轻就熟地喊他土豆？他站在那里又是悲伤又是惶惑，难道自己的脸上挂着土豆做标签吗？怎么就这么容易地被人一眼看回了原形，似乎韩唐生不过是个外号，韩土豆才是他的真名，所以它死而复生，赶不尽杀不绝。

本来想着进了大学便能把背了三年的黑锅摘掉了，没想到，这口锅根本就是他身上血肉相连的壳，他像只蜗牛一样，居然背着壳进了大学。进大学后根本没有一个女生多看他一眼，多看他几眼的一定是觉得他长得像土豆。

那个晚上韩唐生躺在宿舍的床上辗转反侧无法入睡，感觉自己像个被判了无期徒刑的犯人。他怎么能甘心坐以待毙？到了半夜他悄悄爬起来，穿着一条短裤摸进水房，水房的灯彻夜不熄，墙上有一排镜子。他看看四下无人便在水房前站好，然后在镜子前走来走去，像个跑龙套的演员一样，他一边走一边观察着镜子里的自己。他想别人第一眼看到的自己大概就是这样的吧，不对，再来一次。他又走来走去反复演习了几次，每次都假装镜子里看到的是个陌生人。每走一次，他就在心里对自己评判一次，是有点黑。尤其第一眼看到的时候确实是觉得有点黑，还有点麻，但也不能说他就长得像一枚土豆啊，他认为自己离土豆的距离还是挺远的。他一边在心里虚弱地为自己辩解着，一边却悲从中来，因为他其实已经断定，刚才在镜子里一眼瞥到的自己确实与土豆有几分神似。难怪一到大学就有人轻而易举地认出了他是韩土豆。高中生活借尸还魂来了。

他站在大镜子前面仔仔细细地看着镜子里的自己。因为知道自己丑陋，他从小很少敢这么直视镜子，镜子对他来说全是照妖镜，所以对镜子他一向是敬而远之能躲就躲。今天白天已经被人揭了一次伤疤，半夜里他又自己揭了一次，疼都疼过了，索性也就大无畏起来，对着镜子就像对着一口幽深的井一样，却也敢往进跳了。他看着自己的脸，又看着自己赤裸出的瘦骨伶仃的上身，他想，其实他身上是没有脸上那么黑的，怎么就越到上面越黑，像晕染出来的不均匀的蜡布一样，墨色全集中到头顶上去了，真不会长。他像个怨妇一般怜惜地摸着自己的脸，又摸着自己的胳膊，他想着反正夜深人静，干脆脱掉短裤看看自己全身的皮肤成色吧。

可是，他刚把短裤褪下去半截，一个男生就揉着睡眼来上厕所了。他一拐进水房就看到了水房里站着一个面如锅底的人对着镜子光着屁股，顿时吓得倒退了三步。与此同时韩唐生也受惊不小，也不敢细看来人是谁，急急忙忙提起短裤，也不知道自己是不是已经被人浏览了全貌，看到屁股还次要，关键是不要被看到脸。他猫腰缩脸赶紧逃回宿舍里去了。

第二天早晨，尽管他比平时晚起了两个小时，逃了两节课，他担心的事情还是畅通无阻地发生了。到了这天下午的时候，全化学系都知道了韩唐生昨天半夜全裸着在水房照镜子。虽然事发当时他其实刚刚才把短裤褪下，连自己都没来得及看清自己。但是已经晚了，传闻昨晚还孵在蛋壳里，经过一个白天的时间已经迅速孵出来并长成一只大鸟了，这只大鸟像一只被熬好的鹰一样坚如磐石地蹲在他的肩膀上，再也不会离开他了，它张张翅膀他就整个地掉进它的阴影里了。他就是再长出十张嘴也没有用了。除了长得像土豆，他还是一个喜欢在半夜里脱光衣服照镜子的自恋狂。啧啧。

他平生第一次认认真真地想照次镜子，结果就被强硬地划入了自恋狂的行列，他想这世上还有没有天理了。

二

韩唐生本能地打算反抗。因为他知道这名分一旦长成了就是长在他身上的壳，他就得被迫一背四年。而且自恋狂这名分分明要比土豆的杀伤力大得多，如果说土豆是在他脸上盖个戳的话，那自恋狂分明就是在他身上压了一座山，他就不得出世了。

可是他怎么解释，说自己是梦游？或者说想看看自己这个夏天到底晒黑了多少？可是，他还用晒吗？分明是把别人当了弱智。一个男生半夜脱光了照镜子，无论怎么找借口，都觉得这借口是安上去的假肢。

果然，他很快就绝望地发现，这点火星大有燎原之势，他以一己之力根本盖不住，刚把这边盖住那边又着了，而且火借风势，竟蔓延得比什么都快，似乎整个校园都被他点着了。他走在去食堂的路上也似乎觉得很多人正对着他指指点点，回宿舍的路上又觉得浑身上下粘满了密密麻麻的目光，像沾了一身鱼腥气一样，甩都甩不掉。不知是不是他的心理作用，从两个女生身边经过的时候，他觉得两个女生匆忙避开了他，却又止步不前地观望着他，好像他是从动物园里刚逃出来的大猩猩。他甚至怀疑，她们看到他的时候是不是都觉得他是不穿衣服的，他正光着屁股在她们眼前晃动。看到她们又是惊恐又是兴奋的目光，他想她们是不是正在想入非非他会随时过去强奸她们？是不是他走在校园里的任何一个角落的时候，都有人在想象他光屁股照镜子的样子？如果真是这样的话，他已经顺利地从自恋狂晋级为暴露狂了。本来，即使在大学校园里，像他这样农村出身貌不惊人的学生也是屌丝级别的，但意外发生了，他以最迅速最快捷的方式在校园里一夜成名了。

简直像个暴发户。

化学系的男生住在四楼，这天一上四楼，楼道里正进进出出的男生齐齐向他行注目礼，系主任来视察也不过是这种待遇了。四楼本来是住着一个风云人物的，是化学系一个美艳异常的男生，像个优伶一般，因为长得太美，再加上他喜欢装假睫毛穿丁字裤，外加性取向不明，真是不想风云都不行。可是现在，他韩唐生成了四楼的头号种子，硬是一夜之间把那美艳男生的风头都压下去了。从长长的昏暗的楼道里穿过的时候，他忽然感到了一种前所未有的巨大的绝望感，明的暗的目光像鬼火一样在他身边闪烁着偷窥着，他像个独行在旷野深宵中的流浪汉，光这目光就要把他蚕食掉了。他觉得自己在这片目光的森林里马上就要分崩离析了，于是使出力气一把提起自己，提着自己嗖嗖进了宿舍。这个晚上，韩唐生不洗脸不刷牙，一进宿舍就爬上床捂住了被子，免得继续受宿舍其他三个哥们儿的凌辱。

整栋男生楼都睡熟了，一弯下弦月别在窗户里，像黑夜生出的一处新鲜的伤口。韩唐生像龟一样慢慢把头从被子里伸了出来，静静地观察一下周围，断定其他三人都睡着了，他才放心地侧过身子，看着窗外的夜色。上高中的时候，家里再穷，上学再苦也觉得是有盼头的，觉得总可以从这生活里逃出去，即使被人叫了土豆也知道终会过去的。那时觉得只要考上大学一切就都变好了，对于他这样生在农村的穷孩子来说，大学就是一处天上的街市，他早就想象着这街市里一定是琳琅满目应有尽有的，有月光下的散步，有女生的长裙和发际里的芬芳，女生坐在男生的单车后面从林荫路上穿过……可是这一切的一切和他都是绝缘的，刚进大学他的头上就被扣上了一顶又一顶的帽子，他简直都有点应接不暇了。

很深很静的夜晚车轮一般从他身上碾过去了，倾轧之下他突然心生一种受虐之后的舒服，一滴泪从他眼角落下滑到了枕头上。他开始史无前例地清醒，他问自己，这一切为什么会发生啊？为什么他们要叫他土豆，如果不是叫他土豆他就不会半夜跑出去照镜子，不是半夜跑出去照镜子就不会被人撞见，不被人撞见别人就不会说他是自恋狂暴露狂。难道这一切的一切都是因为他丑？可是，丑也是错吗？谁不是爹妈生的，谁生出来之前还能和自己的爹妈商量不成？为什么他们只能看到他的丑却看不到他身上的宝藏？他一时间悲愤交集，霍地就从床上坐了起来，连头撞在上铺的床上都没觉得痛。他在黑暗中坐着只觉得自己忽然力大无穷，像变形后的绿巨人一样周身都是使不完的蛮力。他喘着粗气默默对自己说，我一定要让你们看看，一定要让你们知道我是谁。

大学生活按照它自身的规律有条不紊地缓慢进行着，新生们把校园里流传下来的节令一般的事情再重复一遍，开联欢会，找联谊宿舍，找女朋友男朋友，参加学生会的各种活动……韩唐生一边跟着众人像无头苍蝇一样连轴转，一边心惊肉跳地发现了一个事实，那就是，几乎任何场合他都插不进去，就算他把自己磨得像根针他也插不进去。原因是一目了然的，农村来的学生在才艺方面很少有特长的，因为自小没有那个条件。他不会唱不会跳不会弹不会画画不会书法，来大学之前没摸过电脑，得从开机关机学起，除此之外连口普通话都说不好。所有的联欢会上他都是最铁杆最本分的看客，永远拿不出任何节目，只能让自己躲在一个最黑暗的角落里羡慕地安静地看着别人在台上风光无限。

很快他就知道这条道根本不是他该走的，他果断地勒住了自己，此后，只要有活动他就自动销声匿迹，时间一长，班里组织活动也就不把他算进去了，每到这个时候他就像被强迫注销了学籍一般，成了个隐身人。事实上韩唐生把希望暗暗投向了课堂，希望他在高中时的风华绝代能再上演几次，从而镇住全班的同学，尤其是要镇住班上的女生，好让她们对他五体投地，他要让她们知道一个人丑不是错，何况一个丑人其实往往都是暗藏着过人之处的。他像小时候盼六一儿童节一样盼望着任何可以上讲台演算难题的机会，但是，大学老师和中学老师完全不同，老师们自己在黑板上口若悬河地讲解一通，也不管下面的学生听明白没有，铃声一响便夹起讲义，拍屁股走人。倘若下面有学生睡着了，他们也绝不会叫醒他，他想睡到什么时候就睡到什么时候，等醒来一看，教室里已经没人了。一个人坐在空荡荡的教室里，简直有世界末日的感觉。

他没有任何一点点机会表现自己，任何人都残忍地不肯给他一点点机会，他无法让人尤其无法让女生知道他长着怎样一颗异于常人的大脑。

但是他不甘心，他又把目标投向了期末考试。他带着些孤注一掷的凶狠，暗暗摩拳擦掌，打算着要在期末考试上一鸣惊人，好雪洗这半年来的所有耻辱。他边在自习室里复习边眯起眼睛想象着成绩下来之后的种种蝴蝶效应，同学们会不会惊讶地奔走相告，你们猜谁考了第一，居然是韩唐生韩土豆，看不出来啊。这家伙长得还真不是人脑子，没想到啊。他眯缝着眼睛，有些微醺的感觉，手里的笔不自觉地有节奏地敲着桌子。似乎上上下下前后左右已经都是一片羡慕的钦佩的目光，他拿了特等奖学金，众女生纷纷向他请教，他给她们讲题，然后，和其中的一个女生谈起了恋爱，他带着她在晚上去操场散步，走着走着手就拉到一起了，有月光的时候他就吻她……有人敲他的桌子，他猝然醒了过来，原来是坐在前面的学生在警告他保持安静，前面还有几个人回头对他怒目而视。刚才他不自觉地敲了半天桌子已经犯了众怒。

期末考试的成绩是在第二学期开学才知道的，韩唐生一个寒假就待在学校，回山西得坐火车，不回去可以省车票钱，还可以给弟妹们省吃的。他找了份家教，每天带两个小时。寒假的校园里清冷异常，哪里都很少能看到个活物。他每天吃两顿饭，早上一顿晚上一顿，每天晚上睡觉前他就在脸盆里接上满满一盆水放到窗户外面，第二天早晨一盆水已经结成冰了，他就把冰取出来一路踢着向食堂走去，因为从宿舍到食堂还是有段距离的，这样可以减少路上的寂寞感。进去吃饭的时候就把冰放在食堂门口，像把一只小狗拴在门外一样，吃完了接着踢着冰回宿舍，等走到宿舍门口的时候，冰已经化得只有核桃那么大了。他捡起来把它捂在手心里，直到它彻底化成一滴水。到了晚上再放上一盆水让它结冰去，天天如此。除夕的晚上，他站在宿舍楼下自己给自己放了一只烟花，然后又看着那烟花孤寂地慢慢地在夜空中消失，就算给自己过年了。

好不容易熬过了一个寂寞的寒假，他天天盼着开学倒不是盼别的，只是盼着成绩快快出来。这成绩是他在想象中烧制好的砖头，烧了一寒假眼看就要出炉了，他不能不兴奋。他想着把它们烧瓷实了好拿着砸人，非把所有人都砸晕不可。成绩终于出来了，他有些不相信自己的眼睛，他只考到了班里的第五名。连三甲都没进。原来班上居然有这么多高手？他居然半年里都没有嗅到他们的危险？他们这么轻而易举这么不动声色地就把他仅有的一点骄傲打败了？

不不，他恐惧而绝望地告诉自己，一次考试不能说明什么的，谁都有闪失的时候，他一定是因为刚来到大学还没有完全适应环境，下一次，不是还有下一次吗？他竭尽全力安慰自己催眠自己，他左一下右一下地拍打着自己哄着自己，果然就看着自己一点点地变小了，变小了，变得只有他膝盖那么高了，他心疼地看着他，最后，他完全变成了一个小小的婴儿。他一下一下地哄他入睡，他终于安静下来了，安静地近于安乐。深夜，他躺在床上无声地泪流满面。

这接下来的一个学期里，韩唐生终日只在做一件事情，就是学习，抓住一切时间学习。除了上课他终日泡在自习室里，这对他来说是一个闭关练功的过程，他只有把他们打败了才有机会为自己雪耻，他想象着他如果扳回一局也许一切还来得及，仍然会有女生钦佩他，仍然会有人忘记他的丑陋会知道他那点最隐蔽的最幽暗的好处。日子哗哗往过流，进大学后的生活倒比高中还要枯燥刻苦，那些翻过去的日子在腻烦中渐渐变硬，像风干的腊肉，就是用刀切都切不动。

每天早晨天还漆黑他就已经站到楼下求楼管给他开门放他出去。楼管呵欠连天地问他，你这么早出去干吗？他说我要去自习室占座位。楼管说你一个大一的学生又不考研占什么座位。他说，我就是在准备考研了。楼管不满地说，你怎么这么积极？可是对于这样勤奋的理由楼管再不能不开门，门一开他便嗖地冲了出去，披星戴月冲锋陷阵地向自习室冲去。这个时候占座位的大部分是准备考研的毕业生，自习室还没开，外面已经站了黑压压一大片人，他甚至怀疑这些人是不是昨晚就没回去，或者是扛着铺盖在这睡了一夜？一群人都打着呵欠集体散发着惺忪的睡意，他作为一个大一的学生站在其中忽然有一种奇怪的兴奋，觉得自己像是心甘情愿地搭上了一条即将远去的贼船，上了这船自己便也是海盗了。

这时，自习室开了，人群轰一声向里涌去，好比一群民工没买票还拼命挤着上火车要回家过年。黑暗中只听有人大喊，我的鞋，我的鞋掉了。有女生在喊，我的头发。有的人在喊，我的脚瘸了。还有人喊，哥们儿我进不去帮我先占上一个，不，是两个。涌进自习室后，所有的人把身上能摘下来的东西全摘下来占座，恨不得把自己全身脱光，有一个女生非常从容凛然地从包里取出一卷卫生纸来，甩水袖一般哗一抖，十几张桌子都被她潇洒地占掉了。他眼疾手快在后排占了一个座位，坐定了才发现占完座位的人正纷纷退潮，教室里眨眼之间就没几个人了。原来这些都是职业占座的学生，要替两个宿舍甚至三个宿舍的哥们占，只管占住，用不用再说。占座之后他们便回去继续睡觉。韩唐生和几个星星点点的学生坐在教室里开始看书学习。

就这样披星戴月地上了一个学期的自习，转眼又是期末考试了。修炼了一个学期是该出山的时候了。韩唐生信心满满地把所有的科目考完，然后开始忐忑地等着成绩出来的那天。他从学习委员手里接过成绩表的时候，不敢当众看，专门躲到一个无人的角落，先闭上眼睛，让自己平静了几秒钟才睁开眼睛，狠了狠心朝那张纸看去。他先看的自然是第一名的名字，他看了一遍忽然发现这个名字怎么如此拗口，怎么看着不像自己的名字。就又看了一遍，还是不行，就又看了两遍三遍，看到第五遍的时候才发现，因为这个名字根本不是他的名字。他的周身哗地就凉下去半截，像半截身子浸在了冷水里。他瑟瑟地往下看，第二名，也不是他，他开始出汗，却不能不继续往下看。他屏住呼吸，双手瑟瑟发着抖，一直看到第六个名字才认出，韩唐生，那就是他的名字。他考了第六名。

他面无表情地把成绩单还给了学习委员，然后一个人拔直脊梁快速向操场走去，一副行色匆匆的样子，好像有什么急事正等着他去办。他在操场绕了一圈才相中了一个隐蔽的角落，他朝那个角落走去，走过去先让自己坐下，呆呆地静坐了几分钟之后，毫不防备的，他突然开始嚎啕大哭。

在看到成绩单的那一瞬间，他忽然就明白了，这辈子，有些事情他就是用尽全身所有的力气也是达不到了，就是到他老到他死他也达不到了。他原来还可以在幻想中以为自己是天才，原来，他终究不过是个普通人，他真的是个普通人，普通到在一个班里只能考到第六名。

这种感觉像一个人提前不小心看到了自己的阳寿，被告知自己还能活几年的时候，任是谁，背上都会有一阵阴冷的凄怆爬过吧。

韩唐生提前看到了自己的结局，知道左不过就是这样了，也就放弃了挣扎。从第三个学期开始他再没有披星戴月地早起过，像其他男生一样睡到八点再匆匆爬起去上课，有的时候干脆连课也不上，就躲在宿舍里玩游戏。除了他那张又黑又麻的脸依然惹人惊讶之外，他身上的其他标志正像蝉蜕一样一层层地蜕去。自恋狂，暴露狂，自习狂，考试狂，所有的狂人标志都被时间一剪子一剪子地剪去了，他渐渐混迹于所有的大学男生中间，像众多城乡接合处的男生一样穿假李宁假耐克背双肩包，要不是那张脸，他简直可以像雪花一样在人群中无声地融化了。当然，如果稍微仔细一点还是会发现他身上的种种端倪，比如，他身上穿的衣服仍然是廉价的，他身上的气息仍然是与这座城市格格不入的，他的目光仍然是游离的闪烁的，仍然是从不敢正视别人的。

身边的男生渐渐都有了女朋友，有的已经公然住到一起了。就连班上最胖的男生都有了女朋友，有人看见他和女朋友在操场上散步的时候两手插兜拼命吸着肚子，以使自己的肚腩看起来小一点。韩唐生在校园里一见到成双成对的恋人就远远躲开，情愿绕路而行。他背着书包踽踽独行在校园里每一个隐秘的角落里，只有在这些角落里他才有不被人发现的快感。他经常在晚上的时候买几串烧烤坐到校园湖边的石凳上吃，他把吃完的鸡骨头鸡肉扔进水里，不一会就听见有鱼围过来叽叽咕咕吃东西的声音。黑暗中他看不清它们，但是坐在那里他有一种巨大的满足感。他迷恋这些鱼在夜里吃东西的声音，像一大群婴儿向他围过来。他像个老爷爷一样慈祥地抚摸它们，喂它们吃的，就差给它们讲故事了。

三

正值青春期的男生们除了上课，开始偷偷在宿舍里研究A片研究避孕套，他们拿着一个避孕套左看看右看看，最后无奈地把它吹成一个气球，再把这气球扎破。看A片的时候一般都是四个男生集体观摩，随时可以加以讨论，有时还外加几个别的宿舍的男生，几个人围成一圈趴在电脑前面，像个小型电影院似的。个个屏住呼吸，越是这样越是能听见宿舍里一片马达似的粗大呼吸声，此起彼伏的，按住这头那头又起来了。偶尔哪个男生有这方面的经验，那此时他无疑就成了导师的角色，对众男生进行着一轮又一轮的启蒙教育。

一开始的时候韩唐生视A片猛于虎，对电脑屏幕里那堆明晃晃的动来动去的器官惊惧不已，他惊讶于世界上居然有人是靠做这个来赚钱的。别人一开始看A片，他就低着头黑着脸背着双肩包去上自习，似乎真正做亏心事的是他。等到他晚上讪讪地蹴回宿舍，A片倒是放完了，不过整个宿舍都没人看他一眼，好像进来的不过是一缕空气。他知道他们一定已经在背地里骂过他了，连A片都不看，装什么纯洁无辜，搞得自己是个外星人一样。熄灯前的时光别人热气腾腾地说着话，只有他像一根羽毛一样浮在最上面，下面的蒸汽再怎么挑逗他都沉不下去。

但是他不甘心永远做漂在水上面的这层油，这种感觉让他觉得自己像张最表面上的纸，随时会被人撕掉。遥望一下大学生涯，这才不过是大二，剩下的两年多总不能就这样一直悬空搁置着吧，总得接上地气才能活下去吧。终于，在某一天众男生又看A片的时候，韩唐生没有躲出去，他不安地绞着手指，站在最后面连把椅子都不坐，一副甘愿受罚的模样。男生们不计前嫌把他收留下来，并且抱怨他级别太低应当自己好好补补课才是。韩唐生看着看着血往脸上喷，那层血被堵在黑色的面皮下面清晰可见，一张脸被憋成了黑紫色，活脱脱一个茄子。第一次看A片类似于第一次抽烟或喝酒，看完之后的第一感觉是想吐。可是不管怎样这第一步总算迈出去了，他偷偷趴在厕所的门上喜极而泣。

这步出去之后，他和宿舍的关系像春天的冰面一样开始有所松动了。他们渐渐把他从外星球上拉回了本土，其实就是把他放在月球上也不过是让他坐监狱去了，人说到底还是群居动物。韩唐生心中明白自己早已无处可躲，嶙峋艰险的难题不让他躲，震惊四座的成绩不让他躲，琳琅满目的名牌不让他躲，花前月下的爱情不让他躲。他如丧家之犬一般惶惶然地穿行在大学校园里，最后发现还是躲在宿舍里最安全。

此后他便努力和宿舍其他几个哥们儿集体行动，他们渐渐地对他的丑视而不见了，对一年前的裸体事件也渐渐忘记了。忽一日，上铺的哥们儿对韩唐生说，土豆，你怎么也不去谈个恋爱呢？韩唐生一听这话面色发紫，低头说，没人能看上我。那哥们儿立刻用老到的口气对他说，女孩就是要追的，不追你怎么知道别人能不能喜欢你，我告诉你个秘诀啊，对女孩子只要穷追不舍她迟早都会感动的。咱班的女生你看着哪个喜欢就赶紧追，别过几天成了别人的女朋友了。

这番煽风点火让韩唐生也暂时忘记了自己的相貌，他心里埋积了一年半的火种被这番鼓励哗地点着了，确实，既然别的都行不通，谈场恋爱或许也算一种对自己的救赎。人总是要活的，那就得想活下去的办法出来。

其实他从大一就开始注意外语系的一个女生了。那女生脸白白的，头发短短的，说不上多漂亮，可是他从第一眼看见她就记住她了，主要是因为她的笑容。他喜欢这样的笑容，温暖得像一把撑开的阳伞，把他也能罩进去。默默注视了人家一年背影，现在他决定展开攻势。他多处问人取经，制定好了翔实的作战步骤，上铺的哥们儿一再叮嘱他，一定要有坚忍不拔的毅力，要有炸敌人碉堡的信念他就一定能成。

韩唐生开始到外语系旁听，早上去听课的时候他拎上热乎乎的包子和豆浆，悄悄放在了那女生的桌子上。结果那女生看看四周抽抽鼻子，最后看着他说了一句话，同学，请不要在教室里吃韭菜包子。然而，他不能就此放弃，上晚自习的时候他一间一间教室地找，从一楼找到六楼终于找到了那女生，便悄悄进去坐在教室最后面。等到那女生要走的时候他慌忙先出去在楼道里等着她，结果那女生看都不看他一眼就过去了。他只好一路跟着跟到了女生楼下，那女生上楼的时候他听见她对另一个女生说，今天遇到了一个变态的跟踪狂……对，就是那个长得像土豆的。明天不去上晚自习了，吓死人了。

但韩唐生没有退缩，因为他在心里把她当作了一道数学难题，越是难题越让他兴奋，这是显示他才华的时候了。他就不相信没有解开她的通道。他用方程式在脑子里比划来比划去，不时调整战略，从初级的跟踪到中级的打电话发短信发邮件，再到高级的捧着一束巨大的玫瑰站在女生楼下几个小时地等着那女生下楼来。这场旷日持久的战役几乎横亘了大二一年，其实他中途就已没有信心了，但他越是怕输就越不敢放弃。追一个女孩子对他来说相当于就是在众目睽睽下解一道难题，他要是解不出来是会被全校学生耻笑的，他将更加无处可去，他将彻底变成一个什么都做不成的废人。他真的很焦虑，他希望她能透过现象看本质，能明白他其实是个心里美萝卜，透过他那张不堪的脸她应该看到他的内在其实什么都不缺，他会很爱她也会对她很好。可是这也只是一厢情愿的期望罢了。那女生看见他就躲，他们之间简直像警匪关系了。

上铺的哥们儿发笑话缓解他的压力：某男为追一女孩子，积极主动地帮其修手机，看到女孩子的手机上存着一个名字叫“备胎”就开玩笑说，你还认识姓备的人啊。女孩子脸色一变，连忙要回手机，不幸的是，他在还手机的时候不小心碰了一下呼叫键把那个电话拨出去了，接着，他听到了他自己的电话响起来了……看了这笑话他想知道他排进这女生的备胎行列里了没，不由得一阵悲从中来。

这场战役是在大二学期末告罄的。马上要期末考试了，人人开始复习备考，那女生却破例约了韩唐生一次，韩唐生为了这次约会忙着洗脸梳头换新衣，搞得像要去过年一样。结果，在黑暗中他们一共就站了一分钟。这一分钟里他连那女生的脸都没看清楚，只见她像个高大的烈士站在离他十步开外的地方，庄严凛冽地对他说，以后不要再打扰我学习，不要再跟踪我，我看见你就害怕，永远不可能和你恋爱。再有下一次我就到学校保卫科告你骚扰。

他唯一一次恋爱就这样无疾而终了。就这一次他就看到底了，那就是，以后无论他再追几个女孩子，最好的结果也就是被人家排进备胎前十，而且他必定是备胎里那个垫底的。

所以大三的时候韩唐生再不提恋爱的事，就是一个连过来怂慝他，他都无动于衷。既然哪里都不收留他，他便又给自己找了一处新的去处，这次保证他不会被拒绝，保证不会嫌他丑。他开始昏天黑地地玩游戏。宿舍里的电脑是他和别的男生一起合买的，一开始他还在宿舍里玩，后来因为用电脑冲突又觉得不过瘾，他开始到学校外面的网吧包夜玩游戏。

以前不玩游戏的时候不知道，如今一玩才知道这是一块全新的战场。他很快就着迷了，一有时间就玩游戏，把越来越多的时间泡在了网吧里。在网络游戏中他亲眼看着自己由一个一文不名的小混混一步步变成了江湖老大，一路上他披荆斩棘打打杀杀，提着冲锋枪拿着大刀，根本无所畏惧，见什么杀什么，任何拦他路的都会被他一刀砍死。再说了，在游戏中即使他被人打死了他也可以重新活过来再来一次，在游戏中他觉得自己变成了一个无坚不摧而且长生不老的超人。这个超人像个魂魄一样住进了他的身体里，只要在玩游戏的时候它就会从他身体里爬出来，瞬间就长成一个庞然大物睥睨着世间的一切，任是什么都奈何不了它。

他太需要这种感觉了，他太需要看到自己变成一个超人了。这使他产生了一种奇异的饥饿感，为了填满这种饥饿的感觉他只好抽出更多的时间去玩游戏。然而，在游戏里沉浸的时间越多，他对游戏之外的世界就更加惶惑更加恐惧，一走出游戏他就会发现自己又被打回原形了，自己甚至变得比之前还要弱小还要丑陋还要不堪一击。为了抵抗这种令他崩溃的感觉，他能做的唯一的事情就是，回头再躲到游戏里去。

他的游戏玩得越来越好，与此同时他有了类似于吸毒的感觉，他心里知道这样下去是不对的，可是他戒不掉。渐渐的，他开始怀疑到底游戏里的世界是真的还是游戏外的世界是真的，他甚至想会不会游戏里那个战无不胜统帅一切的自己才是真的，而现实中的自己其实不过是一个投在井中的倒影。他已经长达几个月不去上课，宿舍的男生们长年累月地见不到他，白天见不到晚上也见不到。他整宿整宿地泡在网吧里，基本上在那安营扎寨了，主食是方便面。

偶尔从网吧出来被阳光照到身上的时候，他自己都觉得自己像一个刚从阴间爬出来的鬼。周围路过的人都骇然地看着他，这么黑这么瘦这么丑，简直不像一个人形。他身上带着游戏里战无不胜的余温，用无畏而僵硬的笑容回视着他们。他的手指下意识地抽动了一下，手里是空的，倘若有一把刀，他一定过去削了他们，敢笑他？在魔兽的世界里，这些人算个什么？一根稻草而已。他伸伸手他们便是齑粉。

他整整和游戏搏斗了一学期。做了一学期虚拟世界中的超人。大三第一学期期末考试的时候，他虽然还是硬着头皮参加了，但是六门功课他只及格了一门，五门挂科。学校毫无余地地勒令他退学。

一只大手猛地把韩唐生从游戏里血淋淋地掐了出来。这回他彻底醒过来了，这一觉就是半年，他恍惚觉得自己才刚进大一，怎么眨眼之间大三已经结束了。不，准确地说，是他的大学生活已经戛然而止了。

他离开大学的那天，没有一个人送他，他也不希望看到任何一个人来送他。他记得来大学报到的时候他就是一个人拎着一只包来的，现在他又是一个人拎一只包要回去了。在网吧里浸泡了半年他被浸泡得苍白虚弱，随便一阵风都能毫无悬念地把他卷走。他提着行李包，倒像是包提着他在走，一路上唯恐遇到熟人，他加快脚步踉踉跄跄地往外赶，这使他看起来周身又多了些过街老鼠的凄凉。终于走到校门口了，一辆出租向他驶来。就在上车前的一瞬间里，他突然回过头泪光闪闪地向着清华园看了最后一眼。

没有人知道，他在看那最后一眼的时候在心里对自己说的一句话是：我还会回来的，等着我。

三个月后的一个黄昏，在交城县中学的二楼，韩唐生当年的数学老师兼班主任习惯性地从自己的教室里视察出来，站在栏杆前抽烟。他又把一届学生带到了高三，再过三个月就又是高考了，又到了收割他们的时候了，这种接近于农人的感觉让他欣慰而踏实。一支烟还没抽完的时候忽然有个人无声地站到了他身边，他开始没留意，后来发现此人一直就在那站着，不走也不动。他就着暮色扭头一看顿时愣住了，站在他身边的竟是他当年的得意门生韩唐生。

这个当年名噪一时的学生以一种奇怪的神情纹丝不动地站在他面前。他出奇的瘦，出奇的黑，像一截刚从烤炉里爬出来的熏肉，似乎在烤炉里被熏烤得全身上下都没有一点水分了。然而，他周身最让他感到不寒而栗的还是他的目光，这两缕目光像两盏游荡在深宵旷野里的灯，被旷野侵蚀得冷涩苍凉，只剩一点骨架了，但那点骨架却愈发坚硬了，硬得让他全身都散发出了一种逼人的邪气。

数学老师手一抖，半支烟掉到了地上。师生两个倚着栏杆说着话，一直说到天黑透了，星光开始苏醒了，韩唐生才端端正正地给数学老师鞠了一躬，然后转身缓缓离去。数学老师一直看着他的背影直到消失，他答应让韩唐生插进高三他正带的这个班做旁听生，准备参加七月份的高考。

几乎全高三的学生都在一夜之间发现有一个又黑又老又丑的奇怪旁听生突然从天而降。这个旁听生完全像个怪物，他几乎长在了教室里，晚上十一点学校要关校门的时候他还在教室里点着蜡烛做题，早晨学生们去上早自习的时候发现他早已经坐在教室里读英语了，他们怀疑他是不是昨晚根本没回去，就在教室里过夜了。而且他从不吃早饭不吃晚饭，就靠中午一顿饭活着，一顿饭他要吃三个馒头，边吃还要边看书。他几乎不和任何人说话，一天当中所有的时间里他的眼睛都不肯从书本上习题上离开一分钟一秒钟。他终日像架做题机器一样永不知疲倦地做题做题做题，走在上厕所的路上嘴里背的都是英语单词。蹲厕所的男生只要听到蹲在隔壁的人在边上厕所边背英语就知道是他。

三个月后，这个怪物和年轻的孩子们一起参加了高考，然后，成绩出来了，怪物是这届学生中唯一考上清华的。半头白发的数学老师站在校门口久久看着贴在墙上的录取红榜，泪流满面。

这回轮到清华大一的学生奇怪了。报到的新生几乎都注意到了有个又老又丑又黑的学生居然也掺在报到的队伍中，他太显眼了，随便往哪里一搁都能被人看到，别人就是不想看到他都不行，简直是一盏永远不知道熄灭的长明灯。

韩唐生作为一名刚进校的大一新生又开始重复三年前的一

切，只是因为已经彩排过一次，所以有些步骤他连看都不看就直接跳过去了，比如和老乡联谊，给高中同学写信等低级步骤。上一个大一也不过就是三年前的事，现在想来却已恍如隔世。他想，既然人人觉得他丑，他就索性让自己再丑些。他完全不修边幅，终日灰头土脸，经常是脸上的胡子长得有二寸之长了他也想不起要刮一刮，简直像一个大叔愣是要和一帮小孩子挤着去上课。冬天的时候他在乱蓬蓬的头发上扣了一顶不知道哪个地摊上买来的红帽子，走在人群里像个狼外婆一样傲慢。

从头再上一次大学，感觉就像亲眼看着自己又转世投胎一样。只是前世的记忆都宛如昨天。这个轮回里他比前个轮回更加寡言少语，平日里和同宿舍的男生都很少说话，不到熄灯时间他就不回宿舍，终日在教室自习室里待着。三年前的同窗如今已是大四学生了，一个个都焦头烂额地忙着考研忙着找工作，突然有一天他们发现又在校园里看到韩唐生了，主要是他太好认了，认不出谁都能认出他来。他们迷惑了半天终于找到答案了，原来，现在的韩唐生是大一新生。这小子被退学了一回居然又杀回来了，也算条汉子。只是见了面略微有点尴尬，现在是学长和学弟的关系了，这打招呼呢还是不打招呼呢？他们正在纠结的时候却发现韩唐生倒是比谁都坦然从容，他见了他们居然还礼貌地点点头，只是不说话，也不容别人说话，然后，别人还没反应过来的时候，他早已经消失在了去图书馆的路上了。

他们还发现韩唐生比起从前确实是有些变化的，至于具体怎么个变法，他们也说不上来。他的外形看起来还是像土豆，但是成了一枚被煮熟的土豆，也就是说土豆下面的那点液体明显地凝固了，三年前的羞涩慌乱忽然齐齐从他脸上被连根拔掉了。现在他的脸上虽然到处一片荒芜，胡子长得杂草丛生，头发因为不理也终日蓬得气势汹汹，但他们还是透过这荒芜看了出来，他现在的脸上其实是没有表情的。他像一个原始人一样没有任何表情，他不惧，不羞，不恼，不喜。现在只剩下一种解释了，那就是，他变木了。

他自然还认识你，但他看过来的目光令人恐惧，因为那目光也是木质的，划过去很钝却也很疼。

四

不久，韩唐生便坐拥了一个新的外号，韩大叔。

别人喊他大叔他也答应，准确地说随便叫他个什么他也答应，一时他慈祥得像个老祖父，任由这些孩子和他胡闹和他撒娇。他从不照镜子，包括偶尔刮胡子的时候，就算刮出一道一道的血痕他也不照。他经常穿着一件皱巴巴的老式大领西装和脏兮兮的白色球鞋若无其事地在学校里晃来晃去。秋天的时候他穿着一件鼠皮似的夹克，到冬天了他还是那件鼠皮夹克，后来学生们发现他那夹克像兔子似的长出了一条硕大的人造毛领，还长肥了一圈，夹克里填了一层棉花芯子，于是便摇身变成冬装了。天再冷些，他便翻出那顶红帽子扣到头上去。

同宿舍的男生发现他对两样东西过敏，一是网络游戏，他从不玩任何游戏，连看都不看一眼，包括最低级的连连看之类的小游戏他都不看一眼。倘若有人硬要拉他玩游戏，他的脸上立刻会像化学反应一样变色，瞬间便会从黝黑变成乌黑，连嘴唇都是黑的，像中了剧毒一样骇人。二是女生，他不仅仅是不好色，简直都堪称清教徒了，走在校园里对任何女生都不看一眼，再漂亮的女生他都视而不见，直把人家当空气。不知是谁带来的可靠消息，据说韩唐生至今都还是老处男。男生们便纷纷猜测韩大叔是不是性取向或性能力有问题。正当他们随便猜疑的时候，发生了一件事破解了所有关于韩唐生性问题的谣言。

一天上体育课的时候，韩唐生宿舍的一个男生突然身体不舒服，便中途和体育老师请假回宿舍休息。楼道里静悄悄的，正是上课时间，很少有学生在宿舍里待着。至于他宿舍的人不都在操场上上体育课吗，他根本没多想，掏出钥匙就开了宿舍的门。门一开他吓了一跳，宿舍里居然有人。但宿舍里的人似乎比他还要惊恐，里面那人猝不及防，一下就从椅子上跳了起来，两只手紧紧抓着裤子护着两腿之间，开门的男生被这个动作吓坏了，这个动作更加提醒了他，他不想看清楚都不行。尽管里面的人正慌慌张张地提裤子，外面的人还是一眼看到了他正露在外面的半个屁股。里面的人是韩唐生。外面的人知道看到了不该看的东西，慌忙把眼睛转向桌上正开着的电脑，完了，他又一不小心看到了电脑上正放着一段消掉声音的 A 片，女主角正在里面和一个男人做各种高难度的骇人动作。外面的男生突然便明白了，韩唐生这是在看着 A 片自慰啊。他一定是觉得男生们都上体育课去了，这时候一定不会有人回来，而这半途回来的男生也绝想不到宿舍里居然还躲着个人，而且居然是韩大叔韩唐生。

两个男生隔着一扇门对峙着，里面的不敢出来，外面的不敢进去，中间明明什么都没有，却像把两个人都装在玻璃瓶里了。外面的男生只觉得把眼睛搁在哪都是错的，不能看韩唐生也不能看电脑屏幕，他只好一会瞅瞅地面一会吊起眼睛看看天花板，尽量看这些无害的地方。趁着这空隙韩唐生已经把裤子系好了，他又嗖一个箭步过去直接把电脑强制关机，一副急于毁尸灭迹的模样，让外面的男生一阵不寒而栗，只觉得自己也处于被杀人灭口的范围内了。他今天撞上的这事虽不比目击了杀人现场，但也不见得能比杀人现场光彩多少。

他终于鼓起勇气偷偷瞟了韩唐生一眼，只瞟了一眼他又迅速把眼睛垂下了，他不敢再看韩唐生。只见韩唐生站在那里面如锅底，似乎是血往头顶倒流的缘故，越发衬出了他眼白和牙齿中的寒光，像刚刚被磨好的石器。两个人谁都不敢轻举妄动，就那么对峙着，虽然彼此连个正面的眼神都没有交锋，却有无声的对话在他们之间缓缓蠕动着。

你不会给我说出去吧。

我什么都没看见。

如果说出去了不要怪我翻脸。

你放心，我什么都没看见。我向毛主席保证，我什么都没看见。

无形的对话结束了腾出了场地，有形的对话才得以走出来现形，外面的男生咳嗽一声清清嗓子，有些费力有些无望地解释说，我今天……突然闹肚子，就回来……回来拿书包，我这就去图书馆，这就走。说完他嗖一步冲进去拿起书包就往外疾走，生怕韩唐生暗下毒手解决了他。路上这男生一边往图书馆走一边暗想，以后做什么都不能做别人秘密的见证人，真是知道得越多死得越快。不过，由此可见这老处男性取向是没有问题的，谁说他不近女色了，只是没有罢了。也是可怜，这么一大把年龄了还没交过个女朋友，自慰一下也是正常需要。该男生一边唏嘘着感叹着，一边想这样的事情各自躲在背地里时都很正常，可是一旦被人知道了还是觉得是个笑话。其实背地里自慰的男生多了去了，只是韩唐生运气实在不好，竟不幸被人亲眼看到了。一旦被人亲眼看到竟像被捉奸了一样。

在以后的几天里，该男生和韩唐生在一个宿舍里出出进进，要么装作没看见对方，要么瞬间就对对方热情得不得了，恨不得都能拍着肩膀嘘寒问暖。宿舍其他男生表示不解，你们俩怎么这么瘆得慌?

就这样过了一段时间倒也算风平浪静，韩唐生便渐渐放松了警惕，对那男生也不再处于监视状态了。他们都以为这事也就这样过去了，那男生本以为自己一定不会把这事说出去的，这事说出去又不是什么光彩的事，可是心里搁着一块秘密好比身体里长出了一块结石，怎么都觉得消化不掉，既消化不掉又打不出去，他跃跃欲试了几日，终于在某一天去食堂的路上，对同行的男生说，我和你说个事啊，但你千万不要说出去，只有你一个人知道就行了……

结果，几天以后全化学系都知道这起自慰事件了。韩唐生再次陷入了命运的轮回状态，隔着三年时空他又一次成了风口浪尖的主角。传闻像长着翅膀一样，以一日千里的速度在校园里到处疾驰，从大一直接就飞到大四了，今日的同学知道，昔日的同窗也听说了，再然后，化学系的研究生们也知道了，就差博士们知道了。韩唐生顿时人气飙升，再一次成为化学系的名人。昔日同窗闻知此事不免又扯出当年的光屁股照镜子事件，此事虽已过去三年，但仍然像核武器一样散发着威慑力，如今，新旧事件一结合竟也天衣无缝，看上去一脉相承，果然是出自一人之手。于是新旧同窗都免不了抚掌感慨，你说韩唐生这人怎么就好这口呢，口味如此之重，怎么就不好好谈个女朋友呢，怎么老干这种露腚的事。他们分析认为他的一切行径都证明了一个事实，心淫。

于是，另一顶巨大的帽子扣在了韩唐生的头上，他根本避之不及，他逃到哪那帽子都会天罗地网地把他罩进去。传闻越来越崎岖越来越变形，有人说看到韩唐生有暴露癖，看到女生便解开裤子往出掏家伙。有人说看到过韩唐生在公交车上下咸猪手，在一个女孩子背后蹭来蹭去。有人说韩唐生自慰其实根本就不算什么，他根本就不择对象，他只要看到一个洞就想试试，他曾经试图猥亵一只路边的旧沙发，因为那沙发上满是破洞……韩唐生在流言中再次变成了一个面目狰狞的怪物，似乎瞬间便长出了两个脑袋八条腿附加一个巨大的生殖器，似乎见一个女人就会垂涎三尺地扑过去。

这次学校没有开除韩唐生，因为流言毕竟是流言，而且无论这个男生自慰与否，他的学习成绩总还是一流的。韩唐生明白了这个底线之后忽然便释然了，只要学校不让他再次退学他便什么都不怕，其实他已经做好了再次被退学的心理准备了，他甚至已经想好，如果再被退学一次那也没什么可怕的，他就卷铺盖再回去找班主任插班参加高考，他要第三次卷土重来，倘若第三次再被退学？那就第四次。不考到这里就不足以证明他的智商。大不了老子就十进宫了。

现在，还有什么好怕的？既然自慰一次就被人看见了他索性也就不需再遮遮掩掩了，什么事到了底就好了，既然已经到底那就看看他们还能把他怎样。他冷笑着，突然就觉得自己身心膨胀，无比强大，在学校里出出进进如入无人之境。他公然在宿舍里看 A 片，把声音调到最大，整个楼道里都能听见，其他男生都被这女优的叫声轰到自习室去了。一个人倘若连流言都不怕了，那这人基本上就是战无不胜的钢铁之身了，更何况他还有胆量把那点见不得人的东西公开化坦诚化，现在真是谁都奈何不了他了。在这起事件中韩唐生的胡子和头发像被施了肥一样嗖嗖疯长，他不刮不理任由其泛滥成灾，他穿着黑西装白球鞋走起路来长发飘飘仙风道骨，成为校园一景。

他放任了这流言生长，让它爱怎么长就怎么长去，这流言反而长得没有了后劲。本来嘛，一个男生看看 A 片自慰一下以调剂枯燥的生活本来就不是什么大事，所以流言猖獗了一阵子大约自己也觉得无趣也就蔫下去了，慢慢地就像一层植被一样凋零了。无论这流言是活着还是死了，韩唐生都不看它一眼，他过着离群索居却是极为规律的生活，上课上自习去图书馆看书，每天早晨跑步定期看看 A 片，且一定要在人多时候看，从不偷偷摸摸，比干什么都来得光明正大。

此后的几年大学生活就这样顺着惯性滑下来了，倒也平静。这几年时间里，韩唐生反反复复做的同一个梦就是，他正坐在高中教室里睡觉，他一边睡觉一边已经把黑板上的题解出来了。每次从这个梦中醒来韩唐生都会眼睛潮湿。他知道，那些光辉岁月永远不会再回来了。它们真的变成了一个再真实不过的梦。

大学毕业的时候因为成绩优异韩唐生被保送读研。研究生毕业的时候他很顺利地考上了博士，于是就在一个校园里，他从研究生宿舍搬进了博士宿舍，现在，这间十平米的单身宿舍是独属于他的空间了。再没有人会窥视他在做什么，可是他在自己一个人的宿舍里所做的事和以前在集体宿舍时一模一样，似乎还有很多隐形的人正在暗处偷窥着他。他现在的生活不过是从以前生活的模子里拓出来的，就像是把一个人在一米高的牢房里关上一年之后，把他放出来他也一定是猫着腰不敢直起来。

读博比读研时更自由了些，除了实验室和图书馆他就在宿舍里待着。别人不来他宿舍串门，他也决不去别人宿舍串门，似乎他的宿舍是一处军事禁地，闲人勿进。他深知博士毕业后找个饭碗还是不成问题的，也就是在三流高校在某研究所混混，至于搞科研做科学家得诺贝尔奖，那只是一个冷笑话罢了。他知道他就一智商偏高的普通人。

这年韩唐生三十岁了，仍然是光棍一条。他原以为读到博士的时候总可以扬眉吐气一口了，不料，读博士以后他发现博士这个弱势但不弱智的群体正处于社会主义初级阶段的温饱水平。到了这年头，喜儿都会主动爱上黄世仁的，不用逼也不用抢。有品、有型、有空、有钱才是深受女性爱戴的四有青年。如果不是媒体不辞劳苦地丑化农民工，博士们的地位不会比他们高到哪去的。就像是读经书的唐僧不值钱了，猪八戒们的地位提高了，因为猪肉涨价了。连女妖们的思想也与时俱进，找个好看的不如找个有用的。博士老公用来和人吹吹牛还可以，饿急的时候还是能吃上肉比较实惠。

放眼望去，天桥边算卦的都能用小学三年级的知识救人苦难兼养家糊口，如果博士们能把二十几年学到的东西发挥到那水平，也算普度众生了。但残酷的现实是，多数土著博士只能永远生活在少数海龟伸头伸尾的阴影中。海龟们当着土著吹嘘自己在国外的经历时，脸上都不能不洋溢着满足和狡黠，就像嫖客碰巧赶上特价又没被警察抓到一样得意。

所以即使做到博士他照样打光棍，好在他已经习惯了，女人对他来说已是身外之物，他甚至觉得他就应该这样往下活。韩唐生经常半年不理头发不刮胡子，像个山顶洞人一样踩着两只拖鞋在学校里出出进进，除了做实验写论文之外，唯一的消遣也就是看看 A 片自慰一下。这个习惯他不折不扣坚忍不拔地从本科一直带到博士，掐指算算竟也陪了他十来年了，就是亲人也不过如此了。更何况因为一路从流言里杀过来，竟有了些患难与共的感觉。

看了十年的 A 片，倒也算对这个领域颇有了些研究。十年时间里韩唐生几乎把各个国家的 A 片都观赏了一遍，风格各异各有千秋，进行综合比较鉴别之后，韩唐生还是最喜欢看日本 A 片。这个怪异的国家盛产自杀和女优，据说如今在经济萧条的背景下，日本 AV 女优正以每年六万的速度增长着，从业人员前景一片大好，快赶得上白领了。韩唐生在日本 A 片中看来看去还是最喜欢一个叫泽井奈的女优。为此他几乎搜集了这个女优的全部作品，在夜深人静的时候，在焦虑疲劳的时候，在想女人的时候，就把碟片拿出来一遍一遍地看。现在再不会有人突然闯进他的宿舍，也不会再有人干涉他是不是在看 A 片，他很放松地把自己摊在椅子上，像一只散了架的八脚章鱼。他已经习惯了，习惯用碟片里的女人抚慰他残缺的生活，他习惯了在想象中和她们做爱。

泽井奈并不很知名，是个笑容纯净一头长发的日本女孩，很年轻的样子。韩唐生从看她的第一部 A 片起就喜欢上这个女优了，他多年幻想中的女朋友就是这样的笑容，他幻想多年的笑容却被一个女优长出来了，他既心痛又兴奋。他发现在整部碟片里泽井奈始终保持着这种笑容，她始终对着镜头微笑着，她的笑容很奇特，一个女优的笑容无论怎样纯净都是从肉欲里长出来的，都很难脱掉一种邪恶的荤腥感，她的笑容虽然与性欲相连却单纯异常，这微笑使她看起来更像一个女空乘，女护士，就是不像女优。此后他便四处搜寻她的碟片，找来找去才发现她的碟片也就那么几部，这说明她的从业时间并不长，在这个行业里算得上是昙花一现。后来他在网上找到她一张照片，便冲洗出来装上相框摆在自己的桌子上。

他已经不看着 A 片自慰了，现在他看着她的照片自慰。虽然照片里的女人是不动的，但是这也给了他更丰富的想象，在这辽阔无边的想象里他和她做什么都可以，可以拥抱可以接吻，就像两个真正的恋人一样只拥抱不做爱。睡觉前他把她的照片摆在枕头边，甚至有时候把照片抱在怀里睡觉，把这张照片抱在怀里的时候他身体里忽然便生出一种奇怪的踏实和安宁，还有一种无名的幸福，似乎真的是有一个女人正躺在他的怀里。

有时候他看着照片里的女人，看着她那种纯净的笑容，他会忽然一阵心疼，听说女优的从业寿命都极短暂，这样一个女孩子为什么去做这个。虽然他也是这些碟片的消费者之一，他消费了这些女优，但他还是不能不为女主角痛心疾首。这个女孩后来又做什么去了？当有一天她金盆洗手不再做女优了，她又会去做什么呢？她还能做什么？会不会已经结婚相夫教子去了？还是做什么别的工作去了？她在以后过得幸福吗？她和他不是一个时代里的人，那她现在该有多少岁了？四十？五十？还是六十？他越想越觉得自己正站在神秘的时光隧洞前，因为不知道隧洞的尽头是什么，他便愈发想跳进去穿过隧洞看看尽头究竟是什么。

这种欲望驱使着他四处搜寻这个女优的资料，忽然有一天他看到了这样一段资料，日本女优泽井奈二十二岁出道，长相甜美清纯，却在二十四岁生日那天出人意料地从二十层高楼的窗口跳下，当即身亡。

他浑身猛地一颤。

这个晚上直到深夜了他还枯坐在椅子上对着那张照片发呆。原来，他日日夜夜看了两年多的照片居然已经是一张遗像了，隧洞尽头的答案突然便诡异地浮出来了，这个女人在十几年前就已经死了，死的时候刚满二十四岁。

五

他把一张看得烂熟的碟片打开，看着里面的泽井奈。整张碟片里看不到她脸上有任何痛苦的表情，她一直对着镜头恬静地微笑，就像她正在做着一件很家常的事情，就像正在自己家里刷碗或缝衣服一样。这张碟片到最后的时候，他突然注意到泽井奈在最后一个镜头里微笑着对着镜头鞠了一躬，然后，她就从镜头里消失了。这是他能找到的泽井奈的最后一部作品，他坐在那里忽然意识到，泽井奈这最后一鞠躬其实是和碟片前的观众道别的意思了。他又倒回去重看，她虽然是一贯的微笑，笑容里却还是有一种细若游丝的苍凉渗了出来，这点苍凉像水滴一样一点一点地落在了他的皮肤上，他打了个寒颤。

她自己一定已经明白这是她最后一部作品了，那么，在那个时候她会不会已经决定要自杀了？她为什么要去拍A片，又为什么要去自杀？是为了钱？如果是为了钱又为什么去自杀，刚把钱赚到手就转身去跳楼？他盯着她的照片看，他突然觉得她那笑容里正长出漩涡一样，似乎正以一种巨大的离心力把他吸进去，他本能地后退了一步。她在他面前迅速长成了一个巨大的谜团，一层层的云雾笼罩着她，而她就被含在那云雾的最深处。

仿佛又回到了高中时代，一道数学难题正摆在他面前，他紧张而兴奋，当他找到一扇门踩着台阶一步一步走进这道题的心脏处时他便有一种幻觉，觉得自己正爬上摩天大楼的顶层，站在最高点上俯瞰着脚下的一切，他马上就要飞起来了，飞入云端，周围只有云彩和飞鸟，没有一个人影。这才是真正的高处。这种感觉让他无比迷恋，以至于进大学都好几年了他还是经常梦到在高中做数学题。醒过来之后他都会悲怆好久。因为现实中，他是想做一个好好的普通人都做不了的，他是连做好一个普通人的机会都没有的。

现在，他又一次受到了这种挑战，他要把这道题解开，他喜欢那种站在高处的感觉，那对他来说简直是一种巨大的安慰。

他再一次搜寻她的资料，但关于她的资料并不多，他在只鳞片爪的资料中慢慢了解到，泽井奈自小无父无母，跟着外祖母长大，毕业于京都大学，刚毕业时曾做过银行职员，后突然辞职去做 AV 女优。

他像一个严谨的科学家做实验一样一点一点地搜集着碎片，然后把这些碎片放在一起，他要按照自己的理解和想象把她拼成一个人形，他要让她在他的指尖复活过来。他看到一个很小的泽井奈向他走过来，一个无父无母的孤儿，靠着年老的外祖母带大，那是怎样一种生活？他眯着眼睛远远地望过去，望着那个小女孩的背影，这种背景下长大的孩子大多孤僻内向，甚至很少和人交往，他自己就是这样长大的，他怎么能不知道呢？他看到了他自己的背影。从小到大，因为长得丑因为家境贫寒，他受过多少凌辱？他一直幻想着它们有结束的一天，可是一直到现在这种凌辱都从没有间断过。就是因为多年里这些大大小小的凌辱，他才会畸形地迷恋着数学难题，那些难题对他来说就像一座小小的可以收容他的岛屿。她呢，她这样长大的女孩子受过的凌辱也一定不少吧，她那年老的外祖母必定会在某一天猝不及防地先离她而去，她在这个世界上将没有一个亲人，她又是怎么活下来的？就连她后来读大学的学费也一定是她自己做各种工作一分钱一分钱地挣来的吧。为了这点学费她一定吃过各种苦，因为她没有任何依靠，她是一个孤儿。

他又看到了少女时期的她，她在他视野中渐渐长大，他都能看到她踽踽独行的背影，她疲惫地穿行在东京那座城市的街头，像一条狗一样为一口面包而拼命。这其中存在的假设太多了，也许，她就是这样艰难地靠着自己一直把大学读完了，也许，她做了有钱人的情妇又被抛弃，还也许，她在找工作的过程中一次又一次地被骗，然后一次又一次地挣扎着活下来。一万种可能就是一万种活法，这一万种活法错综迷离地交织在一起，织成了一张巨大的网，而她就是网里那条鱼，她逃不出这些活法的。

他视野中的女孩子倏忽之间又变成了他自己，他看到一个又丑又黑的男生穿着一身廉价的不合身的衣服穿行在北京的街头，惊恐地四处张望。对他来说处处都是机关，每走一步他都可能要受到新的凌辱，他恐惧着惊慌着，却还是咬着牙一步一步往前走。他多么渴望有一处地方能让他躲进去，只要能安宁地躲进去他就再也不想出来，他不想见这么多人，不想挤地铁，不想找工作，他不想在这样一个偌大的满是欲望的城市里挣扎。可是，他又能去哪里，就像学校把他开除之后，他完全可以离开这座城市了，然而他又自己杀回来了。他再次投奔它而来，因为除了这里他更无处可去。

那背影又变成了一个年轻女人的背影，她穿着黑色的制服正走在东京的街头，长发飘飘，面孔苍白。这时候她已经找到了一份工作，银行的职员，按理说她开始有收入了，她可以相对安稳地生活了。这个时候她大约有二十二岁了吧，二十二岁是什么概念？就是他十年前，那时候他青涩敏感，像只秋虫一样终日紧张着蜷缩着，随时准备着受到外界的攻击。直到后来，突然有一天他从正面接受了所有的凌辱，他像一只巨大的器皿一样接受了所有形形色色的凌辱，就在那一瞬间他突然发现自己身体里长出了一种巨大的抗体。

她呢？她为什么有一天忽然辞去工作去拍A片呢？她为什么忽然要去做一个AV女优呢？这个职业对她来说究竟意味着什么？她是不是也像他一样，在某个临界点里忽然获得了一种巨大的破坏力，所以她从一个文静内向甚至孤僻的银行职员突然摇身变成了一个风情万种的AV女优？在她选择了这个职业的一瞬间里，她是不是已经明白她走上了一条不归之路，或者说，在那个时候她已经有了赴死的决心？那就是说……在拍A片之前她其实就已经有了自杀的愿望了，所以在两年短暂的职业生涯之后她毫不犹豫地自杀身亡？这是她自己安排好的，她一步一步走向了自己预设好的那个结局？

他问自己，在做女优的两年时间里她每天都在想什么？她会去想那将如期而来的死亡吗？一个人知道自己还能活多久是一件多么可怕的事情，一分一秒地踩着时间的触角往下走，每走一步就知道这一步已经用完了，再不会回来了，每一步都是空前绝后，都是唯一。

他把那张照片拿在手里仔仔细细地看着，他的泪一滴一滴地落在了照片上。然后他像抱住一个人一样一把把它抱在了怀里，他感觉到一种奇怪的温度正渗进他的血液里，就像有一棵植物的根正拼命地往他身体里长去。他眼前的女人的背影还在那里孤单地走着，长发飘飘，突然她站住了，猛地回过头来，他看到的那张脸却是他自己的，那张又丑又黑的脸。他们奇异地长在了一起，长在了一具躯体上，如传说中诡异的雌雄同体。

这年的圣诞节又来了，毫无例外，这个圣诞节又是他一个人过。对过不过节他其实是无所谓的，反正过节和他也没关系，就算别人在过狂欢节他也照样可以埋在屋子里写论文。这么多年里，他已经为自己发明创造出了一套应付节日的独特体系。但是，唯独对圣诞节他情有独钟。可能是因为小时候在农村没有什么娱乐，看了一本童话便死死地记住了圣诞老人。小时候因为期盼太少，所以一到冬天他就幻想着这位白胡子老爷爷，戴着红帽子坐着雪橇带着大大小小的礼物来看望小孩子们，从各家的烟囱上爬进去，把那份礼物放在他的袜子里。冬天下雪的时候他坐在红红的炉子前烤着满是冻疮的手想着，那辆被驯鹿们拉着的雪橇车是不是快要来了，一路上都是铃儿响叮当的声音。那样一个夜晚晶莹剔透得能被装进瓶子里吧，到处是那些世上最安静的事物，比如雪和星空。

自然很多年里从没有收到过圣诞老人一份礼物，但是一到了圣诞节他还是本能地觉得亲切，似乎这是一个哀悼童年的节日，欢乐却也悲伤。一到了圣诞节的晚上他总有一种幻觉，就是他正由一个胡子拉碴的老男人肆意地向一个小男孩的方向滑去，他都可以无忧无虑地到雪地里打雪仗去了。这个圣诞节的晚上窗外有着厚厚的积雪，他在窗前站了一会看着外面的夜色，忽然决定出门走走。因为对物质的要求已经低到几乎没有，所以平素他几乎不上街不购物，但这个晚上他戴上那顶红帽子一个人溜出了学校，漫无目的地在街上走着。

地上还铺着厚厚的积雪，人们走在雪地上的时候都小心翼翼的，加上身上臃肿的冬衣，看起来像很多熊倾巢而出似的。他也笨手笨脚地在人群中穿行着，一双球鞋一头长发一把胡子一顶红帽子，外加肩膀上瑟瑟裹着的一件薄棉衣，惹得很多人扭头看他。很多挽着手的情侣从他身边过去了，他看都不看他们一眼，假装没看见，他只专注地看着街道两边的那些店铺。这些小店今晚都打扮得五光十色的，门前站着挂着小礼物的圣诞树，玻璃上用荧光粉喷着圣诞快乐。店员们扮成圣诞老人站在店门口招揽顾客。他双手插兜一边走一边开心地笑，像个医院里刚出来的精神病人一样。路边有个老人担忧地看着他，他对老人笑着大声说了句圣诞快乐，这才走开了。

他是真的快乐，在这个晚上他有一种陌生的久违的没心没肺的快乐。因了这无边无际的黑暗和厚厚的积雪，这点快乐像吸足了营养一样简直是轰隆隆地长大着，简直要在瞬间便长成一棵参天大树了。这大树遮着他庇护着他，他简直快乐得无所畏惧，他简直已经不是走路了，成了连蹦带跳，弹簧似的一蹦就是多高。他来到这座城市整整十三年了，中途它把他赶走一次他又自己死皮赖脸地寻回来，因为他无处可去。回到他远在山西的村庄吗？那虽是他的家乡却更不收留他，他回去了也不过是个怪物，更活不下去。他只能在这个城市里无根地漂着漂着，无所谓年轻也无所谓衰老，似乎永远都没有上岸的时候。

这十三年的时间里他从来没有这样没心没肺地快乐过一次，从来没有这样无拘无束地逛过一次街，他向来怕上街，因为太多的人会注意他那张脸，似乎他是马戏团的小丑走错了地方。十三年的时间里他从来没有这样无所畏惧过，这样对着每一个人大笑对着每一个人大喊，圣诞快乐。

他一路笑着，跳着，忽然脚下一滑，重重地摔倒在了地上。

他四脚朝天狼狈地躺在那里，就在那一瞬间他躺在那里看到了天上的北斗星。那把巨大的勺子和他小时候看到过的一模一样，还那么冰冷那么璀璨地悬在人间之上。他躺在雪地上，静静地躺着静静与它对视着，来来往往的行人都驻足看着这个地上的怪人，有人在商量要不要叫救护车送他去医院。他从他们所有人的头顶远远越过去看着浩瀚苍茫的星空。他躺在那里满脸是泪。

夜已经深了，路上行人减少，韩唐生觉出冷了，便用帽子护住耳朵扛起肩膀向学校方向走去，一个人狂欢过了，终究还是得回去继续。他路过一家酒吧时正好看到玻璃里透出的五光十色的灯光，像小时候见过的糖果。他忍不住停下站在那里往里看，这时扮成服务员的圣诞老人过来了邀请他进去，韩唐生从未进过酒吧，但在这个圣诞之夜他突然周身生出了一种很邪的力气，他一言不发，甩着长发大步走了进去，就像是一个底气十足的常客一样。

韩唐生在酒吧靡靡的音乐里一直坐到了凌晨两点，周围一片狂欢的人渐渐变稀了，他还坐在那，手里抱着一杯五光十色的鸡尾酒。他惊奇地发现，因为生活的单调枯燥使他对所有的色彩有了一种奇异的嗜好，就像蛾子一样，只要看见点灯光就想往上扑。他抱着这堆颜色，脑袋里分明已经有点微醺，心里却还在想，人呢，人怎么都走了。他是真心地不希望他们走，虽然他和他们都不认识，但是他们给了他一种节日的假象。平时广寒宫里待惯了的，现在他就是坐在旁边看着他们也觉得蹭了人家不少人气。但是周围的人还是越来越少了，他们在深夜里慢慢蒸发了，他拦不住他们。这时，他注意到坐在他旁边的一个女孩子一直没有走，而且看起来也是一个人。她一个晚上都坐在那里慢慢喝着一杯酒，酒喝得很节制，也不像有心事的样子。他用眼角的余光打量着她，心想，莫不是一个和他差不多的孤魂野鬼来这里蹭蹭节日的气氛？想到这里他又朝那女孩的脸上看了一眼，女孩是长发，遮住了半张脸，他只能看到她露出来的半张侧面，很冷静很萧索的半张脸，没有再多内容溢出来。

正在他满脑子胡乱猜想时，女孩忽然起身向他走了过来。在他还来不及说话之前她已经坐到了他的对面。

六

女孩穿着一条短到大腿的黑裙子，穿着一双鲜红的漆皮高跟鞋，露着两条明晃晃白生生的大腿像灯泡似的照着韩唐生。韩唐生像被灯光刺激了一样，下意识地抱着杯子把脸略微侧了侧，与此同时他心里一阵狂乱的恐惧，这是遇到暗娼了。他想，暗娼怎么会瞄上他，难道不觉得他长得丑，难道觉得他像是要嫖娼的样子？可不是，他一晚上赖在这不走，一看就是个空虚寂寞的男人。看来圣诞夜的生意也不好做啊。在这个有雪有灯光有圣诞礼物的晚上，多数人还是想和一个与自己血肉相连的人在一起吧，哪怕什么都不做，只静静地坐在一处看着这夜晚也够了。所有这些心有牵念的人都被这牵念的重力拖着沉下去了，剩下的一些孤单的魂魄便如浮萍一样浮在了这个夜晚的最上面。比如他韩唐生，再比如这些坐台的暗娼。他们都是这个夜晚无人收留的流浪汉，真是同为天涯沦落人了。韩唐生忽然在心里问自己，嫖娼真的很丢人吗？就像自慰很丢人一样？那他偏要试试。这岂不是杀伤力更大？

韩唐生带着女孩走出了酒吧，向学校方向走去。女孩裹着一件大衣，踩高跷一般踩着两只高跟鞋紧紧跟在他后面，像好不容易被人认领了的孩子，生怕再把自己走丢了。当跟着韩唐生走到学校门口的时候，她绝望地问了一句，不是去开房？韩唐生头也不回，跟我走就是了。女孩在后面追着问，你还是学生？他略略自豪地说，我是在读博士，我不会卖了你的，跟我回我宿舍去。女孩又惊叫，学生宿舍里不是有很多人住着吗？韩唐生不说话了，两手插兜向前疾走。半夜的校园里鲜有人迹，两个长发飘飘的影子像沙鹭一样飘过。

其实韩唐生倒不是存心省这晚的开房钱，今晚是圣诞夜，又是他人生头一次嫖娼，必得有点纪念意义才好。他想，去哪才算有纪念意义呢？找个宾馆？哪家宾馆都差不多，偷偷嫖个娼然后提裤子走人，哪有什么纪念意义？想来想去他想到的最好的去处还是宿舍。把暗娼带回宿舍，在大学宿舍里嫖娼这才是最有纪念意义的，就像他当初横了心地要在宿舍里公开看 A 片一样，因为他正大光明了，别人反而伤不到他，凌辱不到他了。当然，看看 A 片力度还是远远不够的，他一直就觉得这样是远远不够的，只是他不知道自己该做什么。在这个晚上他忽然明白他该做什么了，他要带着这个暗娼回宿舍。怕被人看到？他怕的就是没人看到。看到的人越多才越有仪式的快感，他恨不得他们明天就在校园广播上宣传一番才好。当他知道自己不是天才的时候他想做个普通人，可是他想做个普通人的时候他们都不给他机会，他想，那他只好朝着天才和普通人之外的第三种人走去。那种人类似于外星人。

因为是半夜，长长的楼道里空荡荡的，没有一个人影。只有他们两个人拖着长长的影子从中掠过，韩唐生暗暗惋惜，要是白天就好了，要是人山人海就更好了，他希望每个人都能看到他带着一个女人回来过夜了，并且是个暗娼。他凶狠地想，他要公开嫖娼。

女孩进卫生间洗澡去了，韩唐生毕竟还是有点紧张，虽说这么多年里自慰过无数次，但那毕竟是自己一个人的事情。虽说在A片上观摩了也有十来年了，可是从没有过实战经验，他难免胆怯。幸亏对方是个妓女，倒也不需要太考虑自己的尊严问题。他听着卫生间里哗哗的流水声，来回搓着手不知道先做点什么才好，他躺在床上，又想，这样等她出来那还得脱衣服呢，是他自己脱呢还是等她给他脱呢，这个程序他都不明白。于是便把自己身上的衣服扒光钻进了被子里等着她出来。他摸摸自己的胡子又闻闻自己的腋下，看几日没洗澡自己是不是有什么体味了。她还是不停地洗，像是多少年没洗过澡似的，他躺在那忐忑不安，像一个等待考试的小学生，胡子太长了，塞进被子里占地方，像个赘生出的小孩子似的，他就把它取出来单独搁在被子外面。

这时候卫生间的水声终于停了，门嘎吱一声开了，一个白花花的影子伴着一团水汽出现在了他面前，空气里充斥着沐浴液的刺鼻香味，加重了这团水汽的色情成分。因为卫生间里没有浴巾，大概她也是考虑到过会再脱也麻烦，便干脆光光的出来了。他躺在那儿陌生而恐慌地看着这具真实的女人身体，他从来没有这样害怕过。女孩略微忸怩了一下便爬到了他床上。

几分钟之后事情结束了，韩唐生忽然有一种巨大的空虚，感觉整个世界都要跟着他毁灭了。既被她看过了他也不怕了，他赤裸着下床颓然地坐到了椅子上看着还睡在床上的女孩。女孩看了他一眼然后默默地爬起来开始一件一件穿衣服，他无端地觉得她动作里有一种萧索凄清的感觉，像秋天的树枝刚刚落尽了树叶，从这枝干的缝隙间还可以看见几角高而远的天空，那种天空是完全空的，俗称傻晴。他看到她穿上了短裙，又穿上了她的红皮鞋，这么冷的天里，她居然连条袜子都不穿，他浑身莫名地一抖。这时候她忽然看到摆在桌上的泽井奈的照片了，她问了一句，是你女朋友吗，真漂亮。她的语气那么由衷那么诚恳。他又看到了她的侧面，她的侧面那么单薄，好像都可以当作一张书签压进书里去。她正对着那张照片微笑着，他一怔，这个笑容像极了泽井奈，都是那种从性欲的邪恶中绽放出来的一缕绝细的清香。这缕清香像发丝一样落在了他的鼻翼上，缠绕在他的指尖，让他有想落泪的感觉。他连忙把手缩了回去。

他把钱如数放在桌子上，她不好意思地看看那钱又看看他然后又看着那钱，好像不认识那是钱。他赤身裸体着紧张地看着她，她对着那钱呆呆地站了几秒钟还是走过去把钱放进了自己包里。他松了一口气，他感谢她的诚实，他刚才真的是害怕她不收钱，连妓女都不收他的钱，是看不起他吗？这简直让他觉得恐惧。女孩的手从包里抽出来时多了一样东西，多了一块巧克力。她笑着递给他，送给你的，我包里总是备着巧克力当饭吃。

在他用手接住巧克力的一瞬间一种巨大的气流从指间涌进来

冲刷着他，简直让他有些窒息。这样美好的情境他幻想了多少年啊，没想到最终成全他的还是这个妓女，她在一夜之间把他十几年里积攒下来的所有幻想全部点石成金了，简直是个女巫。他不感谢她都不行，可是他不恨她也不行。他舔了舔干燥的嘴唇，看着窗外漆黑的夜色说，现在半夜三更的，等天亮了走吧，你上床再睡会也行，或者不想睡觉上网也行。

两个人都整整齐齐地穿好了衣服，一个坐在床上，一个坐在椅子上，像要搞谈判一样端庄。韩唐生泡了一杯茶递给丁霞暖手，这时候他已经知道她的名字了，她说她叫丁霞，他也不管这是不是她的真名字。她又问他他女朋友现在在哪呢，很感兴趣的样子。他突然说，她已经死了。她像是吃了一惊，又久久地盯着那张照片看着。

韩唐生看看丁霞又看看泽井奈的照片，忽然脱口就问了一句，你为什么去做这个工作？他紧张地看着她，突然之间，他发现他是有企图的，他企图让她替这张照片里的人做出回答，这张照片自然是说不了话的，可是他可以替它找一个灵魂。眼前这个女孩子，他总觉得和泽井奈有一缕很隐晦却很幽深的关联，她们的职业如此相近，女优和妓女，简直是同一系族的近亲。她们又都在肉欲的邪恶中绽放着一种可怕的洁净和天真，还有，连她们的笑容都如此相似。也许，她便是他解开泽井奈的那把钥匙。他的这个问题之所以脱口而出，是因为他问泽井奈这个问题已经问了太久。现在，他要把一个死人和一个活人揉成一个人。

她两只手捂着茶杯，并没有抬头看他，只慢慢说，我没上过多少学，不能和你们比的，村里已经没多少地了，年轻点的都出去打工，村里只剩老人和小孩了。我们村每年都有人介绍姑娘们出去打工，出来了就不好回去了，家里等钱用也就慢慢做了这个了，为了来钱快点。

他失望了，如此平淡无奇的答案，距离他想要的那个很深很暗很诡异的答案太远，可是他总不能要求她编造出一种充满玄机的答案来骗他。这时候她又看了泽井奈的照片一眼，有些不安地问了一句，她死的时候是不是很年轻。他眯着眼睛看着她，她为什么对一个死人的照片这么感兴趣，难道是她也感到了她们之间的某种玄机？他感觉自己向着那个幽深的方向又走了一步。但是她又停住了，她什么都不问了。她像是要存心阻挠他的前进。

他装作不经心地问她，不觉得他丑吗？结果她嘎嘎笑了起来，说，我根本没有注意到这个。他又问，那你现在觉得我丑吗？她认真看了他一眼，说，现在也不觉得，我已经把你这张脸忽略了，我觉得你人还是挺好的。这句话他等了十年却又被一个妓女一夜就说出来了，他气愤着却突然对她有些感激，眼睛里竟觉得潮热，他走到窗口看着外面，最稀薄的那层晨曦已经悄悄浮起来了。天要亮了。他从不忍心眼睁睁地看着天亮起来，觉得这过程太残忍，像蜕皮一样。

他对她说，天亮了，你走吧。她离开之前给他留了自己的电话，像联系客户一样。她走了之后他如释重负，他想他再也不会见到她了，可是他没想到他会真的再次联系她。他再次联系她大约是两个星期之后了，他打过电话之后不一会她就来了。这次他准备了一盒巧克力等着她，他没有告诉她这是他第一次送女人礼物。她看着他手里的巧克力吃了一惊，怔了几秒钟之后便把那盒巧克力放进了自己包里，他看见她伸进包里的手在微微发抖。

他们做了一次爱，然后他带她去学校食堂吃了顿饭。在她走之前他把钱塞给她，她看着那钱犹豫着，欲言又止，他便硬把钱塞进了她包里。她没有再拒绝，他把她送到校门口，她一直没有回头，走得很快，似乎后面有人正追着她一样。他站在原地久久看着她的背影，忽然微笑了。

又过了两个星期，他又给她打电话，这次，她没有接电话。但是到了第二天，她给他打电话了，她说她已经在他们校门口了。这次她换了装束，牛仔裤帆布鞋背着个双肩包，头发扎起来，看上去就是个校园里的学生。她站在门口有些得意地看着他，他知道她这样打扮是为了在校园里看起来不那么显眼，是为了他好。可是他心里却有一种隐隐的不快，当然这不快是说不出口的，她当然不知道他希望她打扮得越像妓女才越好，他巴不得别人都能看出他带着一个妓女回宿舍了，这才是他想要的效果和力度。他们之间已经快程序化了，做爱之后他们又去食堂吃饭，这次临走他再塞给她钱时，她死活不要了。她很坚决地护着自己的包，一脸愠怒地看着他，就是一句话都不说。这姑娘根本就不是做这行的料。他想。

这以后她每次来的时候他都买好一份礼物等着她，结果等下一次再来的时候，她也带来了礼物送他。他又是感动又是厌恶又是惊恐，他发现，这不正是多年来他所向往的最经典的恋爱模式吗？越是这样他越觉得恨她，可是，他越是恨她就越是要对她好。他把自己三十年攒下来的温柔几天就挥霍在了一个妓女身上，他们成双成对地挽着手出入在校园里，就好像她真的是他的女朋友一样。

就这样一晃半年过去了，已经成了惯例，丁霞每个周末过来看他。这个周末丁霞又在他宿舍里过夜，欢爱已罢，他抱着她躺在床上，浑身是欢愉过后的松懈，他开了灯靠着床头抽了一支烟，她温柔地靠在他怀里。这时他看了一眼桌上泽井奈的照片忽然就说了一句，我知道你一定受过很多苦。伏在他怀里的丁霞听见这话一动都没有动，她像睡着了一样安静地伏在那里。他突然有一种魔鬼附身的感觉，他无法自控地又看着那张照片说，我知道你和那些男人在一起的时候内心有多么绝望，我都能看到你那种绝望。怀里的丁霞忽然轻微地抽泣了一下，静了几秒钟之后，她开始了不可遏止地抽泣，她缩在他怀里，浑身颤抖着。他没有安慰她，就以那个姿势躺着，他把烟头掐了，继续对着那照片说，我知道你多少次都在内心想象着最后那场粗暴凄惨的死亡，你一定想过无数次。其实你早已经没有活下去的力气了，只是你一直试图寻找一种方式，让你被撕裂的自我可以重新在肉体和灵魂得到统一后死去。躺在他怀中的丁霞已经哭得泣不成声。

那一瞬间他奇异地发现，此刻，泽井奈真的成了附在丁霞身上的那层魂魄，他对泽井奈说的每一句话都在丁霞身上得到了回应，就像，他正借助一个活人的身体和一个死人的魂魄通灵一样。他真正在和这死去的女人对话了，这让他觉得疼痛而喜悦。他突然张口就说，知道吗，我喜欢你，我无数次想象着与你做爱。丁霞听见了，她已经在嚎啕大哭，光着身子哭得浑身抽搐。他的眼睛也湿了，他们都入戏了，他紧紧抱住了怀里的女人，就像无数个夜晚抱着那照片里的女人。

但他知道，丁霞的悲伤只是暂时的，只不过他的话触到了她最深处的那些疼痛了，多数时候她是可以靠麻醉着自己过来的。他知道她没有那么幽暗曲深，她内心里没有一座残酷的地狱惩罚自己，这是她和泽井奈的不同。可是，如果她有了这地狱她又如何能活下去？她就必定要自杀无疑。难道他内心里其实希望她像泽井奈一样的死法吗？她只有死了他才会祭奠她仰视她？他不寒而栗。

他拍打着她的肩膀，像在哄一个小孩子，他说，你知道吗，有时候人越是相信科学就越是会迷信。宇宙间的能量是守恒的，肉体都会腐烂消解成其他物质，那灵魂呢，灵魂也是物质，它消解不了，它在宇宙间游荡来游荡去，会不会最后转化为另一个新生的人的灵魂？所以我有时候相信人是会有来世的，我们都看不到我们的来世，我们在来世也想不起前世的我们，可是，我相信，来世的我们与前世的我们一定会有着那么一些割不断的血肉相连。当你碰到一个人忽然无端觉得熟悉的时候，她可能就是你的前世。你看到照片里的女人，她在很多年前就死了，可是有时候我会觉得我其实就是她的来世，因为这世界上没有第二个人比我更知道她的孤独。如果我比她早死，不知道她会不会也能知道我的孤独。不过我这么丑，她怎么能认识我。后来我认识你了，我原来以为你们只是形似，可是就在刚才我突然发现你身体里其实就深藏着一个她，她也许就是你的前世，我突然就觉得很心疼很心疼你们，心疼你们就是心疼我自己。透过宇宙间一切的时空阻隔，我甚至会觉得，我们三个人其实就是同一个人。

他怀里的哭声戛然而止。他是真的难过，可是当他看着她抽动的背影时忽然又有一种抑制不住的厌恶。

此后，就像他自己说的，他对她似乎比从前更疼爱了，她对他也似乎更加依赖了，还一心要收拾打扮他，给他买衬衣买外套买裤子，想把他装饰得像棵漂亮的圣诞树，他们挽着手在校园里走过的时候怎么看都是一对恋人。但是，他从来不问，你还在做那样的工作吗？你有什么打算？他不问她她是绝对不会主动涉及这些危险话题的。于是，这个话题成了他们中间的一处空地，他们都远远避开，过一天是一天，也从不谈论明天。好像他们之间根本就没有明天。他们在时空隧道中是悬空的。

他们就这样心照不宣地交往着，后来的一个晚上，丁霞坐在他的椅子上玩电脑，她随便翻着忽然不动了，然后她猛地转过身来面色如土地看着他，你什么时候把我拍下来的？他看了看电脑屏幕，知道她把他偷拍下来的视频翻出来了，他们每次做爱的时候他都在隐蔽处放着一架小型摄像机。他镇定地说，这没什么，我把我们做爱的情景拍了下来也是个纪念，现在要不要一起看看？丁霞的脸色已经变灰了，嘴唇雪白，她疯狂地扑上去要把那些视频从电脑上删掉，她一边删一边凄厉地大声叫着，你要做什么，你为什么要拍我，为什么要这么做，你是不是要把它传到网上去，我是怎么对你的啊，你为什么要这么对我。我没有做任何对不起你的事情啊。

韩唐生连忙上去拦住她，我什么都没有想，我只是想把我们做爱的情形拍下来，这样就能把你永久地保存到一张碟里去了。当你以后老去的时候看看碟片里那个年轻的自己的身体不是很好吗？你没看过 A 片吗，就像那些女优一样把自己最美的身体保留在一张碟片里，以后无论她是生是死，全世界都有太多男人会记住她们，多少年轻的年老的已婚的未婚的男人都会记着她们，嘴里唾弃她们却意淫她们。这也是一种活着啊，你不觉得这种活着很强大吗？就像她，他指着泽井奈的照片说，你觉得她死了吗，也许她的肉体早烂完了，可是我觉得她根本就没有死，她会在男人们中间永生永世地活着，永远活得像个绝代尤物。她才不会管别人怎么说她怎么骂她怎么诋毁她怎么栽赃她，你知道吗，一个人到了这种境地的时候就是一种飞起来的感觉，一大片天空下只有你一个人的影子和云彩的影子。众生在你之下，他们不过是尘土，谁都伤不到你，就是弓箭也射不到你身上去，因为你太高太远，那是怎样一种巨大的自由啊。你想，一个人能这样存在在这个世界上也应该骄傲吧？

丁霞一边继续删一边绝望地大哭，可是我不是什么女优，我不是拍三级片的，我很不容易，我只是在讨生活，我就是个普通人，我需要给家里寄钱，家里的老小都靠着我养活。我不要被你拍下来，我害怕。她趴在桌子上嚎啕大哭起来，韩唐生走过来把她拉起来，他把她抱在了怀里，他说，对不起，我知道你不容易我也知道你害怕，我怎样才能让你不害怕呢？我早想过了，你愿意嫁给我吗？

对结婚这个话题丁霞不是没有幻想过，只是自处卑微，觉得自己没资格说这种话。但和他相处这么久，心里却是时时刻刻期望着他会对她提出结婚二字。因为是风尘中的女人，暴敛青春，自知不得善终，倒比正常女人更渴望一处真正的归宿。丁霞戛然止住哭声疑惑地看着他，什么？他说，你不想结婚吗？她看着他的眼睛看了半天，她并不知道这个男人究竟想干什么，她也无法断定他对她是不是有一点真情，但她管不了那么多了，她想抓住这点希望，她怯懦地说了一个字，想。他忽然兴奋地说，我们认识多久了？一年了吧，如果我现在向你求婚你会嫁给我吗？她喃喃自语着，可是，你真的愿意娶我吗？他很复杂地笑了，指了指泽井奈的照片说，我早说过的，抛开一切时光我们三个人其实就是一个人，我们就不应该分开。

她突然再次流泪了，这次她哭得无声无息，像个孩子一样仰着脸看着他说，我不管你以前的女朋友怎样我只要现在，虽然我是做这行的，可是谈恋爱却是头一次啊，我以前都不知道什么是恋爱。他笑得更深了，说，这些都不重要，不要畏惧那些形式，怎样恋爱那都是些形式，真的爱过就好，你就是在幻想中和一个死人爱过一个瞬间那都是真的。

他是真的决定娶她了，虽然他在内心里对一个妓女其实充满了憎恨与恐惧。可是他应该娶她，他想，这大约是一个不错的结局。他们三个人其实是一个人，他娶了她就算给泽井奈一个交待了，此外还因为，他在最后娶了一个妓女便是对所有凌辱的最大力度的还击。

一周后，韩唐生和丁霞领了结婚证，这时候他才知道她确实叫丁霞，比他小出整整十岁。韩唐生给所有的同学发了喜糖通知了他的婚礼。几天后，婚礼如期举行。

两个月后丁霞便从博士楼的楼顶跳下，当即身亡。这年她刚好二十四岁。

九　渡

一

白毛，你的信。

一个顶着一头花白头发的年轻人从角落里站起来，那头白发在灯光里闪着一种银质的光泽，钝而明亮。

他先把手在衣服上擦了擦，然后才小心翼翼接过了那封信。狱警手里的最后一封信也分出去了，众犯人却还像一群没有分到食物的猴子一样，懊恼地不甘地围着他，恨不得从他手里再长出几封信来。狱警不再理会他们，咔嗒一声关了牢房的门。他们像是再次被推进了洞底，高高的铁窗像洞口一样悬在半空中，洞口里沉着几点金色的星光，但是深不见底。

青森的灯光带着一种灯光本身的体重往苍白的墙壁上挤，墙壁上便被逼出一种墓碑上的潮湿。灯光从高处坠下压在了每个犯人的脸上，每个人的脸上都被榨出了一轮阴影，阴影深处是两只木质的眼睛，盯着什么地方一盯就是很久，像是钉子钉进去了一样。监狱里的每一天每一夜都长得极其相似，就像一棵巨大的植物，夜以继日遮天蔽日地生长着，自顾自地繁衍出一片又一片纹理相同的叶子。

在监狱里没有星期，也无所谓月份，只有无边无际的时间像一条大河一样往前狂奔，犯人们便自制出了一套监狱里的历法，那就是以收到一份家书作为一个月的开始。从这天开始往下数，一直数到三十天的时候收到另一封家书，这就是新的一个月的开始，然后再数下去。所以一旦书信没有准时到达，犯人们便觉得历法突然失效了，时间忽然之间紊乱了，荒凉而杂芜地疯长成一片，一点尽头都看不到。真正让人恐惧的就是时间深处这种无边无际的荒凉。这种荒凉要比他们的生命本身更强悍更坚硬，它们像牙齿一样牢牢长在他们身上，不会腐烂，不会死亡，只会像饥饿和干渴一样把他们掏空。

生活在监狱里的人们是生活在一处荒岛上的，四周都是汪洋，他们根本不可能从这里逃出去。那些信便是他们和这个世界的唯一血脉联系。那是血管，不是别的。一旦这血管断了，他们便被这个世界彻底遗忘了，他们会在这暗无天日的角落里逐渐干枯成时光下面的化石。所以有信来的日子便是监狱里的节日。

几束目光带着嫉妒落在白头发小伙子的手里，就像有几个人的体重同时向他压了过来。他本名叫王泽强，白毛是他的外号。他十六岁进了少教所，两年后又转到监狱，他的头发是从进了监狱后开始变白的。这是他在监狱里的第八年了，他像一株植物一样，过一秋头发便白一层，到第三个年头的时候，他已经没有一根黑头发了。一头白发在灯光下闪着一种银色的寒光，每一根白发都是通体透亮的，像白色的羽毛。然后，白发下面是一张年轻的铁灰色的脸，散发出的也是坚硬的铁气。这使他看起来就像一株被嫁接起来的奇异的植物。

一株身首异处的植物。

王泽强坐在铺上，把两条腿一盘，就像一只虫子突然把所有的触角都收回去了。他开始小心地极其安静地看信。这种异样的安静像栅栏一样围在了他身边，把那些目光挡在了外面，近不了他的身。信已经是开口的，监狱里的每封信都要被监狱里的干部先检查过之后才能到犯人们手中，有时候一封信在他们手里半个月之后才能辗转到犯人们手里。同样，犯人们寄出去的信也要被看过之后才能往出寄。他从已经撕开的信封里取出了里面的信，顶着一头白发，缩在荒野一般的灯光深处，像一个冻手冻脚的雪人一样，开始瑟缩地，一个字一个字地读信。

信是母亲刘晋芳写来的，每个月一封，每封信都是两页，信的最开头永远是“强强”两个字。他先是攥着这两个字，久久不愿放开。就像在走进一间温暖的屋子前先捂着两颗炭火暖暖身，以适应里面的温度。然后，他开始一个字一个字地往下读，每一个字都要看很久，看实了，焐热了，咬碎了，已经消化下去了才去看第二个字。他舍不得看完。第一遍看完再回头去看第二遍，然后是第三遍，反反复复咀嚼。直到熄灯之后，才把信叠起来放在枕头边，一只手搭在信上睡觉。就像是，有一个人正睡在他的身边。

在监狱的八年时间里，每个晚上他都守着这些信，这些信也守着他，逐渐的，它们被他守成了一个人形，一个有体温的会说话的人形，默默地陪了他八年。

一封信的余温够他用个十天八天的，在最后一点余温散尽的时候他便开始等下一封信的到来。等信的时候是一种前不着村后不着店，旷野里独行的孤独感，好在他心里知道走一段路总有歇脚的时候。这八年里，刘晋芳的信每个月都会按时到的，风雨无阻。但是这八年里，他没有见过她一面。她从来没有到监狱看过他，她只在信里告诉他，她身体不好，走不了远路，从家里走到学校都气喘吁吁得不能讲课。还说怕见了他两个人都会难过，不如不见。她说只要习惯不见了就不会老是盼着见，没盼头的人才能刀枪不入，什么都伤不了他。她在每封信的结尾都会说她在家里等着他，等着他回去给他做好吃的。她一次次地告诉他好好表现，八年很快就会过去的，到了八年头上他就能出去了。她在每一封信里都反复告诉他，八年就是一瞬间，就一瞬间。

于是，他一直活在一种错觉中，那就是，八年就是一瞬间。

现在已经是第八年头上了，再过三个月就年底了，那时候他就能出去了。回头一看真的是一瞬间，像一滴水。这八年里他想起刘晋芳的时候，总觉得她的脸是在一节对面驶过的火车车厢里的，在车厢昏暗的灯光里，这张脸倏忽就不见了，正驶向异乡。他甚至都来不及看清她的五官，她的眉眼像宣纸落在水里一样，丝丝缕缕的墨迹倏忽就溶化了，烟雾一般幽静地缠绕在一处，像一只茧一般把她包裹在最里面。他看不清她，也摸不到她。但是他知道她就在那只茧里等着他，这八年里她像一块玉佩一样被他随身戴在身上，贴着最深的皮肤，硌着他，暖着他。他也想曾小丽，想起她的时候，她也是面目模糊的，她和刘晋芳就像两个月光下的影子，可以在他身体里随意出入，却始终都留给他一个背面。他看不到她们的脸。似乎她们一旦在阳光下显形就蒸发不见了。她们是住在他身体深处的两个鬼魅，八年里他用一寸寸的时光和思念喂养着她们，他心甘情愿这样的，因为他怕她们离开，她们要是离开了，他就剩一具空空的躯壳了，像颓垣残壁一样荒凉无依。只有岁月的风声呜咽着穿过。

他情愿她们就住在里面，即使这八年时间里他根本不可能见她们一面。他是她们的巢穴，只是她们不知道。

刘晋芳不是他的亲生母亲，他是被曾祖母带大的。他是被亲生父母遗弃的，因为他是个私生子。据说当年他被关在一只鸡笼子里摆在路边，谁想抱走就抱走。最后收留他的是曾祖母。曾祖母带着他回到了村子里，一直到他十岁。据说他的父母亲最终还是没有结婚，他们十年里都没有去看过他。他们恨不得他不存在，因为他的存在是一种罪证。他十岁那年曾祖母已经九十多岁了，嘴里已经没有一颗牙了。吃东西的时候她用牙床把东西一点点磨碎，像石磨似的，再就着水咽下去。曾祖母太老了，她坐在门前的石墩上时就像一只风干了的丝瓜挂在那里。她每天用一只手拄着拐杖，一只手在眼睛上搭起凉棚看着来来去去的村里的人们。她和人说话的时候，就张开没有牙齿的嘴，露出了里面孤零零的舌头，因为没有牙齿，声音是走风漏气的，像四处是洞。说出来的话也像是被剪过一样，短了一截。眼角的皱纹太深了，像堆叠的矿石一样把两只眼睛深深埋在下面。他就跟着这样一个老人过了十年。

十年后的一天，曾祖母忽然带着他去见了一个人。这是个女人，他认识，是他们村小学的语文老师，叫刘晋芳。刘晋芳原来是镇上中学的老师，三年前自愿来了村里当老师，三十岁了还是单身一人，没有结婚，也没有孩子。小孩子们见了她都有些害怕，她不苟言笑，常年梳一种古怪的发式，就是把两条麻花辫高高盘在头顶，像一朵云垛在那里，使她看起来像戴着什么巍峨的冠冕，又像长着两只巨大的角。她的脸极消瘦，颧骨高耸，眼睛深陷，薄得几乎看不见的两片嘴唇终日抿在一起，似乎根本就没有开口说话的打算。她确实见了谁都不说话，头和发髻一起向上昂着，细长的脖子里像是被卡了弹簧似的，直直绷着。村里人见了她也不说话，因为她虽是移民，根子不在这里，但她身上那点事还是像瘟疫一样也被带了过来，杀都杀不死。

据说，刘晋芳为了能调到省城的学校去，在镇上当了几年的老师都没有找对象结婚，一心要到省城去。为了能调进省城去，她先是和镇长睡觉，然后又和镇上的书记睡觉，偏偏镇长和书记关系一直不好，明里暗里地斗了很多年。一天晚上，他们正好在刘晋芳宿舍门口碰见了。那个书记刚出来就看见镇长走到门口正准备进去，就丢下一句话，她屁股上可长着一颗红痣呢，不仔细看还真看不出来。镇长进去后急忙脱下她的衣服，一看屁股上果然有颗红痣，也不是一次两次了，他以前却真没注意到。镇长当时就软下来了，折腾了一晚上都进不去。据说这以后他还吃了不少中药。听说她还和镇上中学的校长睡过，那校长酸文假醋的，可能也是答应要帮她调动吧。睡完了还要四处给别人讲细节，传得几乎全镇都知道了。

刘晋芳便自愿去了村里的小学当老师，省城去不成反落到村里，她成了卡在村里人们喉咙里的一根鱼刺，吃不进去也吐不出来。每次她在讲台上讲课的时候，学生们都紧张而神秘地盯着她看，就像看着庙宇里的神像。有时候上课铃都响过五分钟了，她才顶着高高的发髻无声地飘进教室。有一次她站在讲台上的时候，有学生发现她衣服上中间一粒扣子没有扣，像一扇窗户露出了里面的内衣。

有时候到下课了她还坐在教室门口不走，坐在那里看女生们跳皮筋。偶尔有一个学生忽然发现她坐着的居然是她那只走到哪带到哪的杯子。她用屁股尖坐在这只细长的玻璃杯上，就像钉在一根针上一样，津津有味地看着女生们跳皮筋。女生们被她看得都不会跳了，纷纷败下阵来。

曾祖母带着他一共去了刘晋芳家里三次。第一次去的时候太早了些，刘晋芳一开门，她一头极长的黑头发便像水草一样把整个门缝里塞得满满的。她还来不及把头发垛在头顶，王泽强从没有见过这么长这么茂密的头发，简直有些杀气腾腾的感觉，妖冶地不顾死活地生长着。头发因为太长了，把她那张脸和身体都窄窄地裹了进去，像裹进了一只头发编成的笼子里。她躲在那笼子的深处，像兽一样看着他们。

他听见曾祖母指着他说，就是他。刘晋芳一边迅速地往起挽头发一边看着他。那么长的头发在她手里几下便被砌起来了，高高砌到了头顶，像座牌坊似的。她整个人便像从水草丛里走了出来，面目渐渐清晰了。趁着她们两个说话的时候，他远远站在了院子中间，他直觉她们是在说他，他有些莫名的胆寒，只想远远躲开些，似乎只要躲开了也就可以当作它不存在。

第三次去刘晋芳家里的时候是个黄昏，刘晋芳正在屋檐下的泥灶上熬小米粥，这次她头发整齐，正不停地往圆鼓鼓的泥灶肚子里填着柴火。铁锅里的米香溢得到处都是，屋子里不知什么地方摆着一台录音机，录音机里正放着一支奇怪的音乐。后来王泽强才知道那是大悲咒。

趁着她们说话的时候，王泽强偷偷朝屋里看了一眼，只看到一盘土炕，一张桌子和一只木箱子。墙角里还架着一张蜘蛛网。简直像荒郊野外的寺庙里的清寒，这个女人主动把自己扣在这样一个地方？她们说了一会话，曾祖母便带着他回去了。这时候天已经黑了，回去之后，曾祖母像往常一样熬小米粥，拌咸菜，然后和面做烧饼。那天晚上她和了奇大无比的一团面，那团面像瓷质的云一样被她揉捏着，又被捏成了一只只像器皿一样的饼，下了锅。他都喝完粥吃完饼了，曾祖母还在那做烧饼，那团面只瘦下去了一半。做好的金色的烧饼整整齐齐地码在灶台上，像一摞摞刚烧好的砖，似乎整个晚上这样摞下去，光这些砖就要砌成一堵墙了。他问曾祖母，老娘，够吃了，不要再烧了。曾祖母说，不烧完面就剩下了，剩下了怎么办，你先睡去。

剩下了怎么办？他觉得这句话有些奇怪，好像暗藏着一种隐隐的危险。可是他不愿多想，等他最后实在困得支撑不住的时候，曾祖母还趴在灶台前，她看起来被灶火烤得更干了，他似乎都能看到她身体里被烤得干脆的蓝色血管，像枯枝一样，一掰就断。这个晚上九十多岁的曾祖母忽然变得力大无穷，一次又一次地把面放在锅上，再把饼拿出来垛好。她浑身上下没有一点点睡意，皱纹围起来的眼睛深处跳着几点很邪的光亮，这几点光亮使她整个人看起来都很邪，似乎她身体里忽然站着另外一个人。

他有些害怕，再一次劝阻她，老娘，明天再烧吧，又吃不完，留着会坏的。曾祖母断断续续的声音也像被焙干了一样，纷纷洒洒地落了他一身，你先睡，你快睡吧。他突然之间便有了一种在雪地里行走的绝望和悲怆。然后，曾祖母不再理他，她残酷地不理他，任由他一个人睡在阔大的炕上。他悄悄哭了一会也就睡着了。第二天早晨他醒来的第一个瞬间看到的是垛在桌子上的十摞整整齐齐的烧饼。它们像金色的砖瓦一样无声地却是肃穆地砌成了一堵墙，坚固地站在他面前，似乎拿什么都推不倒。

他急忙翻身，看到了睡在另一个炕角的曾祖母。她一动不动地睡着，不知道天已经亮了。他都不知道她昨晚是几点睡的，他呆了一呆，叫了声老娘。曾祖母不动，她像一块青石板一样安静地背对着他，屋子里太安静了，他甚至都能听见自己的回声。那回声撞得他几乎有些疼痛。就在那一瞬间里，他忽然感觉到了不对，突如其来的恐惧像一只巨大的手掌把他抓起来，吊在半空中。他慢慢向曾祖母爬去，他像隔着千山万水艰难地向她爬过去。在他碰到她的手的一瞬间，一种石板里的寒凉立刻传到了他的身体里。

她躺在那里穿戴整齐，她在睡之前已经提前给自己穿好了老衣，包括脚上一尘不染的新布鞋。她的身体已经凉了，她是昨天半夜悄悄死去的。就在烧完那十摞饼之后。原来，她是什么都算好了的。

给他留这么多干粮，是怕她走了之后他要挨饿。

王泽强就是在曾祖母下葬之后带着一包烧饼，被刘晋芳带到了她家里。

村里人对刘晋芳为什么会收留王泽强，又对王泽强的曾祖母为什么托付给刘晋芳一时都有些想不通，着实议论了好几天。以刘晋芳那样的名声，现在又拖上个十岁的孩子，那就更嫁不出去了。不过，看她的样子也丝毫没有要往出嫁的意思，学校里的老师偶尔问起她的时候，她便说，有个人做伴总是好事吧，吃饭嘛，一个人是吃，两个人也是吃。他一个小孩子家家还能吃多少，还能把我的锅灶给吃塌了？

学校里的小孩子们平素见了刘晋芳就害怕，这下见了王泽强忽然也恐惧地作鸟兽散，似乎他已经成了另一个小刘晋芳。他被逼到了一座孤岛上，这孤岛上还有另一个人就是刘晋芳。他们两个像两只笨拙的海龟守在自己的那寸孤岛上。

从此以后，无论做什么，他都成了刘晋芳的同伙。他被迫性地成了观音塑像下的那尊散财童子。

二

王泽强和刘晋芳在一起生活了六年时间，这六年里，刘晋芳曾经两次自杀。

住到刘晋芳家里之后，王泽强很长时间里不知道该叫刘晋芳什么，叫妈？叫姐姐？似乎都不对劲，似乎什么称呼种到她身上都会颗粒无收似的。她是一片寸草不生的荒地，而他是一株被移植进来的植物，水土不服。她随他去，说，你什么都不叫也可以，要不就叫我刘老师吧，顺口点不是。于是以后的六年时间里，王泽强就叫她刘老师，俨然还是师生关系，课上见，课下还得见。一个三十岁的女人和一个十岁的孩子在一起似乎就是为了搭伙过日子，似乎把日子送走了，他们也就胜利了。

刚住进刘晋芳家里的时候，一到了晚上王泽强就想曾祖母，他钻在被子里，一个人朝墙躺着，一动都不敢动地流泪。他怕她看见。他就把自己的全身僵起来，只让眼泪哗哗往出涌。尽管他没让自己哭出一声，还是被刘晋芳发现了。刘晋芳把他从被子里拖出来，把他端端正正地放在灯光下。他不敢看她，像被人忽然剥光了衣服一样羞愧。那时候他就无师自通地懂得了，吃着一个人的饭，就不能为另一个不相关的人哭。眼泪这东西，流对地方了是情义，流错地方了是忘恩负义。不是流出来就能被消化掉。

灯光下他被刘晋芳赤裸裸地看着，她等他脸上的泪干枯了，结痂了，才眯着眼睛对他说，想你老娘是吧？你当人是什么？你当谁就不会死？我告诉你，谁都会死，谁都不会一辈子跟着你，守着你，没有一个人会一直守着你。所有养活过你的人都会死在你前面，到时候你怎么办？你一个人就不活了？也跟着去死？那你得死几次？你要是还想往下活，你就得记住，活到什么时候其实都只有你一个人。你只能一个人往下活，谁都救不了你，因为根本上谁都救不了谁。末了，她又加了一句，你也不用太想她，你迟早会见到她的，她就在那里等着你呢，哪儿也不会去。你这么急干什么？早晚的事。

昏黄的灯光在刘晋芳的脸上塑了一层焦黄的面具，面具上静静地塑着她的五官。突然之间，她像是一个异域里来的神秘的巫师，在这样一个深夜里，静静地却是残忍地告诉了他一些命门里的机关。它们本来静静地蛰伏在那里沉睡着，她却一定要把它们唤醒。他后来在监狱的晚上，不止一次想，就是从那时候开始的吧，一切就是从那时候开始的吧。她把自己的三十岁突然嫁接到了他十岁的身上，而她自己正向着一个更远的地方迅速地后退，后退。

在那个时候，不，应该是在更早的时候，她就已经做好一切打算了罢。所以在那个晚上，她才残忍地给他打好了预防针，她告诉他，没有什么是可靠的，谁都可能离开你，最后只有你自己。他是曾祖母留下的一份遗物，馈赠给了她，她却告诉他，我也会随时离开你的。她早早地告诉他，是怕他到时候会措手不及，会无法处置他自己。她要他早早地预习好，温好，她要他在身体里长出可怕的免疫力，可以抵抗一切的免疫力。

那时候，他毕竟太小，根本来不及发现她身上已经显露出的种种预兆。其实那时候她已经无心收拾身上的任何部位了，衣服是穿得有了味才肯洗一次，有几次是穿着两只完全不一样的鞋站在讲台上的，甚至有一次，居然是一只白鞋，一只黑鞋，像两只黑白分明的兔子一样卧在她脚底。讲课的时候，讲着讲着她会把一只腿抬起来，把脚踩在讲台上，然后拈着粉笔头问小学生们，你们……知道莎士比亚吗？有一次，第一排有个学生请了病假没来上课，她讲课讲到一半就坐在了那学生的课桌上，然后像个小孩子一样把两只腿吊下去接着讲课。讲到后来一不小心，那桌子突然向后仰去，连她也向后仰去。她在全班学生的注视下仰面摔倒在了地上。然后她爬起来拍拍屁股上的土，又站到了讲台上。有时候她高兴了会说，我给你们背一段里尔克的诗吧……谁这时没有房屋，就不必建筑，谁这时孤独，就永远孤独，就醒着，读着，写着长信，在林荫道上来回，不安地游荡，当着落叶纷飞……

她的身上，白天晚上都带着一种近似于宿酒未醒的气息，这微醺的气息像一瓶液体似的，她和他都浸在其中，像两枚被防腐了的标本。但是她每向后退一步就是坚硬地把他向前推一步，她逼着他迅速地成长。她让他自己洗衣服，自己洗头发，她在旁边一边看着他洗一边剔着牙说，你自己不洗谁给你洗？要是等别人给你洗，你都要臭了。她让他自己熬粥，自己洗土豆豆角做和子饭，她说，你要是连个饭都不会做就准备着饿死，难不成你还一辈子两个肩膀扛着一张嘴地四处讨吃？王泽强站在灶台前只比灶台高出一个头，看上去就像是从灶台上长出的一只蘑菇。他被逼着带着恐惧趴在那里切土豆摘豆角，他像一个海边的纤夫，被身后的一条鞭子抽着赶着，一步都不敢停，似乎只要停下来便必死无疑。刘晋芳就是那条鞭子。

她越狠他就越恐惧，让他恐惧的不是她的狠，而是他本能地知道，她在一点一点地离他远去。

她对他每狠一分，就是在离他远一寸。

刘晋芳第一次自杀是在王泽强十二岁那年的冬天。那天中午，他放学回到家里，发现门已经是开着的，那说明刘晋芳比他先回来了，可能是她最后一节没课。可是，王泽强一进院子就站在那里愣了半天，因为院子里有一种奇怪的但是巨大的寂静。这寂静像一只光滑的蛋壳一样踩在他脚下，他站在那里却没有一丝可以进去的缝隙。他静静地站着，像个盲人一样试图摸出空气里的气息。空气里有一种很静很锋利的东西割着他的鼻翼。

突然之间，王泽强像是苏醒过来了，他几乎是冲进了屋子，他一脚踢开了里屋的门，刘晋芳正睡在床上，身上盖着被子，一动不动，像是睡着了。他慢慢走过去，揭开蒙到她头上的被子。她还是一动不动。屋里弥漫着一种奇怪的气息，清醒而凛冽的味道，像闪着寒光的利刃把空气划开了，他知道了，那是曾祖母死的那个早晨静静盘踞在屋子里的气息。他向刘晋芳伸出的那只手在剧烈地抖动，像秋天的一片树叶。在揭开被角的一瞬间里他看到她紧闭着双眼和嘴唇。他摸摸她的鼻息，她的额头，然后跑出去砸邻居的门。他一边大声嚎哭，一边用拳头砸着左右邻居的门。他使劲地像疯了一样砸门，砸了一家又一家，就像在一种可怖的祭祀舞蹈中一个人砸着大鼓，似乎那鼓砸裂了便有一些东西会溢出来，会救她。他知道，其实是救他。

邻居被砸出来了，他们一齐涌了进去，一个女人跑出去拿来一大碗肥皂水，给她灌下去。她已经没有知觉了，肥皂水流了出来，站在一边的王泽强忽然发了狠一般，他突然力大无穷起来，他按住她，撬开她的嘴巴，让那女人使劲往里灌，把她的衣服全弄湿了。然后，刘晋芳被送到了医院。她被洗了胃，她被救过来了。她吞了安眠药，这瓶药，她在抽屉里已经放了几年时间了。这瓶药昼夜守着她，就像她脚下正踩着的一处悬崖。

她随时准备着纵身一跳。

王泽强好久都没有想明白，既然她随时准备着这瓶药，那她为什么当初又要收留他？他不知道曾祖母最后一次带他来见她的时候说了些什么，是怎么说服她的。她既然收下他，却又随时准备着把他像接力棒一样再传给别人或干脆丢掉？多么恶毒。

好像她收下他就是为了抛弃他。

在这之后，他们看似平安地又过了两年。直到王泽强长到十四岁。在这两年里的每一天里，王泽强都是如履薄冰的，都是胆战心惊的，就像踩在一面冰上一样，这冰面随时都会化掉，随时都会坍塌，他随时都会掉进去，掉进去。因为他知道，这毒性并不是从刘晋芳的身体里消失了，而是它暂时地沉下去了，睡着了，但是，这毒性随时会醒来，随时会在她身体里再次发作。她其实是一颗定时炸弹，他终日和一颗定时炸弹守在一起，随时准备着死无全尸。

他就是在那个时候忽然悟了，他必须打捞出自己。只有他自己可以打捞自己。

他是他自己的鱼。他也是他自己的渔夫。

他是两次从死人旁边爬出来的人，一次是曾祖母，一次是刘晋芳。虽然她最终没有死成，但那分明是又一次身临其境的演习，对他来说，其效果就是真的死了一回。他又被死狠狠伤了一次。他知道，这还远没有完，还有第三次，还有更多。从曾祖母死后，他唯一可以做伴的人就只有刘晋芳了，她给他饭吃，给他衣穿，还让他去上学。在心情好的时候还会检查他的作业。剩下的绝大部分时间里，她只任他自生自灭去。可是，他毕竟是寄生在她身上的一株藤蔓，他是靠着她活着的。那他就只能随时准备着被她抛在半路上。

他得赶紧，赶紧趁她活着的时候为自己找好下一处巢穴，下一处安全的温暖的巢穴，轻易不变动的巢穴，最好是根深蒂固的，比死亡更久长更结实的巢穴。在后来的几年里，他最厌恶的事情就是变。因为他被这东西伤着了。他只想要人间一点结结实实的东西，这点东西就足以做他的骨骼了。

可是，找谁呢？这村子里的人哪个是能收留他的？没结婚没嫁人的自然不会要他，除了刘晋芳，要了他那就是拖了个油瓶。结了婚的有孩子的更不会要他，自己又不是没有儿女，再要他？凭空添一张嘴，还是隔着两层皮的？那些老寡妇老光棍也不会收留他，他们无人供养，把一分钱都是掰成四瓣花的，而且年纪一大把了，自己还不知道能活几天，怎么可能又拖一个还没有劳动力的人进来抢饭吃？他只有一张嘴。谁都不会收留他的，除了刘晋芳。他忽然就落下泪来，他突然明白了，曾祖母给他找刘晋芳不是找了一天两天，一月两月，他都想象不出她从什么时候就开始替他找这个人了，那是十年八年地找啊。是个从竹篮里筛金子的过程，十年时间里她一点一点捡尽了所有的石子和沙粒，最后留下的就那一点点光亮。那点光就是刘晋芳。

只有这个什么都没有的女人才会收留他。因为在本质上，她和他没有区别。

只有她可以和他相依为命。

找到这个人之后，曾祖母就放心走了。她活了九十多岁，原来却是因为一直不放心他才让自己活了那么久，久得可以在睡梦中就悄悄死去。

那是怎样一种精疲力竭。一点点力气都没有剩。

王泽强几乎是放声大哭。因为，他忽然明白了自己的活着本身就带着先天的绝望。他是个天生的残疾。

就这样两年快过去了，一天，刘晋芳忽然从箱子底下翻出了一个黑色的皮包。她把皮包上的一层浮土细细擦去，像慢慢擦拭着时间的脸。然后她往皮包里塞了一件衣服，一条毛巾，一把牙刷。然后她把包背在了一只肩膀上。那时候已经是黄昏了，王泽强刚刚放学回家，还没有写作业。刘晋芳站在门口背对着他，他坐在屋子里看着她毛茸茸得近于透明的背影。那个黄昏里她透明得像一只鱼缸，他清楚地看到了她身体里像鱼一样游动的五脏六腑，和她鲜红色的血液。

她站在那门口说，王泽强，我要去趟省城，你好好把作业写了，饭在锅里，你自己吃。她说完就向院门走去，这个过程里她始终没有回头看他一眼。他也始终没有问她一声，你要去哪里，什么时候回来。他一声不响地盯着她的背影，她身上多出来的那只黑色的皮包突然让她多出了一些诡异的气息。这诡异的气息像一根长长的绳子，伸向很远的地方，他不知道这绳子的尽头系的是什么，只是它无端地让他打着寒颤。直到刘晋芳从院门里消失了，他才像醒过来一样，跌跌撞撞地一路跑到了院门口。

他站在院门口孤单地看着刘晋芳的背影。她正匆匆向村外走去，那里可以拦到去县里的车。这时候他去追她的话，完全追得上，可是，他只是像棵树一样久久地站在那里看着她走远。那时候他就明白了，他跨不过去。她在那头，他在这头，他们中间隔着的是一片汪洋。那是一种多么近多么逼真的绝望啊，每一个毛孔都清晰地张开在他面前，像一个巨大的噩梦一样站在他面前，可是，他就是动不了，也躲不开。刘晋芳越走越远，影子越来越小了，她就要消失了。那一瞬间，王泽强的泪唰地涌了出来。他靠在门墩上久久地抽泣着，不敢回到屋里去。因为他知道，里面是空的。

那个晚上，王泽强战战兢兢地钻进了被子里，在空阔的屋子里，他像一枚小小的核缩在这屋子的最深处。屋子里再没有别人，炕上也再没有别人，他却清楚地感觉到炕上正横亘着一种可怕的却是熟悉的气息。那是曾祖母死去的那天留在炕上的气息，是刘晋芳两年前自杀的时候留在炕上的气息。原来，它们从来就不曾消失过，它们像植物的尸骸一样被埋起来了，发酵了，然后生长成了另一种更坚硬更不会腐朽的岩石。

它们一直就沉睡在那里，就睡在他的身体下面。它们用它们的气息，用它们的火焰，煨熟了他的恐惧。

他在黑暗中伸出一只手，黑暗中空无一人。黑暗和孤独像火焰舔着他的指头。它们要把他吃掉。

刘晋芳是在三天之后被公安局送回村里的。她去了省城以后找了个公园，找公园是为了看看公园里的那面湖。她不止一次告诉别人，她想见到水，她就想见到水。她想念水。她就跑去找公园，在湖边坐了一下午，一直盯着那水看。然后在太阳落山的时候，她站起来走到水边就一头扎了进去。当时天色还不算太晚，湖边还有几个散步的人，有人跳下去把她救了出来。

她又一次没死成。

然后她被公安局送回了村里，因为深秋的水已经很寒了，她受了寒，在床上断断续续地躺了一个多月。王泽强每天给她煎药，端到床边，事实上，这一次投湖之后刘晋芳的身体就一直没好过，隔几天就煎药。王泽强只能由着她去，由着她生病，由着她寻死，他像个父亲一样看着自己骄纵的女儿。她好像迷恋着这种游戏，死了一次又一次，就像从一扇门里随意地出出入入一样，出来了进去，进去了又出来。

但她身上已经开始根深蒂固地生长着一种气息，像植物一样，那是那扇门后面的气息，扑面而来时只让人觉得阴森害怕。

三

王泽强后来想，他能喜欢上曾小丽其实就是被刘晋芳逼的。

她逼着他必须得去喜欢上一个什么人。

他必须抓紧时间长大，必须抓紧时间去喜欢上个什么人，在她下一次死之前。她迟早还要去死的，他知道。她这种赴死的决心逼着他一步就跨过了少年，他还没来得及认真去做个少年，就浮皮潦草地收了尾，直接进了半生不熟的成年。那缝起来的针脚可以长好，可是他的身体里有了断层，中间那一截始终是空的，它就一直空在那里，像密封在他身体里的一只琥珀，空到剔透，却什么都进不去。

琥珀硬了就是岩石的一种。他被钙化了。

那时候他就知道，他必须得亲手为自己编出点什么，编出一个小世界，编出一个完全属于自己的小世界，这个小世界可以被他随身携带，这个小世界里的人也可以被他随身携带。他去哪，它就在哪，像一方手帕一样被他折叠在身体深处。这个小世界和这世界里的人永远都不会背叛他，抛弃他。只要他活着它们便活着。

他喜欢上曾小丽是从他们做同桌后开始的。那时候已经是初三了，王泽强在班上算学习很好的学生，虽然不爱说话。曾小丽属于学习比较差的学生，但是她长得漂亮，走到哪里都有男生注意。曾小丽走在人群中经常旁若无人地尖声说笑就是因为她知道周围有很多男生在注意着她。男生们承认她的漂亮，所以她就有了漂亮，所以她就可以名正言顺地学习不好。快中考了，老师让学生们进行一帮一活动，就是让一个好学生帮助一个差学生。他们成了同桌。开始，曾小丽问他数学题的时候他是不得不给她讲。但是过了一段时间后，王泽强忽然有了一种奇怪的成就感。

那就是，他在面对着一个比自己更弱小的人。或者，一个更弱小的生物。看到她连一道简单的数学题都做不出来的时候，他便像是看着一只晶莹剔透的小虫子正在他手上爬过，所到之处都在他的目力范围之内。他在给她讲题的时候便忽然有了那种感觉，那就是，是他在创造她。这个人，眼前这个人是依附于他而存在的。

而一个差学生对一个好学生似乎总带着些天生的崇拜，于是，做了半年的同桌之后，两个人便放学时候一起走。据有的学生还说曾看见过他们拉着手在一起走。这事辗转到刘晋芳耳朵里的时候，刘晋芳在办公室里边批改作业本边和其他老师说，那闷葫芦还会谈个恋爱？好事啊。两个人便更大摇大摆地在校园里出入着，但是，不久就发生了一件事。

事情的起因是邻班的一个刚留级下来的叫王兵的男生喜欢上曾小丽了，一到放学就在教室门口堵着等曾小丽出来，并且在学校里扬言一定要把曾小丽追到手。几乎没有学生敢惹王兵，包括老师都是睁一只眼闭一只眼。因为他经常和一帮不上学的小混混在一起，据说那帮混混自称大刀会，人人身上都带着刀，都会抽烟，还喝酒。这种学生又不指望靠他来提高升学率，也就是个边角料，能怎么混过去就由着他混过去。

可是居然有人出来挑衅了。

这天下午放学后，王兵又来到了曾小丽班门口，他抽着烟靠在墙上，用守株待兔的姿态悠然地等着曾小丽出来，她还能不出来？其实就是等曾小丽出来了，他也不能怎样，也就在教室门口叉开手堵着她不让走，死皮赖脸地和她说几句话。他也就是让其他人看看，他在这学校里是有特权的。这是一个被扫到边缘的学生保护自己尊严的一种方式，带着些自虐式的洋洋得意，所以他是需要观众的。围观的学生越多他就越得意，别人越是起哄他就越来劲。那都是他的养料。曾小丽在某种程度上是他的道具，他可以今天堵曾小丽，明天就堵王小丽。他只是需要有人来关注他，需要他自己有一个庞大的气场震慑着整个校园。可是，还是有人敢出来挑衅了。

王兵这天在教室门口等了好一阵子，还不见曾小丽出来，楼道里放学的学生渐渐稀疏起来了，有几个好事的磨蹭着不走，偷偷看着他。他倚在墙上抽完了一支烟的时候，忽然感觉到空气里有一丝奇怪的紧张。就像空气里架着一道琴弦，有一只无形的手在那里拨弄着，余波从他鼻翼间无声地掠过去了。他看了一眼那几个正看着他的学生，忽然有些窘迫的感觉，他便向教室里看去。他眯着眼睛适应着教室里的光线，他看清楚了，教室里还有两个人坐着。一个是曾小丽，另一个是个男生，他们是同桌。他正犹豫着要不要往教室里走的时候，教室里的两个人却站起来向他走来了。

他们是一前一后出来的，前面的是男生，后面的是女生。这走在前面的男生就是王泽强，他走到离王兵两步远的时候忽然站住了，他们默默地对视了有两秒钟。在这两秒钟里，王兵忽然又有些奇怪的紧张，就像他正站在一个山洞前，他不敢迈步，也不好退步。他只好僵在了那里。这时候，王泽强忽然伸出一只手，用一根手指指着他的鼻子说，你以后要是再敢堵在我班门口，我就砍了你。

王兵在听到这个砍字的时候，眼睛忽然亮了一下，像身体里忽然被注进了一些养料。就在这个字里他找到自己该有的位置了。砍，这个字是他们大刀会的专利，居然有人敢比划着这个字来和他说话？简直是班门弄斧。他俯视着这个比他矮半头的男生，说，你算什么东西？王泽强依旧站在那里不动，但他清楚地说，曾小丽是我女朋友，你要是再堵她一次，我就砍了你。

你拿什么砍，我？这最后一个字是断开的，他迟疑了一下才说出来。因为，就着斜照过来的夕阳，他忽然看到这个男生的那只手里闪过了一丝寒光。

有一把刀在那里。

那把刀像一种刚被挖出来的矿石一样闪着光，几个围观的学生同时发现了那把刀，他们紧张着却舍不得离开，有个学生嘴里还发出了一声奇怪的叹词。这个叹词横亘在空气里，像一个血红色的斑点，长在了他们中间，然后又一点一点洇开去。王兵心里惊了一下，他咋呼这么久了，可是真的敢把刀亮在他面前的男生他还是第一次见到，看来这个男生是有备而来的。那天他身上并没有带刀，事实上，即使有刀他也并没有真的去砍过谁。他需要的只是他身上有刀的气味。那就像长在他身上的翅膀。他站在那里飞快地想，难道他就真的敢砍他？除非他不要命了，他也就是拿刀吓唬他一下，就像他们大刀会吓唬别人一样。想到这，他使劲把自己往起提了提，使身体里有更多的空气，他说，你敢？王泽强看着他说，我再说一次，我是她男朋友，记住，你以后要是再堵在这里我就砍了你。

几个围观的学生又发出了几声惊叹，这些声音像斑斑血点一样向他们身上溅去，预演出了一种带血腥味的气氛。又有一些迟回的学生像吸血虫一样聚过来了，外面这层壳越来越厚，他们两个彻底被包在芯子里了。王兵知道如果自己怕了他，或者服了软，从此以后他在这个学校里也就成为一个笑柄了，那柄护着他的无形的刀也就从他头顶上消失了。那他就真的什么都不是了。而且，他拿着刀难道就真的敢砍他？这么瘦小的男生，怕是拿刀都拿不稳。于是，他斜着嘴角看着王泽强说，你吓唬谁呢，告诉你，我就是要每天在这，你能把我怎么样？你敢。

他这句话音刚落，就见那把刀在他眼前闪了一下，等他回过神的时候，那刀已经落在了他的胳膊上，嵌在了他的肉里，骨头里。然而，那把刀又被拔了出去，血唰地跟着喷了出去。那刀带着血又向他飞了过来，他本能地一躲，刀刃从他的脸上呼啸着飞过去落在了他的肩膀上。围观的学生吓呆了，后面终于有人尖叫了一声，是曾小丽。

王兵被送到了医院，他的右胳膊被砍断了筋脉，没接好，从此右胳膊就废了，只能弯着吊在胸前，永远不能伸开了。脸上也留了一道长长的疤，把一张脸斜斜地一劈两半，看起来像拼凑起来的一张狰狞的脸谱。

王泽强被判了八年有期徒刑，因为只有十六岁，先是被送进了少教所，等满十八岁之后再送到监狱里。

就是从进了少教所之后，刘晋芳开始给他写信，每月一封。也是从这时候开始，王泽强才知道了刘晋芳的字是长什么样的，他们在一起生活了六年，他居然还不知道她的字是长什么样的。也是从这个时候开始，刘晋芳在每封信的开头开始叫他强强。她从来都喊他王泽强，他喊她刘老师。但是，现在，她的落款是，妈妈。第一次读她的信的时候，王泽强怎么都觉得这信不是写给他的，就像是一个陌生人写给另一个陌生人的，却被他一个无关的人看到了。即使是在手里捧着看的，也觉得这信距离他有十万八千里。觉得这信是装在玻璃瓶子里的，能看得到，却是不能真正摸到的。

每封信他都是先半生不熟地吞咽一遍，然后才开始一个字一个字地嚼，一个字一个字地往下咽。他几乎每天睡觉前都要把这些信看一遍，温习一遍，他守着这些信像守着一锅汤一样，每天都要回锅煮一遍，每煮一遍都够他撑个监狱里的一天一夜。刚开始读的时候，他觉得这信不是刘晋芳写给他的，读到后来，他开始慢慢把自己的魂魄移进那个信里面的人的身体里去了。他们开始渐渐地重叠在一起。而刘晋芳与那个叫妈妈的女人也是艰难而缓慢地重叠到一起去的。当他有一天终于费力地把他和刘晋芳都移植到那封信里的时候，他忽然有了一种奇怪而隐秘的兴奋感，那就是，他在一封信里活过来了，在信里，他叫强强。而现实中的王泽强消失了。还有就是，他居然在十六岁的时候忽然有母亲了，在此之前的十六年里他其实都没有，一直都没有，他只有曾祖母，只有刘老师，却没有母亲。现在，在这封信里，母亲复活在他身边了。

他在十六岁的时候，在监狱里，第一次真正变成了一个有母亲的孩子。

这种陌生到残酷的感觉最初几乎让他嚎啕大哭。

第一封信之后是第二封信，第三封信，监狱里的岁月像与世隔绝的深山里的岁月，监狱里过一年，不知世上已经过了多少年。他甚至已经渐渐忘记了外面的世界是什么样子的，他与外界的唯一联系就是和刘晋芳的通信，只有刘晋芳一个人给他写信，刘晋芳每给他写一封，他就回一封。曾小丽没有给他写过一封信，他也没给她写过。他有时候想在信里问问刘晋芳，但是最后还是忍住了，想想是自己拖累了她。他一个人进了监狱，那留在外面的她呢？他不敢问，有些本能地害怕。更何况自己现在是个犯人，就算出去了也是个犯人，一辈子都是个犯人了，难道要她和一个犯人怎样？

晚上睡不着的时候，他就躺在那里努力回忆关于曾小丽的一切。可是她留给他的东西太少了，像一眼贫瘠的矿井一样，很快就被采光了。她那点波光粼粼的影子是沉在海底的，他只能站在岸上看着她却永远过不去。可是，那些深长的夜里，不去想点什么，不去想个人是根本过不去的。所以，他被迫一次又一次地想她，一次又一次地想那件事情。他居然为了她去砍了人？为了她坐了牢？他该恨她？还是她该恨他？也许在当初，他根本就不是真正喜欢她，爱她，可是就是在监狱里，他把对她的喜欢真正焐熟了。真正熟了，却再也没有了联系。于是，她都跟着他住进来了。她和刘晋芳是八年里一直陪着他的两个人，两个女人，两个八年里没有老去一丝一毫的女人。白天晚上，她们都和他如影相随。

其实没有人知道的，他砍王兵那天就像一条冻僵的蛇，直到血溅了他一身的时候，他其实还是僵着的，并没有醒过来。直到进了少教所，他才渐渐苏醒过来，他才回想起来自己到底做了什么。他居然，拿着菜刀，把一个人砍了。千真万确。深夜里，睡在少教所满是臭虫和跳蚤的地铺上，他才把这么多年里折叠在他身体深处的那些东西一层一层打开了。往日的生命忽然像河床上被漂白的骨头一样晃着他的眼睛。

原来，这么多年里，他的骨头里，他的身体最深处是藏着戾气的。那戾气是一点一点被他攒下来的，攒了十六年。从最早他被亲生父母关进鸡笼子里扔到街边开始，这戾气就已经开始在他身体里潜滋暗长了。到后来，曾祖母忽然扔下他悄悄死了，也不管他会不会哭，会不会痛。再到后来，刘晋芳两次自杀，每次自杀前都没有问过他一句，我死了你怎么办？你该怎么活下去？没有人考虑到他的感受和他的疼痛，就是他痛到死，也没有人知道。他们都能放下他，随时都能放下他离开，然后任由他一个人在时光的荒野里流浪。

他恨他们。他心里的恨攒得有些太多了，一点一滴地攒起来的，连他自己都浑然不觉。然后，这恨渐渐发酵了，转变成了一种戾气，潜伏在他身体里，心里的每一道褶皱里。它们随他一起长大，成熟，熟到一定程度时就会像果子一样自然脱落，脱落。

于是，终于有一天，这戾气像一层魂魄一样在他身上现了形。他拿起了刀。

进了监狱之后，这层戾气不但没有退出去，反而在他身体里凝固下来了，像钙质一样补充到他身体里去了。因为，他发现，在监狱里，没有这点戾气，他就不用想活下去。

最早在少教所的时候，牢房里只有一张大通铺，一头靠着窗户，一头靠着厕所，所以依次被分为头铺、二铺、三铺，靠窗的自然是头铺。一个牢房里的头才能睡头铺，然后服侍头的睡二铺，三铺，其他人尤其是新来的就只能睡地铺。十几个孩子要挤在地铺上，必须要侧着睡才能挤进去，侧进去了就像做了夹心一样，一晚上都不用想动。晚上上个厕所就再挤不进去了。地上很潮，臭虫虱子满地爬，他们把虱子叫坦克，说坦克开过来了，就是虱子爬身上了。但是没有办法，根本没处躲，尤其是棉衣里虱子更多，因为怕痒，有人大冬天只穿着单衣。睡在地铺上的人因为地面太潮，会浑身起湿疹和疥疮，起满不知名称的奇痒无比的红疙瘩。于是，每晚的睡觉就像打仗一样，打得头破血流也要挤个缝睡进去。

王泽强刚进去的时候，他们欺生，自然不会让他睡到通铺上面去，除此之外，他们还要打他，戏弄他，拿他来做消遣。因为监狱里的生活实在是太枯燥了，必须得有后来者给先到者做戏子，演戏给他们看，然后他们也渐渐变成老人，等着新人再进来，这样一层一层的波浪式的更替才使这种生活有力气继续下去。王泽强睡了几天地铺之后，开始起疥疮，起红疙瘩，奇痒无比，又不能挠，一挠就破。过了段时间，腿上的疥疮开始流脓了，监狱发的药根本不管用，碗口大的一块肉已经开始腐烂了，发出了尸体才会有的尸臭味。他只好咬着牙往里抠，把上面的烂掉的肉往下拽，这猩红色的烂肉带着血像一层泥灰一样纷纷往下掉。烂肉掉光了露出了里面白森森的骨头。这时，周围的人都躲着他，不往他跟前凑。他坐在那里忽然明白了，因为他对自己这么狠得下来，所以他们开始怕他了。因为一个对自己能狠得下来的人才能对别人狠得下来。

就在这个晚上，睡觉前，他光着膀子，背着一身红色疙瘩，像一种动物身上的斑点，亮着一条刚剜掉烂肉已经露出骨头的腿，解下了裤子上的皮带，他往通铺上一坐，手里紧握着皮带。那黑色的皮带像条蛇一样垂下去。他看着那些人静静地说，不怕死的就过来。

真的没有人敢过去。在监狱里最被犯人们歧视的是强奸犯，最被犯人们怕的是杀人犯。王泽强虽然没有把人杀死，但是终究是因为拿刀砍人而进来的，大家都知道他为什么进来的，所以一时间都有些发怵了，愣在了那里。后来，还是有个人向他走了过来，却不是牢房里的老大，老大一直冷冷地看着他。这向他走过来的人大约也是想借机为自己争取点地盘。他一个新来的就想和他们这些老人抢铺？王泽强冷冷地看着走过来的人，人离他还有几步远的时候，他一皮带就狠狠过去了。在那一瞬间，他身体里的全部戾气都复活了。他必须把它们唤醒。他一皮带紧接着一皮带地抽下去，他不能给他留一丝空隙，他决不能让他有还手之力。他连方向都不辨地兜头盖脸地往下抽，打死他，他就是要打死他。

他要是敢有一点点的恐惧和软弱，那被打死的就会是他。他打他就是要打给所有的人看。那人已经站不住倒在地上了，他还是不肯停下来，他一皮带一皮带结结实实地往下抽。其实他知道他是不敢停下来。那是一种多么漆黑的恐惧啊，为了不坠入深渊只有在黑暗中一刻不停地走路，走路，到了后来已经是爬着了，就是这样也不能停。他边打地上的人边说，你们过来一个老子抽死你们一个。过来啊。

他知道，不这样他就活不下去。但是，他要活。

他站在那里，阴森，凶狠，像一个真正的亡命之徒。

虽然被关了禁闭，但出来后他照打不误，一打就是不要命地打。他已经悟到了一条真理，就是监狱里的尊严都是打出来的。到后来渐渐地就再没有人敢惹他了，大家对他开始有了些尊敬。晚上他开始睡在通铺上了，他不抢头铺，但他决不能再睡地铺。这是底线。

整个白天他们都在车间干活，中午就在车间里吃饭，狱警把饭发到他们手里，吃完下午接着干。有时候到晚上了还得加班。因为他掌握技术很快，被提成了车间的组长。他们做的是印刷品，把印好的大开纸折叠，裁开，再装订。他负责最后一道工序，就是裁边。同时还要监督其他犯人的工作。忙不完的时候他会主动要求加班一直干到深夜，他负责的组几乎没有返工的现象发生。队长对他很是满意，后来又让他做了统管，就是负责管理车间工段的各个小组长。这时候他在监狱里已经待了三年了，他已经有了些威望，不需要再打架了，大家也愿意听他的。这时候他的头发已经全部变白了，没有剩下一根黑头发。这一头白发让他在监狱里更是引人注目，无论站在哪儿，都能被人一眼看到。已经成了他的标志。他们给他起了个外号，叫白毛，当面则尊称他“毛哥”。

一头白发的王泽强在监狱里为自己杀出了一条血路。

四

八年监狱生活里，最让王泽强柔软的时候就是收到刘晋芳来信的时候。可是这八年里，他再没有见过她。她没有来看过他一次。一开始的时候，他还在想，这是为什么呢？她为什么不来看看他。后来他就自己想通了，她不来看他那是再正常不过了，就她那样的性格，那样的脾气，就不该来看他。她要是来看他那就不是她了。她能给他写写信，他已经感激不尽了。在这八年里，他一直活在信中虚拟好的那个地方，在那个地方他始终是个孩子，有个假想中的母亲关心着他。一个字一个字地告诉他怎么洗衣服，怎么缝衣服，怎么和别人打交道，怎么和监狱里的干部们相处。感冒了怎么办，头痛了怎么办，告诉他好好表现，八年一眨眼就过去了，出去了他还是个好小伙子，到时候他才二十四岁，做什么都不晚，都来得及，找个女朋友结婚生孩子也不晚。一切都来得及。她在每一封信里都反反复复地告诉他，一切都来得及。

她告诉他，一切都可以重新来过。

有时候躺在铺上读信的时候，他会恍惚间产生一种错觉，那就是，这几年监狱生活就像一块冰把他冻起来了，冷藏起来了，真的什么都不会变。等他从这八年里出去了，他还和从前一样，甚至都没有来得及老去一丝一毫。那等他出去的时候，刘晋芳变成什么样子了？曾小丽变成什么样子了？王兵变成什么样子了？他知道他没死，他只是残废了。他们会不会都已经变老了，而只有他却新鲜如初，年轻如初，还像十六岁时一样。他们见了他会怎么样？会不会因为他的新鲜而感到恐惧？一个不会变老的人确实是让人害怕的。因为那就不再像是人。仿佛成了别的什么生物，或是被扣押在了地壳深处的岩石。总之不是人。

可是，他从镜子里知道，他也在一年一年地变，时间这只容器太大了，装多少东西进去都填不满它，它始终是饥饿的，这种悲怆荒凉的饥饿把任何东西都吞了进去。把高山把海洋都吞了进去，无一遗漏。所有的人最后都要被吞进去，像蝼蚁一样。在监狱的几年里，他每天早晨天不亮就得起来跟着犯人们晨跑，这样过了几年倒比刚进监狱时长高了很多。但是一头花白的头发使他看起来像一个年轻的老人，好像一步就从十六岁迈到了六十岁。

他把刘晋芳的所有的信订在一起，做成一本书的样子，有破损的地方他用玻璃纸细心粘好。每天晚上睡觉前他必做的功课就是，抱着这本书翻上几页，哪怕一行一个字都要看一行一个字。然后他就着这一行一个字的余温沉沉睡去。他给刘晋芳写信的时候，不是一行一行写上去的，是一个字一个字写上去的。那是每拈起一个字都要费掉很多力气的，像搬着一件珍贵的重物，必须得找到最合适的位置才能把它放下去，似乎放错了地方对它反就是一种侮辱。他笨拙地搬着一个又一个字，小心翼翼地把它们砌起来，一直砌到刘晋芳那里。所以每写完一封信，他都会有近于虚脱的感觉，用力太过的缘故。

在这八年里，最让他胆战心惊的不是别的，而是他生怕哪一天这信就戛然断掉了。它们像一根灯绳一样只要被轻轻一拉，他这里面就一片黑暗了。因为写信的不是别人，是刘晋芳。这个世界上他最了解也是最不了解的女人，拉着灯绳那头。她自杀过两次，她不厌其烦地死过一次后又死了一次，虽然都没死成。可是，她既然能去死第一次第二次，为什么不会去死第三次第四次，第五次？一直到真正死成。这八年时间里，他一边望眼欲穿地等她的信，一边如履薄冰地等她的死讯。每一次收到信的时候，他第一眼便是飞快地扫一眼信封上是不是刘晋芳的字。因为，哪天信封上如果突然不是她的字了，那就说明，她已经不在了。

在这八年看不见她的时间里，她是不是又专心地死过好几次？只是每次都没死成？还是她突然对死这件事厌倦了，不想再去重复这件事了，于是她顺利地又活了八年。因为信封上一直都是她的字，那字活着，她就活着，把字连根拔起来，下面就是她。

他祈求她活着，因为他爱她吗？他问自己，他最本能的回答却是，因为她死了就再没有第二个人会给他写信了。可是，他真的不爱她吗？即使八年前不爱，在这八年里，他每晚每晚都是抱着她的字她的气息睡觉的，他早已经把她抱熟了，把她抱成了一个真正的母亲，在监狱里陪了他八年。

所以，她不能死。

好在，她真的没有死。因为，她的信一直还活着。

又是两个月过去了，还有一个月就是这八年的尽头了，原来，什么都是有尽头的，都是有边际的，没有什么会是永远漂流着。刘晋芳在最后一封信里说他出狱那天，她到监狱门口接他。她说这是她第一次去监狱，也是最后一次去监狱，因为她知道他不可能再第二次进那个地方了。这一个月里他开始失眠，他过度紧张又过度兴奋地盯着这个月的尽头，恨不得一夜之间就走到那里去。晚上失眠的时候他就用整夜整夜的时间去想象见到刘晋芳会是什么样子，刘晋芳变成什么样子了，会不会他已经认不出她来了。她还在头上盘着她那两只巨大古怪的发髻吗，他已经先她一步白了头发，这会不会让他们看起来忽然拉近了，变得像一对姐弟？他认真地洗脸洗头发，暗暗为这一个月后的见面做着准备，他甚至觉得他像一个重返故里的游子一样，是不是该送她一件小礼物？难道像一个真正的不屑子一样，赤手空拳地在八年后去见她？

他柜子里攒着一些好烟，是犯人们进贡给他的。烟自然是家属们探监时带来的。现在，他想用这些烟换件什么东西，送给刘晋芳。

就在这最后一个月里，王泽强还是赶上了一次送死刑犯。说是送，其实就是安抚这些即将被执行死刑的犯人度过他们在人间的最后一个晚上。他那个牢房里有三个死刑犯，现在，他们的死期到了。整个牢房的人送他们先走。在这个晚上，犯人们要吃他们最后的晚餐。晚餐很丰盛，一个人三百块钱的标准，还有酒，但是能吃下去的人很少。晚饭之后狱警送来了红色的秋衣秋裤，要他们换上。鲜红的秋衣秋裤刚往那一放，一个犯人就哭了。因为，只要这衣服一穿到身上，就代表着他们要死了。那本是喜气洋洋的红色一穿到死刑犯的身上却散发着阴森诡异的气息，仿佛它是会吸血的，吸饱了前面那些死去的犯人的血才变成了这种鲜红的颜色。它们一旦被穿到身上，就像传说中的血镯一样贴着他们，吸他们的血，吸得越多，它们越鲜艳夺目越妖艳美丽。但到了最后，所有的死刑犯还是要穿上这身红衣裤。因为，要上路了。

身着红衣的他们就在那一瞬间，忽然散发出一种锋利而诡异的气息。不像是人间的东西。那是另一个世界的气息。他们是一群被赶到了跳板最尽头的人，只差这纵身一跳，就是另一个世界了。这些穿好了红衣裤的男人喝了酒，哭着闹着，湿漉漉地倒成一片。他们戴的都是通天链，是手连着脚的一种镣铐，躺下去的时候也是佝偻着，蜷缩着，像一摊未融化的血迹。反正无论做什么都是最后一次了，哭也是最后一次了，笑也是最后一次了，都由着他们，只是不能闹出事来。王泽强带着其他犯人看着他们，也陪着他们。八年里他送走了一个又一个死刑犯，隔段时间就有一个犯人要穿着红衣裤走了。都是这样带着血气的夜晚，都是这种一模一样的红衣服。有时候他有一种错觉，感觉自己简直像个监狱里的牧羊人，正把一群又一群的羊赶往天国。

这些血红色的羊。这些背着血债的羊。

这八年里，王泽强除了长了身高，还长了酒量，就是陪这些死刑犯喝出来的。他默默地陪他们喝了一杯又一杯，他们喝多少，他就喝多少，他们往死里喝，他就往死里喝。他的酒量就是这样，在黄泉路上练出来的。他一次又一次亲眼看着他们怎么度过这最长又最短的最后一夜，看着他们怎么被押到刑场，怎么一跪在那里就瘫倒就小便失禁，怎么在午时三刻被一支枪指着脑袋，怎么在一声枪响之后像一只红色的麻袋一样无声栽下去。他一次又一次地看着他们的死，那时他便觉得他们是在替他死。而他是在替他们活。其实这八年里，他跟着他们已经死了一次又一次，一次又一次。到这八年的尽头时，他其实已经是九死一生的人了。

这三个死刑犯里有一个叫林刚的，长得五大三粗，平时很少说话，这个晚上他喝到半醉的时候忽然从身上摸出了一个东西，一只发卡，一只女人用的发卡。这是一只凤凰型的发卡，它像一只鸟的标本一样静静地卧在他的手心里。他摩挲着这只发卡，久久地摩挲着，就像抚摸着一个掌心里的女人。她像鸟一样很小很乖地蜷伏在他的掌心里。他摩挲了一会儿接着去喝酒，再喝到后来就哭，哭得瘫在了地上，像个耍无赖的硕大的儿童。那只发卡掉到了地上，他也没有发现，或者，发现了也没有去捡。它在这个死亡之夜从他身上脱落了。

像一件从他身上永远遗失的器官。

深夜，王泽强蹚过他们一丛一丛血红色的身体和血红色的呼吸，走到那发卡前，悄悄捡起了它。像捡起了一只受伤的鸟。他把它放在了口袋里。这是一个将死之人留给他的遗物。

他要把它当礼物送给刘晋芳，一只死人身上留下来的，吸足了死人血液的发卡。他要把这鲜血，把死亡当礼物送给刘晋芳。他要告诉她什么是真正的死亡，他要让这带着死亡气息的东西盘踞在她的发髻上，终日与她如影相随。看她还敢去死吗？死就那么好玩吗？就那么可以来来去去吗？那个不知天高地厚的女人，那个活得奢侈到极点的女人，从来就没有把活着当回事的女人。他要让死亡就在她身边，在她发际。

年底了，一个月竟真的到头了，世界上最长也是最短的一个月终究过去了，王泽强出狱的日子到了。他裹着一件棉猴，提着八年来的全部行李，一只瘦瘦的旅行包，里面装着几件衣服和一本书，那是刘晋芳写给他的全部信件，装订成了一本厚厚的书。他身上带着监狱发给他的十块钱路费，出了监狱的大门。监狱的大门把他排出去之后，又在他身后沉沉地合上了。就像从来没有打开过的一只隐秘的山洞。他看着身后一时恍惚自己是不是真的从这扇门里出来的。可是，千真万确，他真的是从这山洞的洞底爬出来的。

所有的记忆被迫与八年前接上了，但是有些半生不熟，有些抽搐有些紊乱。就像血液涌到了眼底，会像眼泪一样流出来。

他紧张无措地看着周围，一切都陌生到了残酷。他像被一只轮船扔下来的孤儿，把他扔到了一座荒无人烟的岛上。他艰难地看着这个崭新而荒凉的世界。他在寻找他与这个世界之间那唯一的一点联系，那唯一的一条筋脉从他的身体里长出去，伸出去，伸向那个女人。

五十米之外的地方真的站着一个女人。那女人站在那里静静地看着他。

但，她不是刘晋芳。

她一点一点走近了，走到了他跟前。他疑惑地看着她，难道她真的是刘晋芳？难道是八年不见她已经变成了这个样子？还是她根本没变，是他忘记了她的容颜。真正在记忆中走失的是他，而不是她。他微微张着嘴，艰难地看着这个走近的女人。她头上没有那两只古怪的巨大的发髻，使她看上去一下就坍塌了，坍塌得面目全非，她所有的五官都开始模糊不清了。女人站定了，终于问了一句，你……是王泽强吧。

声音也不是刘晋芳的，语气也不是刘晋芳的。这么小心这么试探的语气就是再怎么被打回原形，也变不成刘晋芳。

她不是刘晋芳。

他突然之间有些莫名的焦虑和紧张，甚至比他当年站在法庭上还要紧张。那是开始，这是收稍，而这收稍本身就是又一个开始。他的一个开始已经在十六岁时被腰斩了，在二十四的时候，另一个开始也摇摇欲坠了吗?

他直直地尖着嗓子问了一句，我妈呢？她在哪呢？他终于把活在书信中的那个母亲搬了出来，他第一次在人世间的阳光下叫出了她一声母亲。但是女人没有回答他，只说，我是来接你的，先跟我回去吧。

他无路可走，只能跟着她，跟着她往回走，跟着她才能……有一个真相。他步履蹒跚地跟着她，又问了一句，你是谁？谁让你来的。女人回头看了他一眼，是你妈让我来接你的。

王泽强悄悄松了口气，他连忙说，她是不是又病了，她是不是身体不好来不了？你是她什么人？他突然之间饶舌得像只鸟，他自己都惊奇自己出狱后的第一天第一个小时里竟能连贯地说这么多话。他怎么了？他把自己吓住了。

女人还是不说话。她的沉默很异样很坚韧，像一条扁担，扛在她肩上，挑着身后的他。

五

坐在回县城的长途汽车上，女人终于开口了。我确实是受刘晋芳之托来接你的，但是，那是八年前的事了。你妈，她在八年前就去世了。

……

我是她在这个世界上最好的朋友，所以她把你交给我。其实在你被判刑不到一个月的时候她就死了。她身体怎么糟成那样，这些年她究竟对自己做了些什么。你刚被抓走她就病倒了，可能是……这么多年里，你是她唯一的伴，不是因为你，她可能早死了。她放不下你，她怕她死了你一个人在监狱里撑不下去。她在死前托付给我的事情就是，在这八年里每个月的月初给你写一封信，一直写到你出狱那天，把你接回来。她断断续续地给我讲了好几天，给我讲你什么性格，爱吃什么，你这么多年里做过什么事，你这么多年里经历过什么。她在努力使我能在信中逼真起来，能使我看起来像她，像个母亲写的信。她嘱咐我每封信的落款处一定要写两个字，妈妈。

……

我在县城一中当老师，每个月月底我估计你的信该到了，就专门跑到你们村去取你的信，然后再给你写下个月的信，因为你们家现在已经没有人住了，那房子空了八年了。我当初答应她的时候真是担心啊，八年太长了，我怕自己坚持不下去，我怕哪天我就忽然中断了。因为她在死前一再恳求我，无论怎样，只要我还活着，就把这八年的信坚持下去。她说，只要我坚持下去了，你也就坚持下去了。她说她知道监狱里经常会有犯人因为家人突然去世，自己就在监狱里自尽了。因为突然就没有一点点东西支撑着活下去了。她说那不是别的地方，那是不见阳光的地方，在那里活下去更需要理由。她让我一定给你一个理由，替她。

……

我给你写了八年的信，开始的时候我担心你认出这是陌生人的笔迹，但你没有说什么，我就放心了，再写到后来就成惯性了，一个月不写就觉得少了什么。我把你所有的信都装订在一起了，准备等你出来后就送给你。你要好好留着它们。那不是我一个人写给你的，还有刘晋芳，我是替她写的。

……

你不知道的，就像所有的人都不知道她是个什么样的人，只有我知道，在这个世界上，只有我知道她是个什么样的人。我们是师范同学，上学的时候，我们俩就经常挤在一张单人床上，说话说到半夜才肯睡觉。我再没有见过像她那样的女子，才华横溢，但她一直让我心痛。因为她不懂通变，她有一种近于疯狂的偏执。她喜欢什么发式就永远不再变，喜欢什么衣服就一直穿什么衣服，喜欢什么人就认定那个人。她告诉我那是因为她骨子里老有一种绝望感，所以她总想拼命地抓住点什么东西去与那种绝望感做抗争。

我想她就应该活不久，因为她就是为某些东西而生的人。这种人都活不长。上学时她就爱上了我们师范的班主任，那时候卜老师已经四十岁了，因为潜心研究哲学一直没有结婚。她说她要和他结婚，可是毕业分配的时候她被分到了镇上的学校。就是为了能和卜老师到一起去，多少年里她想尽了所有办法，她不止一次和我说，如果不能和他到一起去，她还有什么意思。只要能和他到一起去，她什么都……不怕。她说，其他的，一切的一切都是假的，都是形式，都不重要，她只要最本质上的那一点东西，就那一点就可以让一个人不绝望了。

她在那个镇上一待就是八年，这八年里我们的同学都结婚生孩子了，她还是一个人过。别人给她介绍对象她从来不见。后来不知为什么，她神经忽然都有些错乱了，跑到省城去找卜老师，卜老师不知道和她说了些什么，她跑回去后就终日戴着个大口罩，和谁也不说话。后来她被送到医院去了。你想想她心里受过多少苦才会这样啊。后来一出院她便申请调到没有人愿意去的村小学去支教。她不再说要调到省城，而是直接让自己掉头去了一个偏僻的村里。只有她能做出这样的事。

……

后来有一天她忽然收养了你，我猜她终究也是怕那种没日没夜的孤单吧，想和你做个伴，想让你借给她一些活下去的力气。那时候她已经知道自己不会再结婚，不会再有孩子，所以是你帮了她。虽然你并不能真正把她身体里那种绝望的毒性排出去，她说每次那毒性一发作她就想去死，她就无论如何都不想活。可是，你毕竟陪了她六年。没有你她就活不过这六年。她也告诉我，她对不起你。因为她在你面前死过两次。她说她要是真死了，你一个孩子又该怎么办？所以她求我帮你，帮你这八年，把这八年度过去。

王泽强打开自己家那把已经锈迹斑斑的锁，在一屋子的灰尘和蛛网里只看到墙上贴着一张刘晋芳的一寸相。她连张遗像都没有。黑白色的刘晋芳在一寸相里静静地笑着，很年轻，大约只有十八九岁，应该是读书时候的一寸照。那时候的她已经是盘着两只巨大的古怪的发髻，因为她觉得这样美丽。王泽强静静地与照片里的女人对视着，她在另一个世界里，隔着一张薄薄的相片注视着他的归来。

八年之后他二十四岁了，他以为刘晋芳会很老了，可是，他看到的却是十八岁的她。在时光里，她忽然向来路退去，她退回，退后，越退越年轻，终于，她在十八岁的地方站定，回头微笑着看着他。看着自己二十四岁的儿子。

王泽强哪都没去，就在村里待下来了，但终日无所事事。无论他走到哪里，村里人都用略带恐惧的目光看着他，好像他还是那个八年前站在教室门口的男孩子，手里握着一把寒光闪闪的菜刀。现在，他像一把菜刀一样立在村子的空气里。女老师临走给他留下了一些钱，告诉他尽快找点事做，先养活了自己再说成家立业的事。还告诉他有什么事就去找她。然后她就走了，她不可能一直陪着他。

两个月过去了，冬天已经到尾巴上了，马上就要开春了。女老师留下的钱已经用得差不多了，他还是终日闲着，什么事都不做，他没有地可种，也不肯出门。这段时间里他已经渐渐听说了曾小丽的事情，曾小丽结婚了。五年前嫁给了王兵。当年王兵残废后就退学了，王泽强进了监狱，刘晋芳不久就病死了。王兵家的人便把事情全赖在曾小丽身上。他们隔三差五就去她家里找事，闹得她一家人都不得安宁。曾小丽本想考个卫校之类的学校到外地去，但没考上，只好回到村里，跟着父母下地干活。这样过了两年，王兵的家人又找上门来了，说王兵残废了至今连个媳妇也说不下，都是被曾小丽害的。现在她学也上完了，事情也没的做，也不小了，该结婚了，她只能嫁给王兵。不然的话，王兵这辈子怕就娶不到老婆了，那他王家就要在王兵身上断香火了。曾小丽要是敢不嫁给王兵，那她就别想能嫁给别人。欠了债就得还，能躲到哪去?

这样断断续续地又被纠缠了一年，曾小丽的父母又气又怕，但也想不出更好的办法，如果让曾小丽跑了，一个人去了外地，那王家也不会放过他们。总不能他们全家都背井离乡。最后他们便做主让曾小丽嫁到了王家去。就这样，曾小丽嫁给了王兵。王兵因为残废了一只胳膊，什么活也做不了，早早就学会了喝酒，喝醉了回来就打曾小丽，他说老子都是被你害成这样的。后来曾小丽生了个孩子，但是个傻子。大约是因为王兵酒喝多了的缘故。现在，他们一家三口还住在村里，王兵每天什么事都不做，拖着一条废胳膊在村子里晃来晃去，看看东家的狗打架，西家的鸡吵嘴，晚上就和几个打铁的男人在一起喝酒，喝到半夜再回去。曾小丽每天带着孩子在地里干活，中午也不回去，就在地头上啃个火烧，喝口凉水。她那傻儿子便满地乱跑，跑着跑着裤子掉了都不知道。

王泽强并没有见到曾小丽，他整个白天整个白天地躲在屋子里不出去，据村里人说深夜才看到他在村子里一个人走来走去，不知道在干什么。村里人都怕他，他在这村子里变成了一种神秘的夜行动物，带着不祥的气息。他们想，一个不干活不种地还砍过人的人，靠什么活?时间长了还不就是靠着偷盗抢劫?他终究是个祸害，他们都想把他从村子里赶出去，但是没有人敢说。村民们没事就悄悄议论着怎么对付王泽强，怎么把他赶出村去。

但是不久村里就发生了一件大事。一天清早，准备下地的村民在路边的渠里看到了王兵，他脸朝下趴着一动不动。他们以为他又喝醉掉到渠里了，等到把他翻过来才发现，这次他不是喝醉了，是死了。他的脖子上被人用刀子砍了长长一刀，紫红色的血在他脖子上，胸前已经凝固了。看样子是昨天半夜就死了。

但是这起案子还没破就结案了，因为凶手是去自首的。这个凶手是王泽强。他在深夜等着王兵喝酒归来，然后用菜刀砍死了王兵。八年前他就砍了王兵一刀，在出狱两个月后又补上了另一刀。八年后，他终究还是把他杀掉了。

公安问他作案动机的时候，他淡淡地说，他这种残废了的人就该早点死，成天什么都不干，就知道喝酒打老婆。不然他拖着一个女人要拖到什么时候去。他活着一天，那女人就要受罪一天，只有他死了，那女人才能改嫁，才能有条活路。他们又问他，为什么坐了八年监狱刚刚出狱两个月就又犯案了。他看了一眼窗外，慢慢说，还是在里面适应，出来了不习惯，再说，出来了也是我一个人，在哪都一样。

他又被判了刑。这次是死刑。

他知道，这次轮到他穿那身红衣红裤了。

他再一次被关进了监狱，如三个月后不上诉就将执行死刑。这是他在监狱里度过的第九个年头了。

监狱里的一年为一渡，渡，就是要从此岸到达彼岸。前八年他都渡过来了，但这第九渡，他过不去了。

铅笔债

一

父亲失踪的那个晚上窗外下着大雪。

雪光是青色的，闪着釉质的寒光，像一柄剑插在窗外，把这古旧的青砖青瓦钉在了这个冬天的早晨。这个早晨踩上去很脆，很空，商小燕醒来的第一件事，就是看到父亲的被子已经空了，那团被子干瘦地蜷缩着，像是仍然聚拢成一个人形。她一步一步走过去，久久地看着那团被子，然后钝钝地伸出一只手，瑟瑟地伸到了那团被子里。冬天里棉被的寒凉像兽的皮肤一样蹭着她。微微的痒和痛。她不甘心，再向芯子里伸去，她摸索着，想摸到最核里的那一点点残留下来的温度。可是，最芯子里也是硬的，凉的。那团凉而硬的东西像一只张开的嘴，咬住了她的那只手，她整个人伏在被子上，动弹不得。

父亲不是天亮后走的，他是半夜走的。

商小燕走到窗前把嘴唇贴在了筑满冰花的玻璃上。北方的冬天，所有少女的嘴唇都是这种像火一样的颜色，像木门上斑驳的朱漆，鲜艳、脆弱、干燥、飘摇，像深秋里那些最后的红叶，一碰就会着。嘴唇在冰花上挖出了一个洞，红色的唇嵌在其中，就像封冻在冰雪中的一枚红果。冰洞越来越大，她的眼睛，鼻子全在这玻璃上浮出来了。透过玻璃，商小燕看到院子里那两扇腐朽的木门是开着的，很瘦很薄的一道缝，静静地绽开在雪地里。

从这门缝里望出去，就像在门缝间突然长出了一个陌生到坚硬的世界，在那两扇门之间茂密妖冶地轰然长成。父亲就是从那两扇门之间消失的。跨过去，他就消失在另一个世界了。商小燕看着从屋子到院门的那段路，没有一个脚印，这个夜晚所有的脚印都被大雪吞掉了，连一点痕迹都没有留下。肥厚的雪地安静得像一片湖面，任是把什么投下去都会很快地无声愈合。

商小燕站在窗前静静地流着泪，脸上所有的器官都和冰花粘在一起了，就像玻璃下面一只剔透而凉脆的标本。其实很早以前她就已经知道，父亲一定会走的，当母亲和他吵完架把饭藏起来不让他吃的时候，当他回家晚了母亲把门关上不让他进来，他一次又一次敲门的时候，当他一次又一次地和她说遥远的二连浩特的时候，她就知道了，父亲有一天会走的。现在她觉得自己正站在一个很深很深的梦的最里面，她知道自己是在梦里的，就告诉自己，一定会醒来的，是梦就有做完的时候。她掐自己，用舌头去舔窗户上那些冰花，可是，所有的痛都像结实细密的针脚一针一针刺进了她的血液里。在那一瞬间，她明白了，父亲是真的走了。

母亲刘玉珠就站在屋檐下，她浑身上下落满了雪，眼睛空空地看着那扇张开的木门，目光恐惧而荒凉。

商小燕从此以后再没有见过父亲，不知道父亲真的是去了二连浩特，还是，在那个下雪的早晨就被冻死在路上了。

母亲在一家国营的小商店当售货员，她每天早晨上班前就把商小燕和商小朋的午饭做好，商小燕每天带着弟弟商小朋上学放学。放学的时候，她在校门口等着商小朋的班级排队出来，商小朋跟在姐姐后面。两个人在夕阳下慢慢向家里走去。

城南这条老街在明清时期曾经全是些老皮坊，晋商的分支，皮商，曾经几乎全部聚集在这座小城里。房屋早已颓败了，青砖青瓦上长着很高的草，月光下整院的房屋带着一层毛茸茸的柔和的凄清。街门上都是雕花的，牡丹石榴葡萄缀在上面繁复的像藤蔓。街门一般都隐在幽深的巷子深处，因为终年没有阳光而长满了青苔，早晨木门响起的时候，浑浊的吱嘎声就在没有人迹的巷子里来回碰撞，再落地。

商店卖的是杂货。水果糖的玻璃纸在玻璃柜下面，光泽迟钝，像一些出水很久已经不再新鲜的鱼。店里光线很暗，阳光从窗户的木格里射进来是一缕一缕的，站在暗处还可以看到光柱里纷纷扬扬的灰尘。墙角摆着三只笨重的大缸，一只盛醋，一只盛酱油，还有一只是油缸，木桶伸进油缸里时发出的悠远厚重的回声。

刘玉珠有个同事叫李改，两个女人看着这一个小店。每到冬天李改都穿着极臃肿的棉衣裤坐在店门口晒太阳。两只手缩在肥大的袖口里，不说话也不看人。她喜欢盯着一个地方一动不动，目光是木质的，钝，但不冷。她很胖，浮在最上面那种胖，虚而轻，这像流水一样的胖下面却是有着坚硬的河床，那就是，她有糖尿病。李改当新娘那天隔着玻璃外几层看自己的人，一个人坐在床上剥糖吃。木质的目光从新郎石塌天身上挨过去，再挨过来。没有停留的意思。石塌天本不是山西人，外地人愿意入赘到李改家，娶个胖还病怏怏的李改，据说是因为李改的祖上是做皮货生意的，手头有些存货。后来石塌天带李改去省城一次一次看病，每次去之前都要变卖一件李改那做皮货生意的祖上留下来的古董。其实商店占的也是李改家的老房子，她家就在商店后面，所以李改做了这国营商店的正式工。

因为糖尿病的缘故，李改家里就是掘地三尺都找不到一块糖来，包饺子只包素馅，青菜的饺子煮满满一大盆，薄而透明的皮透着幽幽的绿色，像一只只闪着绿光的灯笼。她一家三口人围着一大盆饺子就坐在门口吃，只见白气缭绕不见人脸。李改和儿子龙龙体积都很大，桌边的一圈空间几乎都被占去了，石塌天被镶嵌在了角落里，薄薄的。水气太大，他摘下那副巨大的塑料框眼镜，吃饭就只好把头埋进盆里。看起来整张脸都掉进了盆里。每到这时候，刘玉珠就用眼角指着李改一家人，撇着嘴和街上的人说，啧啧，什么人家，真是猪一样，青菜馅都能吃这么香，像是一辈子没吃过肉。

刘玉珠每天早晨五点就起床，出门，说是锻炼身体，其实是为了在路边能采些蘑菇，回头给商小燕和商小朋做午饭。买一次肉要切得碎碎的，在一只坛子里煨几个小时煨好，猪肉熟了的时候，坛子里边凝结成了雪白的猪油，猪油像人的皮肤一样，暖而腻。褐红色的肉丁裹在里面像雪里生出的果子。她把坛子高高放在柜顶上，每次炒菜的时候从坛子里舀出小半勺子放在菜里，其实还是看不见肉的，要的只是这个味。父亲失踪的那个早晨，刘玉珠照样做饭，她炒了两个菜，炒白菜，大葱炒肉，就这两个菜她把一坛子肉全倒进去了。一点没剩。白花花的猪油在锅里吱吱呻吟着，冒着肥腻的烟，然后，像雪一样渐渐融化不见了。青色的葱花浮在上面，像春天里刚破土而出的一种植物。然后这植物变焦变枯了，散发出一种从骨髓里炸出的香味。

商小朋比商小燕低两级，李改的儿子龙龙本应该和商小朋是一级的，但因为李改生孩子之前吃多了治糖尿病的药，龙龙从生下来看起来就是钝的。而且个头太大，似乎从来就没有正经像过一个婴儿。因为其他没长的缘故，他个子蹿得奇快，像春天的杨树叶一样几天就圆了。他大得凛冽，胖得也凛冽，站在小学生队伍里一定是让人看了吓一跳的那种。龙龙读完一年级从二年级开始就再升不上去了，二年级就上了三个。同龄的小孩准备考初中的时候他还在二年级教室的最后一排坐着。那座位极为宽敞，是专为他一个人开辟出来的，像一个专门的农场。老师极力想把他劝退学，所以别的孩子欺负龙龙时她是暗暗鼓励的。

那天龙龙又挨了打，李改拉着龙龙，穿着棉衣，嘴里哈着汹涌的白气站在校园里，上天入地又没有目标地大骂一通老师、校长和学校，之后把龙龙领回了家。龙龙就这样从二年级辍学了。从此就守在店里陪李改看店。每天下午他就搬个板凳坐在店铺前，手里拎着一袋硕大的菜包子，那是李改为他准备的零食。他用一下午的时间把十几个大包子慢慢吃下去，先吃皮再吃馅，或者先吃馅再吃皮，再或者把馅偷偷抖搂出去，把皮撕下来搓成面鱼，边往嘴里扔边得意地笑。他一个人钻研着各种各样的包子吃法，然后在天刚刚开始暗下来的时候他就问李改，妈，该吃晚饭了吧。

他极爱看小说。石塌天有个破书架，满满三层书，一部分是封皮肮脏的文学书籍，另一部分是封皮已经掉光的武侠小说。这些书开始从石塌天手里慢慢流到了龙龙手里。龙龙偶尔也会问一些深远的问题，他不停地问李改，妈，你说我长大了怎么活呀，我怎么活呀。李改正给一个邻居找钱，听见这话，数钱的手先停下，瞪着他，厉声说，去，到路边数汽车去，看看城里有几辆小轿车。龙龙马上转了个话题，那我吃一碗肉炒面吧，就一碗，下次就不吃了，再也不吃了。

最后他还是成功地拿到了几张钱，忙跑出去买面吃。然后一路小跑着，气咻咻地把一大碗面端了回来。他不再和别人说话，也不看别人，似乎是看一眼就会被人吸走手里的面。他把小山一样的面摆在自己正前方，直视着，带着点虔诚的表情。然后用筷子急速往嘴里划，嘴里是满的，眼睛里还是无休无止的急切与恐惧，怕被人抢走了的恐惧。李改在旁边呆呆地看着儿子吃，一直看着他吃完最后一根面。龙龙吃完才敢看人了，他打量着周围，怯怯地犹疑地打着饱嗝，打的嗝是酸暖的、呆滞的。他吃饱了，有些喝醉了一般的微醺，整个人像一堆沙一样松弛下去了。收都收不住。李改也松下来了，却是脆的，凉的。在一天中最后的光线里像只散架的粽子一样摇摇欲坠。

商小朋有时候羡慕地看着龙龙，问商小燕，我什么时候也能不上学了。商小燕瞪着他，不上学了你将来干什么去，长得像个空心萝卜似的。商小朋比她小两岁，个子却已经和她一样高了，似乎他要抢着长上去，这让她有些不满。每天放学的时候她嵌在一大堆接孩子的大人中间等着他。家长们齐齐地一视同仁地把脸对着校门口，如同一堆等着收割庄稼的农夫一般，她站在中间顿时有一种速成品般的骄傲，便也目光坦然地搜寻着商小朋的影子。商小朋排在队伍的最后一个出来了，一看到姐姐就向着她走了过来。

在众目睽睽之下，商小燕昂首阔步地领着商小朋往回走，因为平素看多了家长们的表情，她几乎已经无师自通了，看起来像个用盐腌过的小家长。家长们的目光纷纷扬扬地落到她身上，然后又落到了地上，其中还夹杂着几声啧啧的叹声。她本能地往前走，却不知道正走向哪里，仿佛背后跟着一架摄像机，身后的商小朋只是一个赘物。直到走出很远了，她才活过来一点，扭头看了看商小朋，他拖着两条鼻涕，却是寸步不离地跟着她。

她突然就立在了桥头，桥下的水早干了，石桥被大片大片的芦苇淹没了，显得瘦小伶仃，像一只脱干了水分的骨头。站在这荒凉的芦苇丛中，她突然有了一种陌生的疼痛，如一根长在了她身体里的鱼刺，在某一个很深的地方细细地疼痛着。她想，接他本该是父亲的事情，现在，她做了他的父亲。这么多天里，她第一次允许自己想起了父亲，然后抱着桥头那根斑驳的石柱，她开始低低抽泣。

商小朋只是个子高了点，却是很软弱的性格。有时候走在校园里她就看到他被别人欺负了，正坐在地上一个人悄悄地哭，像小兽一样可怜的眼睛看着她。很多很多年里，她始终记得他坐在地上哭的样子，硌得她疼痛。那个时候，她看着他的时候，想到的是，父亲正站在他的身体里。他们几乎是一样的性格，一样的软弱，一样的爱哭。

有一段时间，自动铅笔悄悄出现了，有些学生开始用这种铅笔代替木头铅笔，不用卷笔刀，只要换一根铅笔芯就可以接着用，就像在铅笔盒里养了一只小动物，只要不停地喂它吃的东西，它就会一直活下去。她暗暗观察着周围用自动笔的同学，她数着，一个，两个……有了自动笔的同学就像穿了新衣裳来上学一样，一坐在座位上就急不可待地打开铅笔盒，取出新铅笔。连手都不像长在自己身上的，不知道该用什么姿势握笔，只是把那只手明晃晃地悬起来，像把一块耀眼的名表挂在空中走给人看。

踌躇了好长时间之后，她终于觉得是时候了，已经有这么多人在用，不是第一个，也不能做最后一个，他们不会差她一个。她积攒了很长时间的力气和胆量，一点一点地攒，每天都要细细观察刘玉珠的表情，想从她脸上捕到点什么蛛丝马迹的讯息。那个晚上，她早早把作业做好，又积极帮商小朋看过了作业。刘玉珠做好了晚饭正在灯下织一件毛衣，毛线是旧毛线，拆了又织成新的，虽是旧的砖瓦，却是感觉住到了新的房子里。灯光是昏暗的，有些沉，有些浊，像烂熟了的果子坠着只是还不肯往下掉。刘玉珠的脸被灯光的影子遮住了一半，像淹没在水里了，很深，看上去没有什么异样的地方。她站在一边盛饭，给商小朋盛好了，又给自己盛。稀饭摆在了桌子上，映着灯光，像一口深不见底的井。她从井里看着自己的脸，咬了咬牙，突然就开口了，妈，我想买支自动铅笔。

刘玉珠抬头看了她一眼，像没有明白她在说什么，接着低下头织毛衣。屋子里的空气很稠很黏，像化开的糖，沉重浑浊地流进鼻腔，又在那凝结住了。所有的器官都被灌成了实心的，都是刀枪不入的。刘玉珠久久没有说话，或者只是她疑心她久久没有说话，只能听到炉子里的煤球燃烧的噼啪声，像什么东西碎了，又碎了，这细碎的声音和着屋子里的灰尘像砖瓦一样把这间屋里砌得满满的。人在其中像被裹在了琥珀里，动也动不得。商小燕觉得自己像是周身浸在一种温热却清森的液体里，盹着了。在这团温热清森里，刘玉珠的声音像一棵突然长出来的植物，无声地直直地长到了她面前，她说，铅笔用不了？快活不下了，见什么想要什么，哪有那闲钱。讨债鬼们。

商小燕一句话都没有说，静静地坐在了桌子边看着那碗金色的稀饭，她的影子像是在很深很深的地方落着，薄薄的一层，从另一个世界里看着她。心灰到底了，反而有了些无名的光亮，她便对着自己的影子笑。不知道是谁家在炒苦荞，凛冽的苦香像箭镞一样穿过门窗射进了屋子，让这屋子里突然异常清醒。商小燕像想起什么似的，一抬头，正好迎面接住了商小朋无声无息的目光，她对他说，再不吃饭就凉了。

二

快过年的时候，李改突然病得起不了床。吃了几天药还是不见好转。那天，石埸天一大早出去给她买回了一件猩红的棉大衣和一条围巾，他边给她穿衣服边大声说，李改，你千万别给我先牺牲了。他要带李改去省城看病。那天很冷，李改把棉大衣裹在身上，从头到脚都滚圆的不留一丝缝隙，那大衣直垂到脚脖子上，看上去就是一团大衣长了一双脚。一条阔大的围巾把半张脸捂得严严实实，只露出了眼睛。石埸天拉着她的手向车站慢慢走去。门口，龙龙倚着门框看着他们走远。那个高而胖的孩子立在早晨的雾气里看起来庞大而分外孤单。

一个星期后他们就从省城回来了，李改每天吃各种药，却再下不了床。看店的换成了石埸天，石埸天本来就没有工作，这时便每天坐在店里看着百家姓。偶尔问刘玉珠，你看这个姓。刘玉珠看一眼，大惊，还有姓这个的？他便嘎嘎大笑，不知道吧。他每天给李改做四顿饭，每一顿都要做很多，因为龙龙也在旁边等着吃。经常是饭菜的香味刚刚出来，龙龙就已经拿着碗站在一边了。为了给李改看病，他陆陆续续把李改祖上留下来的几件东西全卖光了。刘玉珠坐在他对面说，你说你何苦呢，本来是图丈人家这点东西，现在倒好，全被人家自己用了，你能捞着个什么。石塌天装听不见。

石塌天喜欢猫，可是为了省出一点吃的，他把养的四只猫都送了人，一只一只送出去的。猫送走后的好几天里他都不高兴，一个人趴在木柜台上看书，戴着巨大的塑料框眼镜，有些委屈的样子，看上去像个老气横秋的小学生在识字，只是书半天不动。一个月后的一天，一只猫回来了。他怔怔地看了它半天，把它留下了。又一个月后另两只也回来了，其中一只掉了一大片毛，伤口露着红色的肉，烫掉的。半年后的一天，那第四只猫瘸着一条腿也回来了。

那是一个早晨，他一推开门，门口一团毛茸茸的黑色。听到门响，那黑色动了起来，它有些站不稳的，它的毛已经掉的很稀疏，露出了毛下的皮，极瘦，似乎只是一个框架了。它看着他，安静地看着他。它一步一步向他走去，一条腿是瘸的，它用三只脚走到了他的腿前，温柔地蹭了蹭他的裤腿，像以往无数个早晨那样。他抱起了这只猫，隔着巨大的塑料框眼镜，满眼是泪。

一个月后，这第四只回来的猫病死了。它在一个早晨悄悄地出去了，死在了巷子尽头。像所有的猫一样，在知道自己大限已到的时候它们就会选择离开人，悄悄地找一个角落。死去。就在这只猫死后不久，李改死了。她死在一个深夜，一句话都没有留下。就在前几天，她还和石塌天商量着，去她家的坟地把她外婆的坟挖开，她说她外婆入葬时戴了一只碧绿的玉镯，玉镯吸了人的血气会有血斑，有血斑的手镯价值连城，把坟挖开拿出手镯卖了能卖不少钱。他们商量着，选个有月亮的晚上去挖坟。可是，坟还没挖的时候李改突然就死了。

龙龙终日在街上游荡，回家只是吃个饭睡个觉，吃完饭抹抹嘴就往出走，就像是按时去上班一样。刘玉珠看着龙龙肥大的背影说，你也不管他？不怕他学坏了？石塌天说，他心里难受，由着他吧。把他管住他更难受，他其实什么都知道。不知道是不是没了母亲的缘故，龙龙和商小朋的关系突然近了起来。他早已经不上学了，商小燕却在校门口见到他两次，还有一次她看见龙龙和商小朋在一起走。他和肥大的龙龙在一起走的时候，突然看起来有些陌生，不像跟在她后面时蔫蔫的像截树桩。这时候的商小朋像立夏的虫子一样突然活过来了，他看着龙龙的侧面，略带手舞足蹈地说话，似乎还嫌手里缺点什么男人们的道具，比如，香烟。

商小燕眯着眼睛看着他，商小朋像一只没有盖上盖的酒瓶，有最原始的东西从深处一星半点地溅了出来，偶尔一滴溅到她身上时，她便有了微微的却是莫名的恐惧。她不知道这恐惧是从哪里钻出来的，尖尖的，细细的，硌在她身体某处，消化不了。她向商小朋走去，商小朋猝不及防地看到了她，刚才和龙龙说话的表情倏忽就灭了，像一张照片，还没出暗室就曝光了，只留下一堆零碎的模糊的五官。

商小燕不说话，大步往前走，商小朋细碎的脚步声像一条丝带把自己系在了她身后。她像以示惩罚一样一路上都不回头看他。快走到家门口时，商小朋忽然用什么尖尖的东西戳了一下她的背。那种感觉就像背后突然被人用什么武器指着一样，一种不寒而栗的感觉从脚心长出爬遍了全身。她猛地扭过头，对着她的是一支铅笔。一支刚被卷开的白底绿花的木头铅笔，露出的木头的原色就像新翻的泥土。铅笔怯怯地钻到了她的手里，只是一支铅笔，却也把一种体重忽然压在了她手上。她怔怔地看着这只铅笔，半晌，才眼睛异常明亮地看了一眼商小朋，哪来的。商小朋的回答立刻像弹簧一样顺着她的话弹了出来，打扫卫生时捡的。干脆利落，是蓄谋已久早已瓜熟蒂落的回答。

商小燕又往他眼睛里看去，他已经不看她了，开始玩弄自己的书包带，把它放得松了一点。他脸上有一种躲闪着的自得，一星半点地闪烁在暗处。她终于不再看他了，她自己的目光像突然被秋风吹过，兀自先干了，脆了，成了灰。然后，她做了一个动作，平静地把那支铅笔放进了书包里。在那一瞬间，商小朋对她忽然笑了笑，是感激的笑。不知为何，在那一个瞬间，商小燕有一点点解脱，还有一点点悲怆。

她以为事情也就是一支铅笔了，不过就是一支铅笔，还能兴风作浪不成？但是，那支铅笔只是一个开头。它不过是刚冒出泥土的嫩芽，它从泥土里带出的邪气谁都看不到，它还没来得及长成参天大树。当这支铅笔刚用成铅笔头的时候，商小朋忽然又给了她一支铅笔。晚上，两个人趴在桌子上写作业的时候，她拿着铅笔头写字，忽然一支铅笔无声地递到了她面前，像一枚果实一样牢牢地长到了那里，只等着她把它摘下。刘玉珠就坐在旁边，她没有接过铅笔，也没有说话，只无声地把他的铅笔盒拿过来，打开看了看，里面只有两支用秃的铅笔头和一块肮脏的橡皮，一把木尺，一把小刀，再没有别的了。没有任何罪证，连一点痕迹都找不到，她只疑心那铅笔盒里一定藏着什么，一定有什么恐怖的东西，打开了却连点痕迹都没有，空荡荡的，只剩下了风的回声。商小朋始终没有抬头看她，只一笔一画地写字。最后，她一声不吭地把那支放在她面前的铅笔放进了自己的铅笔盒。

以后，每次在她铅笔快用完的时候，她的铅笔盒里就会长出一支新的铅笔，这铅笔像壁虎的尾巴一样，断了还会自己长出来，而且是源源不断地长出来，妖冶的，可怖的，变幻着颜色，白的，红的，绿的，蓝的。她把每一支用剩的铅笔头都收起来，小心翼翼地藏在自己的抽屉深处。那些色彩妖冶的铅笔头聚在一起时带着些残败的凄清。她其实自己都不知道为什么要把这些铅笔头留下，本能，她只是本能。这些铅笔头带着一种深处的阴凉尖利地划过她的皮肤，在她身上留下了类似于文身的痕迹，在以后的很多年里都和她如影相随。

她不安地嗅着周围的空气，她知道一定有什么要发生了，她像正和一场无声的雪崩面对面地注视着，她亲眼看到了它一点一点坍塌的过程，却是走不过去，一步之间其实山遥水远。那团空气越来越紧，像一张拉满的弓，她不在弦上却比在弦上还要紧张，因为她觉得，那支箭其实是对着她的。可是，躲不过的，终于，有一天，她看到，那支弦上的箭冲着她呼啸而来。

那天，放学之后，商小朋在路上忽然从书包里掏出了一支笔，没有木质的清香，完全是陌生的，这是一支塑料壳的自动笔。它就像是从一堆木头铅笔中孵出的，闪着鲜艳、陌生、清洌、邪恶的婴儿般的气息，但它是彻彻底底的新鲜，连它的邪恶都是新鲜的。这新鲜直直逼进了商小燕的眼睛里，让她几欲流泪。

她静静地看着那支自动笔，带着一种可怕的熟稔。它在她的幻想中已经存在了太久，所以当它真的出现时，她疑心它仍然只是一团影子。可是，它久久消散不了，它缩在她的手心里像一颗舍利子一样不肯化去。它融入她的血液，似乎只是长在她身体上的一个部分。在黄昏巨大的暮色里，她的那只手像一朵睡莲一点一点地合上了，那支笔便是她手中疼痛的莲心。她带着恐惧原谅了自己，她对自己说，不就是一支自动笔吗，不碍事的，一定不碍事的。那么多同学都有了，就她没有，就她还没有。她疯狂地在心里和恐惧赛跑，因为凭直觉，她知道这支笔是个坎，跨过去她就回不来了。在那一瞬间，她有要落水的感觉，想抓住点什么，把自己，把自己身边的这个人拴上去。可是，什么都没有抓住。手边是空的，除了这支铅笔。

那个晚上，两个人趴在桌上写作业的时候，商小朋异样的平静，是一种很深很深的，满足的平静。他还是惯用的姿势，歪着头，握着一支铅笔头，在那一笔一画地笨拙地写字。并没有抬起头来看商小燕一眼。商小燕也没有用那支自动笔，只用着一支木头铅笔，那支自动笔安静地躺在铅笔盒里，像睡在一只黑匣子里的宝藏，不肯醒来。商小燕也一笔一画地写字，写着写着，泪突然就出来了。

这天，商小朋的班主任找到了商小燕，告诉她，商小朋犯了错误，他偷了同学的铅笔。班上很长时间了一直有学生丢铅笔，班主任说她就留了个心，趁出操时间上下学时间，悄悄观察着教室。这天，刚下体育课，她看到商小朋第一个冲进了教室，就跟了进去，看到商小朋正从别人的铅笔盒里拿出一支铅笔装进了自己的口袋。她说，商小朋其实是个很内向很老实的学生，所以偷铅笔的居然是他让她感觉很意外。他本就胆小，她一问他就全承认了，班里丢的那些铅笔几乎都是他偷去的。她问他你偷这么多铅笔做什么？你为什么只偷铅笔？他就不说话了。

商小燕站在和自己一般高的办公桌前，背着两只手，垂着头听那班主任向她告状。在她从自己的教室走向办公室的这段路上，她几次想转身逃走，她走得大汗淋漓，周身软弱得像一枚海底的软体动物，不带着壳的，随便谁都会伤着她，她只想躲开，躲开，躲得远远的。可是，现在，她是半个家长，她的壳里庇护着他，她能躲到哪去。她尖利地恐惧着，恐惧到极点了也就没有任何藏身之处了。她一步三摇地晃进了办公室，周身像睡着了一样，昏昏沉沉的，可是，在听到那个偷字的一瞬间，她突然就一个激灵，醒了。不知道是哪样器官先醒过来的，那里成了一个决口，再也挡不住了。更多的东西在往里涌，汹涌的，不留余地的，要把她淹没，把她冲垮。她不再挣扎，不再阻挡，任那些汹涌的洪水把她彻底淹没，然后，她就像一只透明的鱼缸，站在那里。到底了，反而没什么可怕的了。

她这时候才突然发现，她一点一点都没有吃惊，除了恐惧，然而，恐惧不是吃惊。原来，在很早以前，她其实早已经知道了。只是，她以为她不知道。

她一个人在抽屉前看着里面所有五光十色的铅笔头，她分不清哪支是最开始的那支，她无法把它们排序，无法以此来知道他是沿着怎样一个台阶一步一步走到了现在，那铅笔铺成的台阶。最后，她把那支崭新的自动笔也放进了抽屉，然后，推上，上锁。抽屉里的光线再次昏暗下来，所有的铅笔头再次沉睡。她没有把这些铅笔头交给刘玉珠，也没有把它们交给他的班主任。她保存起它们就像把它们藏进了无人知晓的洞穴，这个铁一样的秘密只有她一个人知道。它坚硬地横亘在她的身体里像一把尖利的武器，刺着她的五脏六腑。但，她不能把它说出来。

那个晚上，她坐在桌子旁，一直盯着坐在对面的商小朋。商小朋感觉到了她的目光，他尽量不抬头，一晚上都把自己缩在那团暗影里。从对面看过去，他的面孔是模糊的，长长的睫毛垂在脸上，像两只蛾子落在那里。她想起他经常被别的男生欺负，坐在校园里一个人偷偷哭着不敢回家，就这样一个孩子，他居然会偷东西？他居然是个小偷？

三

商小燕在无人知晓的情况下把这件事全部揽在了自己身上。在这个时候，她是他的姐姐，是他的父亲和母亲，是他的天。最关键的是，他偷来的所有的铅笔几乎都是她用的，它们的尸骸至今还躺在她的抽屉里。其实，她是真正用了赃物的那个人，就像，她其实是同谋。

在商小朋的班主任那里，她说刘玉珠没有时间，太忙了。事实上，那段时间刘玉珠确实很忙。那是一九九五年，县城里的所有大型和小型的国企都面临着改制问题。所有的国营商店都要走个人承包的道路，虽然所有的人对此感觉都很恐惧，但如果不承包那就意味着失业，没有工作就没有一分钱的进项。刘玉珠和石塌天商量了很多天，最后两个人各自拿出了自己的全部积蓄，决定合伙把这商店承包下来。那些日子里刘玉珠早出晚归，寝食不安，嘴上开始起泡，根本没有时间去顾及商小燕姐弟。商小燕在刘玉珠面前一句都没有提商小朋，仍是每天上学放学地把他带在后面，像是什么都没有发生过。

但是她悄悄找了一个人，那就是龙龙。那天她站在校门口等商小朋的时候看到龙龙也站在校门口。她就走过去对他说，龙龙你过来。龙龙见是她，踌躇了一下，还是跟了过来，嘴里说，燕姐，怎么了？小朋呢？商小燕想，这弱智的人狡猾起来倒比一般人还要狡猾。还没和他说什么呢，他自己先心虚起来，怎么了？两个人一前一后地走到僻静的墙角处，商小燕转身看着他，龙龙被她这一看，就不由得贴在了墙上。他庞大地贴在墙上，不安地看着比自己矮一头的商小燕，嘴里却喋喋不休地虚弱地挣扎着，怎么了，怎么了。他的声音一声比一声高，就像知道四处都出不去了，恨不得就从这原地腾空遁去，声音直向上冲去。到这时候，商小燕心里已经明白了，她本只是怀疑。现在却已经证实了自己的猜测，仰头看着比自己高出一截的像泡沫似的龙龙，只觉得上下嘴唇都是干的，牙齿粘在了上面，下不来，字也粘在了上面，一个都说不出来。身体里一种钻心的疼，她想，我没有对你不好过啊，我妈也没对你妈不好过啊，为什么就这么对我，这么对我家？他为什么要这么做呢。就是他把商小朋教坏的，一定是他，商小朋那样的孩子，想学坏都没有胆子却硬是学会了偷。

商小燕借着这说不得的气恼，学着电视里的样子，伸手给了龙龙一个巴掌，这是她第一次打人，还是扇的耳光，很流畅的，仿佛已经用得很熟了，连自己都疑心绝不是第一次。龙龙挨了耳光，先是像没反应过来一样木在那里，随后，脸上的神经开始苏醒了，他仍然是把自己挂在墙上一动不动，却开始了抽泣。他只管哭，却不擦脸上的泪，也不敢大声地发出声音，就只是像断了气一样抽噎。他脸上很脏，很多天没有洗过的样子，衣服也很脏，上衣上居然留着几个脚印，不知道是从哪里来的。这突然让她想起，这是一个没有了母亲的孩子，脑子还有点问题。她几乎是从小和他一起长大的，比自己还小几个月，还有谁比她更了解这个傻孩子。现在，她是不是在欺负他？她敢打他，是因为她知道他决不会还手。她的泪突然就下来了，她转身离开，把龙龙一个人丢在了墙上。

商小朋已经站在那里等着她了，他站在那个她每天站着等他的地方，一步都不敢动，呆呆地等着她。她走了两步忽然停住了，躲在拐角处观察着他，就像看着一只玻璃匣子里的小动物。知道它无处可去的，偏还要让它多受会折磨，看着它受折磨，自己心里方觉得舒坦了些，好像惩罚过他了一样。学生们走得差不多了，家长们也随着渐渐少去，商小朋还是被牢牢地圈在那里，一会看着校门口的地方，一会看着回家的方向。商小燕忽然想起来，从他开始上学就是跟着她上学再跟着她放学的，就像，他是长在她身体上的一个部分。如果有一天她不在他身边了，他会怎么样？她又想起了那个晚上，她问刘玉珠要一支自动笔，她突然明白了，其实一切的一切都是从那个夜晚开始的。从那个夜晚开始，种子就已经种下了，只是它自己出土长大的过程她根本没有留意。现在，它自己长大了。

她在他前面飞快地走，一句话都不和他说，也不看他一眼，也是以示惩罚的意思。商小朋在她身后紧紧跟着她，一步都不敢落空的，又轻声抽噎着，不敢哭出声来。直到快走到家门口时，商小燕才有些绝望地把脚步放慢，刘玉珠在家里，她不会告诉刘玉珠的，依刘玉珠的脾气，知道了会把他吊起来打的，可是，她终归会知道的。她迟早会知道的。趁着这当儿，商小朋已经走到了她侧面，忽然的，从书包里掏出了什么，无声地却是讨好地递到了她面前，她几乎是神经质地一低头，又是一支铅笔。她紧紧盯着那铅笔无声地笑了，她笑着笑着便把铅笔接过来，然后两只手一用劲，把它掰断了，然后，她把它扔在脚下，发狠地踩下去，踩了一脚又一脚，恨不得把它踩成粉末踩成灰。

刘玉珠还是知道了，商小朋的班主任晚上来做了家访。谁也逃不走了。商小燕和商小朋像两枚图钉被钉在了桌子旁，连动都动不了，都耷拉着头，像两个真正的同谋一样。虽然两个人都祈求着班主任走得晚点，再晚点，可是班主任终究还是走了。在班主任离开的那一瞬间里，商小朋猛地抬起头绝望地看着商小燕，眼睛里像伸出了两只手要把她抓住抓牢。可是，刘玉珠还是把他从椅子上掰走了，就像掰走了一只长在树桩上的木耳。接下来的时间，就是刘玉珠的打骂声，商小朋的哭声，他们三个人都睡在这间大屋里，连逃都没处逃。商小燕趴在桌子上，手里写着作业，嘴里哼着不成调的歌，脚还在桌子下一晃一晃的，就像那两个人是与自己无关的。她早在父母亲无休无止地吵架的时候就已经练就了这样一种本领，就是逃到自己身体里面去。她在自己周围砌堵墙，把他们都划到墙外。商小朋的哭声越来越大，嘴里还断断续续地叫着爸爸。商小燕便坐在那里更大声地哼歌，脚上的拍子打得更猛烈了，哗哗地抖着，像秋天的树叶。

哭声渐渐小下去了，只剩下了一些断断续续的抽噎。墙上那只老式的挂钟自顾自地敲了半天，商小燕没数那是几下，只觉得像一大片杂沓的脚步声乱哄哄地走过去了，从她头顶上踩着过去了。她颓然地趴在了作业本上，像是凭空地在一晚上赶了很多路，精疲力竭的，现在，这一天终于可以过去了。

这天，商小燕在校门口没有等到商小朋。她站在那个地方一直等到所有的学生都走光了，还是没有商小朋的影子。她找到了他的教室，教室里早已空无一人。下午放学的时候，商小朋的班主任来找她了，她告诉她，今天一天商小朋没来上课，他旷课了。商小燕的脑袋里嗡嗡地乱叫着，像挤满了各种鸟类，冲撞着，叫嚣着，密密麻麻地盘旋着。她拎着个沉甸甸的脑袋满世界地找商小朋，她发了狠地要把他揪出来，把他晾出去，让所有的人都知道他，知道他是个小偷，知道他旷课逃学。

直到快天黑的时候，她才在古城墙上找到了商小朋。天黑前最后的晚霞烧成了血红色，又变紫，变暗，烧干了，结成了痂又一块一块往下掉。越来越浑浊的夜色像陨石一样砸着她，哪里都是疼的。最后她在城墙上看到了商小朋，但不是他一个人，他和龙龙在一起。他们两个倚在一起，缩成了一团，看上去就像一个极其肥硕的人正坐在那里睡觉。商小燕知道，他是不敢回家了才躲到这里来。

后来还是被刘玉珠知道了，免不了又是一顿打。她把他用腰带捆起来，狠狠地打，边打边说，你这不争气的，打死你这不争气的，你不好好上学以后怎么活，像你那没出息的爸爸一样一辈子刨食吃？

但事实上这不过是个开始。刘玉珠每打他一次，第二天他就旷课，不去学校，晚上也不回家，把自己藏起来。刘玉珠打他最狠的那次就是在期末考试之后，商小朋的几门功课都是不及格。刘玉珠在那个晚上把院门关上，把所有的窗户关上，然后把商小朋狠狠打了一顿。最后她逼着商小朋写了一封保证书，保证以后再不逃学，好好学习。她抓起商小朋的一根手指，就着他脸上的血，在保证书下面按了一个血手印，然后把这份保证书就贴在了墙上最醒目的地方。

到初二升初三的时候，商小朋就被学校开除了，除了因为旷课逃学，还因为几门功课都是不及格。刘玉珠在很长时间里都不知道他已经被开除了，因为他每天早晨仍是早早背着书包出去，晚上再背着书包回来。那时，商小燕已经读高中了，他们不在一个学校里，商小燕也就不再带着他上学放学。其实她情愿这样的，她真的不想看到他，因为她知道她什么都不能做，她便情愿根本看不到。再往后，商小朋学会了抽烟，接着开始从刘玉珠的口袋里偷钱。

当刘玉珠不往家里留一分钱之后，商小朋又学会了赌博。他刹都刹不住了。在两年时间里刘玉珠其实一直在替他不断还债。

刘玉珠在商店辛苦赚的一点钱全部给商小朋还了债，还不够，她还要问别人借钱。不停地有人上门要债，堵在家门口，堵在商店门口。他也开始痛恨自己，每一次他都痛心疾首地表示再没有下次，但没有工作，没有收入，出了家门他还是要去赌。他一直希望自己能很侥幸地赢一大笔钱，但他几乎每次都是输，在输光之后他就更疯狂地渴望赌博把钱赢回来，他已经无力自拔了。

因为要债的经常找上门，所有的邻居都知道了。见了商小朋就躲开，好像商小朋随时会对他们进行偷进行抢劫一样。为了不见商小朋，商小燕住了校，以高考为理由一个月才回一次家。那时候已经是夏天了，是个周末的晚上，商小燕回家取干粮取钱，商小朋不在家，刘玉珠说他已经几天没回来了。她就没有急着往学校返，打算在家住一晚上，明早再回学校。

吃晚饭的时候，商小燕和刘玉珠没有提到关于商小朋一个字，她们努力回避着他，就像这个人与她们是根本就没有关系的。提起商小朋的时候，就像有一种很尖利的铁器亘在她们的话里，舌头上，唇齿间。刚吃过晚饭，突然有几个陌生人来到了家中。他们拿着商小朋立的欠条说，欠了不是一天两天了，这钱今晚还不清我们就要他的命。欠条上是五千。刘玉珠把商小燕推进了里间，商小燕灯都没有开，把房门关得紧紧的，像把自己装在一只严严实实的匣子里一样。她还是不放心，又把耳朵捂住了，防止有一星半点的声音漏进来钻进她的耳朵。

那几个人还是走了，刘玉珠答应第二天还他们的钱。半夜的时候商小朋回来了。商小燕在里屋其实一直没有睡着。她悬在一种似睡非睡的边缘，不敢往深里睡去。等商小朋一推门她就全醒了。她在黑暗中躺着，紧张像一把烙铁把她的每一根神经都熨平了，直了。她捕捉着门外的动静，她听到商小朋在说什么，听不清，后来又听到他在和母亲吵架。她听不清他们在说什么，再后来商小朋的声音越来越大，她突然听到他说了一句，你们不让我活我就死给你们看。

有整整几秒钟商小燕像被这句话钉在了床上，动不了，脑子里也是一片浩荡的空虚。然后这空虚像潮水一样过去了，她像被搁在沙滩上的贝壳，周身是空的，却四处是潮水的回音。她身上的神经开始一寸一寸地活过来了，她在黑暗中惊恐地往起爬，一动才发现自己全身是软的，酸的，像是完全没有骨架的。她知道要发生什么了，她已经在周围的空气里闻到了一种阴凉的危险的气息，金属一样迎面划着她的皮肤。没有月光，她找不到自己的鞋，然后就那样赤着脚跑出去，向外面那间屋跑去。

在门口她赤着脚站住了，房间里弥漫着一种农药的味道，很浓，划破了空气，重重向她砸过来，她有些眩晕，几乎站立不稳。屋里另外两个人，像是完全陌生了一般，脸看上去都是模糊不清的。商小朋倒在地上翻滚着，嘴角淌着白沫，喉咙里发出了一种含混不清而可怕的声音。她又看到了瘫倒在地上的刘玉珠，她坐在地上一动不动，像一尊石像。她拼命叫着她，妈，这是怎么了？刘玉珠不动，嘴唇像冰雪塑成的，也说不出话来。她的眼睛奇怪地看着一个不知名的地方，瞳孔因为扩大而显得有些恐怖。

好像过了很长很长的时间，她的嘴唇终于可以动了，她吐出几个字，快，去，叫，人。那四个字是一个一个支离破碎地出来的，这四个字让她用尽了全身的力气，然后她闭上了眼睛。商小燕站在商小朋不远的地方，她呆呆地看着他，在那一瞬间她发现她想到的居然是，也许他已经不适合活在这个世界上了。他活着或许母亲就要死，这一生他就是来索取的。

她就那么站着，动不了，一动都动不了。商小朋似乎累了，他不再翻滚了，静静地躺在那里像个孩子。她看着他的眼睛，他们的目光相遇了。他们像隔了无数岁月的风尘看着对方，遥远的，陌生的，熟悉的。这时他忽然对她微笑了，就像他小时候的笑容，她已经很多年没有见他这样笑过，他像个很小很小的婴儿，在安静而无邪地笑着。他笑的时候，眼泪从他眼角流出，划过了他的面孔，一直流下去，流下去，在灯光下清亮无比。

就是在那一个瞬间，她想起了那么多的铅笔，一支接一支的铅笔，散发着木质的清香，怯怯地温暖地塞进了她的手里。她的小学，就是靠着这些铅笔，靠着这些赃物的接济过来的。她又想起了那么多个早晨和黄昏，那个小男孩跟在她的后面，牵着她的书包带，生怕会走丢了。这个时候刘玉珠已经爬出了屋子，她死命叫邻居，邻居们脚步杂沓地挤进来又挤出去，商小朋被送到了医院。屋子里突然空了，只有商小燕一个人还是那个姿势站着。她很空很脆地站在那里，影子投在墙上有些摇摇欲坠。

四

商小朋还是被救过来了。他被洗了胃，在医院输了几天液就回家休养了。那时候离高考已经很近了，一个周末，因为要取些东西，商小燕被迫回了趟家。院子里刘玉珠正在摘豆角，准备做午饭。院子里静静的，看不到别的影子。商小燕一声不响地蹲在地上，帮助刘玉珠摘豆角。豆角又肥又绿，手一掰就折了，里面绿色的豆子像蚌里的珍珠一样滚了出来，洒了一地。她捡地上的豆子时，脸凑得刘玉珠很近了，在这当儿里，她低低地飞快地问了一句，他呢？刘玉珠没说话，半晌才向屋门口略偏了偏头。商小燕忍不住看了一眼，屋门口挂着竹帘，竹子的寒香像道篱笆把屋里屋外隔开了，帘子后面躲着一团寂寂的阴凉的黑暗，像一只暗处的动物，看不到，只能隔着帘子闻到它身上散发出的潮湿的体味。

刘玉珠让商小燕进屋取油壶，在里屋。商小燕踌躇良久还是挑开竹帘走了进去。在挑开竹帘的一瞬间，她猝然看到了正对着门的那张木床上躺着一个人，是商小朋。他正半躺在床上，静静地看着她。阳光从竹帘的缝隙里筛进来，斑斑驳驳地落在了床上，被子上，他的身上。他就像是被一条一条地切割开了，一道明，一道暗，他整个人都变得明灭可见起来，他的脸也像从灯笼里透出的灯光，模糊地把影子投在地上。但在这一片明灭依稀的光影中，她还是感觉到有一种很坚硬的东西像钉子一样穿过这些影子直直钉到了她身上，一种很尖很细的痛向她身体深处钻去。这是商小朋落在她身上的目光，坚硬，冰凉。

她躲开他的目光，把脸偏向里侧，不看他，走进里屋飞快地拿上壶然后逃一般地出去了，不过几步，走到院子里的她还是觉得周身是洞，有风从那里钻出来。走进厨房里，刘玉珠正在炒菜，她把手里的壶交给刘玉珠的一瞬间，忽然抓住了刘玉珠的一只胳膊，泪就下来了，她看着刘玉珠说，妈，你得让我高考完，你得让我考完啊，我上了这么多年学了，就为了这一天。刘玉珠那只被抓住的胳膊没有动，她的头发里散发着酸腐的气息，她盯着锅里的豆角，半天才说了一句，谁不让你考了，只有你自己考不上。商小燕大颗大颗地往下落着泪，她一句接一句，急促地说，他不会让我考的，我没有救他，他全记住了，我知道，他全记住了，你去看看他的眼睛，你看他是怎么看我的，你去看看啊，妈，妈，你不能不管我，你一定得管我。

刘玉珠停了半天才说了一句，那你怎么就不救他呢，他怎么也是你弟弟。商小燕尖着嗓子说了一句，我要是救他，那你呢，你就一直给他还债还下去？你能给他还一辈子吗？有一天你老了，动不了了你还要替他还吗？刘玉珠却怔怔地继续说，我知道你早就嫌他丢你的人，这几年里你见了谁都不承认他是你弟弟，我早知道的，别人早告诉过我，你上高中的时候，别人问你家里有几个孩子，你说就你一个。厨房里油腻的气息散发着近于肉感的荤腥，挤压着她们，使她们几乎站立不稳。豆角熟了，刚才肥绿的一锅枯萎下去黄下去了，像一个秋天从里面扫过去了。

但是，商小燕还没有到高考的时候，商小朋便走了。他在床上躺了几天，身体恢复得差不多了，一天趁刘玉珠不在家他便悄悄走了。带了几件最简单的衣服，连个纸条都没有留就走了。刘玉珠追到车站时，他已经坐长途车走了，没有人知道他去了哪里。

直到高考完，商小燕才收拾行李回了家。回了家她才知道商小朋已经不在家里了。她准备了一路的话突然没了放处，微微的高兴之余竟有些一拳打空的落寞感，他居然不在这个家里了。这居然真的，是她一直暗中希望着的事情，刘玉珠没说错。刘玉珠的眼睛是红的，肿的，像刚生过病一样恹恹无力，也没有多问她高考的情况。她拎着行李站在那里，不知道该做什么，站也不是，坐也不是，只觉得无处藏身似的，又觉得自己在刘玉珠眼睛里不过是一块多出来的赘肉。

她趁势干脆把行李扔在了地上，反正横竖是没她的去处，她跺着脚，哭起来，能怪我吗？你自己把他惯坏了，教育坏了，还来怪我？你就养他一辈子，你就一辈子替他还债去，他欠一点你还一点，你就做他的骡马做他的奴隶去。话到底了，像石头一样重重地砸在地上，连同她自己也带着一个巨大的速度向地上砸去。火星四溅一般的剧痛之后，她却突然冷却下来了，她想起了那一支支的铅笔，她突然想起来了，其实，这么多年里，她不就是他的帮凶吗？她在很早以前，是在一开始的时候就猜到了那铅笔是从哪来的，可是，她还是收下了，还是用完了用尽了它们。而且她用了一支又一支，明明知道那都是些赃物，她还是收下了它们。

她帮着他杀了他，她不是帮凶又是什么？

商小燕高考落榜了。因为在商小朋喝农药的那个晚上，她用的力气过了些，到真正该痛的时候反而没有那么多力气去痛了。她恹恹地靠在窗前就像一个灰色的影子，面目模糊的，没有分量的。刘玉珠也没多说什么，似乎就觉得她该考不上。这年秋天的时候，正遇上汾西矿务局招工，商小燕报了名，那年报名的女工不多，商小燕就进了矿务局，被分到了矿灯房，每天的工作就是给下井工人们的矿灯充电，等工人们上了井再把矿灯收回来。

这时候县城里的小型超市越来越多了，刘玉珠和石塌天开的杂货店生意越来越冷清，可是杂货店要是关了，两个人又都无事可做也没有收入。有时候一整天里，杂货店里只有他们两个人的影子和脚步声，影子相互回应着，脚步声也回应着，生怕对方寂寞了一般。一个还没来得及开口，另一个已经把话都说完了。石塌天的头发几年时间里已经全白了，深度近视眼镜下面重重叠叠地套着一个又一个圈，套到最深处了才看得到他的眼睛，像是漂在井底一般。刘玉珠终日坐在店门口的木椅上，张望着过往的人们，像是活着时候的李改。偶尔中午的时候有邻居进店里来打个酱油打个醋，刘玉珠不仅给得足足的，还要不停地和人家说话，一脸感激不过的样子。就连石塌天，话也多了些，似乎刚从冬天爬出来的虫子，跃跃欲试的却仍是手脚僵硬的。

两个人在店里有时候就单单只是大眼瞪小眼，真的是什么都不做。两个人把所有能说的话都掘地三尺地挖出来，像煲粥一样，温了一遍又一遍，一点残骸都舍不得吐掉。但两个人一定会同时避开一堵墙，这堵墙就是商小朋。他们的话自动地绕着他过去了，就像流水一样到了他身边就分流而去，把他孤单单地剩在岸上。商小朋就像他们话里的一块暗礁，看不见的，却是硬硬地戳在那里，一碰上去就痛到五脏六腑。

只有一次刘玉珠叹着气，幽幽说了一句，我就当自己没有儿子了，根本就没有生过儿子。坚硬的像蚌壳一样的语气，却不知道里面养着些怎样的软体生物。于是别人就依着她，也当她是没有儿子了，背地里，商小朋却一直活在县城人的饭桌上，嘴角边，顺便一拐就到他身上了。他甚至比自己在时更鲜活，更有声有色，血肉丰满，四处是他的传说，长得又肥又大的传说。有人说他早都死了，像他爸当年一样，就是这么出去了人就没了。还有的说，商小朋去了东北，入了黑社会了，天天干些杀人抢劫的营生。还有的说，在夜总会里见过商小朋，他专门伺候一些有钱的老女人。那些老女人全身上下也就只剩下钱了，全身松松垮垮的，很难满足，总是会提一些奇奇怪怪的要求，男人们简直得用旁门左道。

这些话其实拐个弯都会聚到刘玉珠那里，就像百川入海，但到了刘玉珠那里连个气泡都没冒就沉下去了。刘玉珠拦截住了它们，她把它们全部消化掉了，一个字的骨头都没剩下。商小朋成了这县城里的一处空巢，只知道里面住着个人，却从来不见人形，只在众人的传说中活着。那巢穴没有人进去过，却只觉得里面一定是血腥的，刀光剑影的，根本不是人住的地方。商小朋离开县城已经好几年了，在几年里他没有一点音讯，有时候连商小燕想起他来，都有些怀疑，他真的出现过吗？自己真的还有个弟弟？似乎商小朋的一切只是水中投下的影子，薄薄的苍凉的一层，他自己漂过来又自己漂走了。

陆陆续续开始有人给商小燕介绍对象，两个人见面的时候，问起她家里有几个孩子，她都是说，一个，就我一个。可是在一个五分钟就能走完的县城，打听一个人的那点底子太容易了。虽然这几年时间里商小朋早已不在县城，但县城里的人居然全知道有个商小朋，是个出名的混混，很早就被学校开除了。是个贼，虽然不知道具体偷过些什么。还是个赌徒，输得家徒四壁，为了要钱，差点把自己的妈逼死。这样一个人，是她的弟弟。不仅如此，处对象的人还打听到了她父亲早年神秘地从县城里失踪的底子，没有人知道他去了哪里。这一切的一切就像一些从箱子最底下翻出的老照片，黑白的陈旧的老照片，照片上的人像从另一个世界里看过来的，目光空洞阴森，散发着奇怪的泥土般的气息。这些人拿捏着这些翻出的照片，对商小燕也远远地有些畏惧地避开，似乎她也是那照片里的一个人。和她的父亲，和她的弟弟站在一起。

所有这些男人像一面镜子，从里面照出了商小朋的魂魄。

这样见过一拨男人之后，商小燕开始本能地自卫，还不等对方开口说话，她就先说话了，你不适合我的，我感觉你不适合我。她像一株植物在黑暗中，张开双臂紧紧地拥抱住了自己，连一点缝隙都不给别人留下，不让别人看到里面究竟是一张什么样的脸。再往后，给她介绍的人越来越冷清，像一锅几乎没有米粒的粥，都可以映出人影了。她站在粥边久久看着里面的自己，然后，她看到了站在她身后的商小朋。原来，他一直就跟在她身后，从来就没有离开过她，她走到哪里，他就走到哪里。他们根本就是一体的。她猛地回过头，却什么都没有。浩大的空旷像秋风扫过，一片萧索的无形的脚步声渐渐远去。

一点希望都没有了，反倒落得一身轻松，万事皆休中。对结婚的无可退让倒成了她的劫后余生。

她每天从单位晃到家里，再从家里晃到单位，把每月工资的一半交给刘玉珠，再把另一半一分不剩地花掉。没有人能看到她这种坚硬的自我保护下是更彻底的绝望。连窥视她的人都没有，她放心地躲在自己的两扇蚌壳下，心甘情愿地让自己自生自灭去。

这天晚上，母女俩在灯下吃过了晚饭，刘玉珠抢着去刷锅了，商小燕便坐在一边看电视。她正呆呆地看着电视屏幕，突然发现刘玉珠已经无声地坐在她身边了。她看了母亲一眼，又接着去看电视，忽然，她又看了母亲一眼，不对，她不知道是哪里不对，只是觉得一定有什么破绽，在黑暗中无声的隐秘地开放。刘玉珠也看着电视，并没有看她。她便也不去看她，她们两个人的脸平行着，像两只泊了岸的船停在了一处，彼此遥遥相望着。

忽然，刘玉珠说话了，她看着电视说了一句，和你商量点事吧，我这几年身体越来越不好，得有个人照应着好点……龙龙他爸爸也是一个人，我们共事了这么多年，也算知根知底了，就商量着，儿女都大了，迟早都要出门的，留下我们两个还不如到一起，有个照应……她的声音越来越僵，最后变成了木质的，听上去是空的，硬的，芯子里梆梆地响着回音。中间是一段坚硬的沉默，像金属一样亘在两个人中间。商小燕半天才有了声音，听上去也是远远的像从河对岸传过来的。她说，迟早都要出门的？说谁呢？我，你就不用操心了，我不嫁了。至于龙龙，你觉得他能娶到个媳妇？二十多岁的人了，就知道一顿要吃上三大碗面，到现在还站在路边数汽车，谁敢嫁给他？就算有人敢嫁给他，找个瞎子瘸子哑巴什么的，那不要花钱吗？你嫁给石塌天了，你能不管龙龙？你能不给他出钱出力？自己的儿子倒没管好，现在反去管别人的儿子。我不是不让你嫁人，你也得找个好点的，石塌天你也能看上？真是香的臭的都要了。你这么多年没有男人不也过来了。也不差这么几天。

刘玉珠把话抢开了，我也就这样了，一辈子早完了，你呢，你还是赶紧找个人嫁了，再拖你就过三十了。到时候你就更找不到人了。没个男人最后总是不行的，你不知道一个女人自己过有多辛苦。商小燕笑，你不是逞强了一辈子吗？把自己的男人逼走，男人走了都可以过下去，还带大了两个孩子，怎么现在才说这种话？急着把我赶出去？不用赶我，我在这种家庭里长大就该我嫁不出去，我就陪着你不是正好吗？我在你身边赶得上一个男人，小心他们来骗你的钱。再干两年你还能干得动吗，你老了我养你。

刘玉珠扭过头来，我知道你爸爸走后你就一直对我有意见，可是，那是我的错吗？我和他的性格就一直不合，你又知道多少？一个男人挣不来钱养家你倒试试会不会好过。我倒问你，你的家庭怎么了，口口声声说你的家庭。

商小燕还是笑着，多好的家庭啊，好好地爸爸就没了，弟弟也没了，还出了个小偷，赌棍。你怎么就不去问问我为什么这么多年嫁不出去？你这么多年不就忙着挣钱挣钱吗，什么也顾不上，连自己的儿子也不管，看你把他教成了什么样子？

刘玉珠说，我想挣点钱不就为了你们两个吗？难道我是为我自己。你要是不让小朋那么寒心，他会出去这么多年连家都不回吗？从他离开家里，有多少个晚上我是睁着眼睛到天亮的？

商小燕脸上仍是笑着，泪却哗地出来了，她用一只手扶住桌子才站稳了，她说，全是我的不是还不行？就我一个是傻子，好人全给你们做了，你就是给他当牛做马也是心甘情愿的啊，你说我凑什么热闹，还生怕你死在他手里了。从商小朋走了以后，你管过我什么，我没考上大学你没管我，我自己找的工作你也没管我，我从矿灯房调进行政科，你过问过我吗？

刘玉珠看着她，你，什么时候调进行政科的？

商小燕看着窗外，你管过我什么，我怎么调进去的？我还能怎么调进去？我也就有自己这个人，什么不是靠我自己，我也只能头破血流地往前走，撞到什么就是什么，左不过撞到的都是男人。

刘玉珠几乎站立不稳，尖声说了一声，你还没嫁人，你就不想……

商小燕猛地扭头看着她，清冷地笑，你觉得我还能嫁出去吗？这点心我早就凉得不能再凉了，早到底了，你怎么还惦记着。那些男人对我的好，我知道，就那一点，也就那一时，过了今天明天可能就没有了。可是，我就要这一点的，一时的好，这总比一辈子没有的好，总比结了婚却仇视一辈子的好。我根本就不求他们离婚，我想都没想过，我不要。要说做小也算吧，相好也算吧，我也不想什么天长地久，什么是能靠得住的，一个男人对我是有情有义的我就跟他，他能为我做点什么就是什么。你想一辈子靠一个男人吗？你靠上了吗？我早就想明白了，管它什么形式，管它什么明媒正娶，能抓住那最里面的一点点实在的东西就是真的。那就是一个女人最大的自由。现在在矿务局里谁敢欺负我？扎在女人堆里谁敢说我的不是？女人就是这种东西，你不怕她，她就怕了你。你这一辈子不就是把自己套在里面吗！没有男人？没有男人还告诉别人自己没有男人，男人也别过来招惹我，让男人近都近不了身，怎么到老了才想通了？那也不能找个石塌天那样的男人，最初就是个吃软饭的，还带着个傻儿子，嫁给他，你伺候他和他傻儿子啊。

五

这天，商小燕在下班的路上遇到了龙龙。准确地说，是他在她下班的路上等着她。商小燕骑着自行车刚拐进却波街，龙龙突然便跳了出来。因为她曾经打过龙龙一个耳光的缘故，这几年时间里，她和龙龙一看到对方就慌不迭地想躲开，所以她最多也就能看到龙龙一个背影。在一个县城里，想忽略一个人，怎么也能忽略掉。龙龙对她来说，就像一幅画在宣纸上的画，笔墨都是被水分晕开的，泡涨的，他本人，其实就那么一点点墨，就那么一个点，始终就没有长过。这几年时间里都没有仔细看过龙龙的脸，他这猛然往她面前一站，她立刻觉得是把几年前的龙龙整个放大了一倍，脸上的每一样器官随手拈出来底子都是原来的，只是间距拉大了，稀疏了些，看上去竟像看着一个水里的影子一样，很轻很模糊，似乎随手一捞就能把整个人捞上来。

商小燕捏着自行车车把看着龙龙，龙龙也看着她却不敢太往前凑，怕她一把抓住了他。此时商小燕心里想的是，如果刘玉珠嫁给了石塌天，就得一辈子把龙龙这个负担扛在肩上，平白的给自己找事，这傻子估计一辈子也就这样了。她想着，便对龙龙越发有些仇视，就好像这个累赘已经被迫塞到了她手里一样。龙龙用很钝的眼角余光观察了一下周围，眼珠用非常大的幅度转到一边又转回来。这傻子式的机警顿时让商小燕心酸起来，觉得自己还是在欺负龙龙。她便对他笑了笑，龙龙见她笑反而吓了一跳，又往后退了退，这才说话了，你妈想和我爸爸结婚，想让我爸爸卖了镯子给她治病，那是不可能的，那镯子是我外婆棺材里的，我爸爸还要把它卖了给我盖房娶媳妇呢，你妈想都不用想。说完这话，撒腿就跑，边跑边回头看了一眼商小燕，浑身的肉都在争先恐后地跑。

商小燕回家做了午饭，自己都没吃就用饭盒装了些给刘玉珠送过去。正是寂寂的午后，路两边古老的店铺有一种沉甸甸的安详，像很多器具晒在这夏末的阳光里。店主人们都趴在柜台上睡着了，有几只花猫也趴在窗台上睡着了。每个店里都散发出发酵的气息，漆味，木材味，油盐味，酱味。这条老街已经被列进县城规划中的拆迁范围，很快，这条街和街两边的老店就要被拆掉了。商小燕进了杂货店，店里静静的，没有一个顾客。石塌天戴着塑料框大眼镜，坐在柜台后面翻着一本破旧的《康熙字典》。刘玉珠坐在门口李改坐过的那个位置，织一件看不出形状的毛衣。

看见商小燕进来，石塌天讪讪地进后院去了。把前店留给母女俩。商小燕把饭盒放下，眼睛看着门外却突然单刀直入地问了一句，妈，你怎么了，龙龙说你得病了。刘玉珠打开饭盒，盯着里面的饭看了半天才说了一句，我的肾检查出问题来了……得做透析……时间再长了，就得换肾……你知道的，我一向憋不得尿，一天到晚老想上厕所，从年轻时候就这样，一晚上要上三四回厕所，从那时候我就猜到自己一定是肾不太好。这么多年也不敢去医院检查，医院进不起。现在年龄大了，还是逃不掉……谁都有老的时候……她这最后一句话已经完全是在解释了，解释她为什么会得病，她是不想得的，可是她没办法。她有一句没一句地说，就像在偷偷说一件见不得人的事情。

商小燕一动不动地看着门外阳光的脚，她发现那脚真的在走动，一点一滴地，无声无息地走动。商小燕觉得自己沐浴在一片细细的，金光闪闪的脚步声里，这些脚步，踩着她过去了。她听见自己说，所以，你要嫁给石塌天。刘玉珠的声音忽然像落到井底，着了地一样，稳了起来，清晰了起来，她很快地说，马上就要拆到这条街了，我知道你一直就看不起这店子，可我就是靠着这店把你俩养大的，这店关了，我就连一分钱的进项都没有。又得了病，我一直就知道自己肾上有病，可就是不愿意去治，到头了还是躲不过。现在像我这样你以为还能找个什么男人，一个男人不管他有多矬多丑，多见不了人，他愿意花钱给你治病，就是有情有义啊。你以为……

商小燕说，你也看上他家棺材里的那只血镯了？你也想用它？你们把它从棺材里挖出来，从死人胳膊上摘下来，那里面汪着的红斑全是龙龙外婆的血。然后，卖掉？

刘玉珠声音又摇晃了起来，很轻，很薄，那你就眼睁睁看着我死吧。

商小燕突然说了一句，那我呢？那你把我放在哪了？

刘玉珠说，就你那点工资……这是要每天做透析的……再说了，你不得给自己攒点嫁妆钱吗？到时候你要出嫁了，我连个嫁妆都给你赔不起，不是还要被婆家小看吗……

商小燕坚硬地把她打断了，谁说我要嫁人了，我早说过，我不嫁了，我这辈子不嫁人了就活不了了吗？我爸爸不在了你没男人不也活过来了吗？

这个秋天，在杂货店还没有拆掉之前，刘玉珠就回家休养了。她撑不下去了。这天，刘玉珠以前的一个同事，后来长期在外跑煤，突然来了刘玉珠家里。他是来告诉刘玉珠，他在省城见到商小朋了。他等着一批货，就在那等货的附近住了一个星期，白天无聊的时候在楼下打麻将时，忽然看到坐在邻桌打麻将的商小朋。他就住在那，好像还和一个女孩子住在一起。那女孩有时候就站在他身后看他打麻将。

商小燕请了假，连夜收拾好东西，准备去省城找商小朋。刘玉珠看着她收拾东西，一点都不阻拦，其实心里是盼着她去找商小朋，只是不能说出来。她只说了句，石塌天会来照顾我的，你不用担心我。你请得了假吗？商小燕冷笑，我能从矿灯房调到行政科，就能请得了长假。刘玉珠再不说话了。

在省城里，商小燕按着那人说的路线，找到了那片楼房。那其实是片藏在城市里的城中村，商小朋住的那幢楼就在路边，上面是旅店，下面是麻将馆。商小燕先在上面开了个房间，把行李放下，就开始在下面等商小朋。一上午都没见到他，中午一点左右的时候她终于看到了商小朋。商小朋拖着双拖鞋，抽着烟进了麻将馆。她和商小朋已经十年没见了，却是第一眼就认出了他。

整整一个中午，商小燕都坐在麻将馆对面的路边等着商小朋。她怀揣着一个没有人知道的秘密安稳地坐在这满是麻将馆和小姐的城中村里，就像坐在一片浩大的水面上。她把心底的秘密镇定地折叠好，放在那里。她有些细小的紧张，还有些悠闲的自得。她掸了掸落在身上的光线，看了看表。下午一点了。

她盯着这一秒看着，就像很多玄妙的东西要在这一秒钟里长出来了。再抬起头的时候，商小朋已经在她视野里出现了。她没有站起来，没有说话，只是从路对面静静地看着他。她就像隔着一条河流看着河对岸的影子，汹涌的河流从他们中间穿过去了，像很多一去不复返的时光，哗哗地冲刷着两岸。她看着他，往日生命里那些被时间漂白的骨头这时候闪着釉质的光泽硌着她。十年时间从他身体里穿过去了，他的五官，身量还是从前的，但是，就在那一眼间，她感觉到了，他的什么地方和从前不同了。她说不清是哪里，很邪很隐秘的一点地方，在他身上只鳞片爪地闪烁着，倏忽便不见了。

他进了麻将馆，坐好了，她便也站了起来，跟着进去了，站在了他的身后。

手里的麻将都砌好了，商小朋才像感觉到了什么回了一下头。一回头他便愣在了那里。他像尊雕塑一样看着她。她想起了他十年前看她的那一眼，十年里，这一眼一直就长在她身上，阴凉地爬在她的皮肤上，一刻都没有离开过她，像她身上多长出来的一件器官。十年后，这一眼却又接上了，所有的记忆在那一个瞬间里突然全活过来了，像一些正当季节的水果，一些正当收获的水果，饱满地鲜艳地挂在她面前。她看着他的脸，麻将馆里昏暗的颓靡的光线落在他的脸上，使他看上去正以一种奇怪的弱化的方式在老去。

他变老了。她也是。

麻将让给了别人，商小朋上楼，商小燕跟在后面。上了四楼，进了一个房间，商小燕也跟着进去了。进了屋子才看到，床上还睡着一个女孩。女孩见有人进来，也不多看他们，便从床上爬了起来，只往身上套了一件 T 恤，下面只穿着白色的内裤便进了卫生间。商小燕看了看那张乱糟糟的床，开了口，这是她见到商小朋后说的第一句话，她说，咱妈病了，想见你，回家吧。商小朋站在窗前又点上了一支烟，却没有说话。他抽烟的姿势异常娴熟，看过去就是已经抽了十年八年的样子，她突然想起了小时候，那一天，她看到他和龙龙在一起走的时候，他边说边在手里比划着什么，那时候他给她的感觉就是这样，他手里少一根烟。从那个时候起，她就已经从他身上闻到这种气息了。那种气息很奇怪，类似于这间屋子里浑浊的甜腥的气息，就像树枝上的水果烂熟了，开始腐烂的味道。带着点甜，底下却是石头般坚硬的腥气。像现在。

商小朋还没有说话的时候，卫生间的门开了，那穿着白色内裤的女孩子走了出来，一只手搭在墙上看着他们。商小燕看着这女孩，看起来她也就二十一二岁，她的颧骨很高，眼睛很细很长，头发很乱，胡乱挽在一起，好像很多天没有洗过了，散发着一股复杂的馊味。她的目光从细细的眼睛里过滤出来，也是细细的两束，这目光无声地从商小朋身上掠过去，掠过去，停在了商小燕身上。商小燕在接住这目光的一个瞬间里有些微微的震动，这目光里这么厚的坚硬和冰凉，更重要的是，这坚硬和冰凉是摇摇欲坠地藏在一片触手可及的虚弱之下的。她突然问了一句，你叫什么名字？

奔奔。

奔奔？

奔奔。

商小燕不说话了，因为女孩眼睛里的坚硬开始收缩聚拢，她的目光像一只收起了羽毛的鸟。滑而腻，带着一掠而过的敌意。接着那女孩做了一个动作，她一边嘴角浮出些微笑，抬起一只胳膊向商小燕晃了晃。在她腕口，商小燕看到两个蓝色墨水文的字，每个有两厘米见方，是两个一样的字，“奔奔”。女孩略带挑衅地看着她，就这两个字。

商小燕说不出话了，看着眼前的女孩子。奔奔放下胳膊，用下巴指了指商小朋说，他根本就出不了这幢楼。他能走出去最远的地方就是楼下的麻将馆。商小燕一句话都不说地看着她，奔奔也看着她，继续说，他欠了一个人很多钱，都是赌债，具体是几万，你得问他，那债主就住在楼下，开着发廊，开着麻将馆，养着妓女们。他还欠了房东几个月的房租，四处有人盯着他怕他逃跑，他一走出这栋楼就会有人出来问他要钱，他已经被人打过好多次了，就因为拿不出钱。他每天吃的那一顿饭也要我出去给他买，不然他早饿死在这屋子里了。他还欠了我的钱，两万块钱，一分钱也没有还我，我也不能让他走，除非，他还了我的钱。

商小燕声音也冷下来了，他欠了你的什么钱？他欠你的钱你还和他住在一起？有你这么不要脸的女孩子吗？

奔奔冷笑，告诉你，我从来就没要过脸，但这钱我要定了。我给你看他打的欠条，白纸黑字，这是他的手印，这是我胡说的吗？不管你是什么人，要把他带走，就替他把钱还了。

商小燕笑，我要是不还呢？

奔奔也笑，那你就把他留在这，他要是能出了这栋楼，我立刻死给你看。不信，你就试试。

商小朋突然低低说了一句，这是我姐姐。

这一句姐姐让商小燕几乎落泪，十年了，她第一次听了这两个字。这两个字给了她一种奇怪的底气，她突然什么都不怕了，她过去关上门，抱着两只胳膊，眯着眼睛看着她，你说说，他怎么会欠你两万块钱？你们是什么关系？为什么住在一起？

奔奔看着她说，你是他姐姐，可你哪里知道，当初我遇到他的时候他身上没有一分钱，就差在街上讨饭了。我那时看他人很实在，脾气也不错，对我也好，就想着能和他结婚。我和他住到一起是因为我想结婚啊。

商小朋突然说话了，他是一个字一个字往出说的，他看着奔奔又看着商小燕冷笑，你知道她今年多大，她今年二十四岁。你知道她的孩子有多大？七岁。她父母都住在省城，她妈给她带着孩子，你知道她的孩子叫她什么，叫她姐姐。就在一个城市里她从来没有回过家看她的父母亲和孩子，包括过年都没有回去过。我刚认识她的时候根本就不知道她是这样的人，她一直在骗我。有一次我们在路上走的时候，她停下和一个迎面遇到的女人说了几句话，没有表情地就说了几句话，我没听她们说什么，我以为不过是个熟人，最多是个街坊邻居，我都没仔细看那女人，只记得很胖，头发一半是白的。后来我才知道那就是她妈，她见了她妈都不敢让别人知道，还生怕别人知道那就是她妈。因为她觉得她妈不够体面，我知道她就是这样想的。我觉得她太可怕了，一个不认父母不认孩子的女人谁敢娶？我怎么会娶她？

奔奔打断了他，你一开始就没打算要和我结婚。你把我就是当一张饭票，除了靠女人吃饭。别的你还会什么？和我在一起那么长时间，每天不都是我出去工作挣钱，你待在家里和别人打麻将？你上过几天班？跑了两天业务没挣到一分钱还让人家把押金扣进去。你说要做生意让我去借钱，我就去我姨妈家借钱，我姨妈实在觉得我可怜借给我两万块做生意的本钱，可是你知道怎么样？奔奔又看着商小燕，她的眼睛里蒙了一层泪影却不掉下来，就那么灰蒙蒙地罩在上面一片闪烁，他一点一点地偷我的钱，不管我藏在哪里，只要我不在的时候他就能把钱找出来，拿了钱就去赌博，输光了就回来。有时候他就问我要钱，一遍遍地要，我实在不忍心就给他些。后来我们什么生意都没做的时候就发现我姨妈的两万块钱已经被我们花光了。

我告诉你我在外面混了十年花的都是女人的钱，从来没有一个女人问我要过钱。刚才你也承认这两万块钱是我们一起花的，那你为什么让我一个人把两万都还掉？

那你为什么给我立的字据上写了两万？你要是不承认为什么还按手印？

你让我写两万如果我不写你能让我走？那我不就死在你手里了？商小朋的脸变成了青色，眼睛变得空旷而巨大。他看着商小燕说，你知道她有多么不正常多么可怕？我的 QQ 头像是她的半裸照片，那是她自己死活要挂上去的。我 QQ 里不能有一个女人。我电话里存着的所有的朋友和亲人的电话都被她偷过去保存起来，只要看到我不在，她就会把所有这些电话挨个打一遍，问我在哪里。开始的时候她还去公司上班，后来因为怕我跑了，她连班也不上，每天就和我一起守在屋子里。我去哪她就去哪，我一天不吃饭她也可以一天不吃饭，我去厕所她都要跟着。和你说实话，我早就不想和她在一起了，早就不想了，可是我被她缠得根本走不了，跑都跑不掉。

你以为她这是喜欢我吗？不是。一开始我也以为是。后来我发现根本不是，如果她当初遇到的不是我换个男人她也会这样。她只是需要一个男人在身边，她一个人根本活不下去。她缺爱缺到了病态，完全是病态的。只要是一个人她就不敢睡觉，一定要抱住什么东西才能睡。一开始我是实在觉得她可怜，她有父母却和孤儿一样，她经常和我说她爸只知道赌博，从来不管她，她妈只知道挣钱也从来不管她。她爸输了钱就回来打她，大冬天把她赶出去，她只穿着一条秋裤站在雪地里。我真的觉得她太可怜，可是她太可怕。

我为什么到后来工作都不找，每天就是玩就是睡，那段日子她也陪着我，我们经常睡到下午，一天只在晚上吃一顿饭，吃完我就去打麻将，她寸步不离地跟着我看我打。到快天亮了就回去睡觉。我为什么这么做，我想让她跟着我实在耗不下去了赶我走或者我们实在没钱了她就会跟了别人，放我走。我实在走不了，我有两次躲到朋友家，她用整整两天时间把我电话里所有的人问了一次，并去所有我去过的地方找我，去和人家吵架。我能去的地方就那么几个。最后我所有的哥们都说，不要去找他们了，这女人太可怕了。过年的时候我真想回家，我多少年都没有回一次家啊，妈也老了，身体一直也不好，我很害怕有一天我突然再见不到她了。我想走，她就哭着给我跪下，让我陪她过年，她说我走了她就是一个人过年了，她很害怕很害怕，她哭着说，求求你了，陪我过完这个年吧，明年过年我就让你回去，但这个年一定要陪我啊。你走了我就只有死了。

还有一次我悄悄跑了，你知道怎样，她知道了后连夜打车，那要好几百块钱啊，她眼睛都不眨，连夜打车去所有知道的地方找我。找了一天一夜。其实她也早就知道我不会和她结婚的，我们是没有结果的。她都知道可是她还是要死拖着，拖一天就是一天，拖一分钟就是一分钟。回去了我们就接着耗在一起，直到所有的钱都用完的时候我们两个人还是那样，不动，不工作，大白天躺在床上，拉着窗帘，就像两个等死的人。

我两次差点死到她手里。一次是吵完架后，半夜她开了煤气。我睡觉轻而且咱家的人呼吸系统都有遗传的毛病，就被呛醒了，赶紧关了这才没死。她已经把门窗关严，就等着我俩在煤气里悄悄死了就算了。还有就是后来我得了严重的胃病，基本就不能吃饭，一吃就吐，同时我还得了前列腺，难受得都想去寻死。她还是不让我走，也不让我治病。当然我们也没钱治病，就像她要是得了什么病也没钱治一样。我真的觉得我快要死了，我的胃，你知道吗，从外面摸上去，里面就是一块坚硬的铁块，冰冷坚硬，已经不像人的器官，就像已经变成石头了。我说，我真的要回家了，死我也要死在家里。你说吧，到底怎么样你才肯让我走。她也看出来我实在撑不下去了，因为我已经好几天没有吃饭，我的脸上已经有了死人的前兆。大概她是怕我死在这间屋子里，就让我给她打个欠条，两万块钱的欠条，按上手印。我马上就答应了，因为不答应我就得死在这间出租房里。十年了，我在外面十年了。我哪里都不敢走，我知道无论我去了哪里她都会很快找来的。不信你看看我的胃。

说完商小朋掀起了身上的衣服，露出了一只滚圆的肚皮。即使只用目光也触到了那石质一般的坚硬，像一口锅扣在了肚子上，与他的高瘦形成了突兀而招摇的对比。他嘴角微笑着用食指在上面磕了磕，发出了敲打木质东西时闷而浑浊的响声。

奔奔冷笑，你还好意思诉苦？我借我姨妈的钱怎么办？你走了留给我几个月的房租怎么办？你让我一个人还？你把一堆烂摊子扔给我然后你自己跑掉？你不还我钱，我就告你。

你简直就是个疯子。你追来追去不就是为了那几个钱？

我就是为了那几个钱，你有本事还了啊。

六

商小燕听明白了，良久，她走到奔奔的前面，说了一句，丫头，我知道你很难。

这句话一说出来，奔奔抿得已经快折了的嘴角终于折了。她的泪汹涌而下，却是无声的。只是默默地一路流下去，流下去。她不看商小燕，却说，我不走，我已经是死过好几次的人了，我不怕你们。终于她看了她一眼，目光却有些奇怪，里面同时燃烧着冰和火的影子。她声音发着抖，你知道我死过几次吗？我小时候，我爸爸每天去打麻将去喝酒，一输钱一喝多回来就打我。我妈从来没有管过我。我十六岁那年过年的时候我爸爸喝多了，又打我，还把我赶出去，我只穿着一条秋裤，光着脚。外面下着大雪。我在没有一个人的街上边走边哭，那个晚上我真的想死。我满街找汽车，就想着一头撞上去就算了，不受这么多苦了。可是有人救了我，把我带回了他住的地方。那个晚上他就把我强奸了。那年我十六岁。

你不要这么看着我，这个救我和强奸我的男人就成了我的第一个男人。从那以后我就跟了他，再没有回过家去。你知道为什么过年晚上那么晚了他还在街上溜达？因为他是个贼，对，他是个小偷。他当时正想着去偷点什么过这个年，然后就看到我在马路上寻死。我和他一起住在那间没有暖气的小屋子里。太冷了，我在屋里烧蜂窝煤，很呛的那种铁皮炉子，没有烟囱，一不小心就会煤气中毒。我就那样住着，也不回去。你知道我胳膊上的这两个字怎么来的吗？是我自己小时候一点一点刻上去的。那时我就不停地告诉自己，奔出去，奔出去，快离开这个家，快离开这个地方。其实我叫张琴，这么多年来几乎没有人知道我的名字，他们都叫我奔奔，因为我胳膊上刻了这两个字，这成了我的名字。

再后来，我十七岁的时候，我的男人因为入室抢劫被抓住，被判了十二年有期徒刑，进了监狱。那时候我已经怀孕了，而且已经七个月，不能打掉，只能生下来。我也没有钱，我就是在我们那间租来的房子里一个人生下了孩子。我当时差点死掉，生下孩子我就什么都不知道了。睡了多久我都不知道。那天是房东觉得不对，进去了看到已经和死了差不多的我。她赶紧让人找到我妈，我妈才来找到了我，她让我回去，我不会回去的。从那个晚上出来我就没打算再回去。我对她说，妈，你要是觉得这个孩子可怜就收养她吧，她要是跟着我说不来哪天就死在街上了，我自己都说不来什么时候就死了。我妈哭了，抱走了孩子。从那时到现在那孩子已经七岁了，我一年只见她一次，她叫我姐姐。我就让她那么叫吧。因为我根本不想让她知道我是她妈妈。她爸爸现在还在监狱里，还有五年才能出来。

还有一次就是那晚我拧开了煤气，那晚上我是真的想死，真的一点都不想活了。我觉得我一点点活下去的力气都没有了，我把所有的人想了一圈，没有一个人让我觉得不舍得。和他，我不知道是我在折磨他还是他在折磨我，我觉得我们一起死了就什么事都没了。他睡着的时候我躺在那想象明天房东发现了我们的尸体会怎么样，我爸妈知道了会有什么表情。我就跳下床关好窗拧开了煤气。真的，我一点都没有犹豫，我平静的不能再平静，我就像很熟悉很熟悉地做什么动作一样拧开了煤气，就像解衣服上的扣子一样熟悉，然后我又回到床上，盖好了被子，我还替他也盖好。我安静地躺好，只等着死掉。那时候他却醒了。于是我又活到现在。

今年我爸爸突然变老了，因为他今年总是叫我回家，我也偶尔回去一次，但从不在家里过夜。我发现他很疼我那个小女儿。每次我走的时候他还要塞给我一二百块钱。他没有收入，那点钱都是打麻将的时候赢的。我这才发现他老了。同时老了的还有我，我过的根本就不像二十四岁，我经常觉得我已经很老很老了，真的。我不再像几年前一样宁死都不回家，我开始愿意回家了。所以我想，我应该做点什么小本生意，挣点钱，养父母，养女儿。可是我真的没有钱，一点都没有，这就是我为什么拼死也一定得把这两万块钱要出来的原因。

商小燕走到窗前看着窗外，窗外已经彻底黑下来了，楼下的汽车像无数萤火虫一样往过飞，一茬一茬的汽车过去了，过去了，这楼房立在马路边兀自暗着，接着有窗户开始亮了，又是一扇。整座楼斑斑驳驳地亮起来了。屋里仍然没有开灯，三个人都不说话，商小朋坐在一边一根接一根抽烟，奔奔躺在床上缩成一团。商小燕久久站在窗前。三个人安静而沉稳，看上去像一个稳妥的三角形。不知过了多久，商小燕忽然转过了脸，她在黑暗中说了一句，明天，我就把两万块钱还给你，然后，你就让他回家，好吗？另外两个人一句话都没有说，只是无边无际地沉默着，屋子里越来越暗了，黑暗从所有的缝隙里长出来，把整间屋子都长满了。

第二天，商小燕把自己上班这么多年存下的所有钱从银行里取出来给了奔奔。两万块钱递到奔奔手里的那一瞬间，她迟疑了一下，还是接住了。她突然抬起头看着她说，我可以请你吃个晚饭吗？商小燕笑，是不是突然有钱了？有钱了也要懂得节约，丫头，要学会过日子了。奔奔突然把脸扭向了一边，不再说话了。

晚上，奔奔从外面买回几个菜，还有几瓶啤酒。三个人围在桌子旁边吃饭，吃了半天，没有一个人说话，奔奔埋头喝酒，不大会喝的样子，喝一口就皱一下眉。喝到后来眼圈却湿了，刚开始是轻声地抽泣，再后来是无法遏止地大哭，好像要把以后很多年的泪一下都哭完再说。商小燕摸着她的头发说，东西收拾好了吧，今晚就回家吧，回了家，做个小生意，和爸妈在一起好好的，以后就好好过日子。丫头，不早了，走吧。以后记住，一定要好好活，活着就比什么都好。走吧，爹妈都老了，该回家了。

奔奔踉跄着从桌子边站起来，拿起已经收拾好的一只小行李包，背在了身上。商小燕把她送到了楼下，她向商小燕深深鞠了一躬后就转身走了，混到了夜色里和人群里她很快就不见了，像一滴水一样蒸发了。商小燕仍是那个姿势看着她消失的方向，脸上仍是刚才的笑容，就在这笑容上她正一脸的泪水。

回到了房间里，商小朋正站在窗前看着窗外，抽着烟，她走到他身边，拍了拍他的肩膀，没事了，明天回家吧。商小朋半天才嗫嚅着说了一句，我在这还欠了一个人很多钱，有五万块钱，那个人也很厉害，不会放过我的。我还欠着房租，我走不了。姐，你先回吧，我走不了。我自己想办法吧，让咱妈等着我。迟早有一天我会回去的。

商小燕笑，把头靠在了他的肩膀上，她这才发现，商小朋这么高，足足比她高出了一个头。她靠着他说，你能想出个办法？少说废话，明天一早就回家去，咱妈见了你病就会好一半，这十年里，她从不提起你，要强惯了的人，生怕被人看不起，可是这十年里，她没有睡过一个好觉，哪天晚上都是看着房顶等天亮，她其实是在想你，我知道，想你在哪了，想你还活着吗。心都耗干了。回吧。

商小朋说，可是……商小燕接住了他的话，别的事你不用管，我来替你办，你明天一早就回家，快收拾东西，房租刚才我已经和房东结算过了。商小朋还是看着她的脸，她说，快收拾，听见没有。

第二天早晨，商小燕把商小朋送到楼下，把一个包裹得严严实实的布口袋塞到了商小朋手里，她说，中午就到家了。走吧。商小朋说，姐，你不和我一起走？商小燕说，我也走了，你欠的债谁来还？你先走吧，我几个月就把钱还清了，一还清我就回去，你和妈在家里等着我。她要是愿意和石塌天结婚，你就由着她。她都不知道还能活多久了……你先回。快走。

商小朋坐在回家的长途车上打开那个小布包，看到里面是满满一包铅笔头，各种颜色的铅笔头，绿底白花的，红的，黄的，蓝的，黑底红花的，每支铅笔头都被用到了最短，握在手里几乎已经不能写字。他一支一支地看着，看着，看过去，然后看着车窗外，笑了，笑着笑着泪水已经汹涌而下。

他不知道，为了让他先回家，商小燕和他的债主签了合同，就在他开的发廊里，她做四个月妓女，四个月把债抵清。那晚债主还是忍不住问了她一句，你是他什么人？商小燕按下手印，抬起头笑，我是来还债的，已经欠了十年。

柳　僧

一

倪慧一觉醒来看看时间，正是半夜三点。

午夜的月光浩大辉煌，亭台楼阁一般晶莹剔透地堆砌在这间小小的卧室里。就连被子和床单上也落了一层鱼鳞般的银色，伸出手去，手指上也压了一层月光的重量。四点就要出发，是该起床的时候了。

毕竟起得太早了，她觉得自己的手和脚都还没有醒过来，只好硬生生地把它们塞进了衣服里。窗外的香樟树开花了，花香在夜色里加倍蓊郁浓密，蛇一样从窗户里无声地爬进来。她轻手轻脚地走进了黑暗的客厅，正想着要不要叫醒母亲的时候，只听厨房里刺啦一声煎鸡蛋的声音，母亲已经在厨房里做早饭了。她站在厨房门口看着老太太肥胖臃肿的背影说，妈你怎么起这么早？昨晚没吃药？

母亲已经煎好了鸡蛋，她稳稳托着一盘煎鸡蛋和一盘馒头走出厨房，仿佛这是她从午夜的核里刚刚夺出来的。她得意地对倪慧说，昨晚我根本就没睡，一分钟都没睡。我怕睡着了就起不来了，所以没敢吃药，结果，整晚上都没睡着一分钟。

一分钟都没睡着？

母亲把一只煎鸡蛋夹进馒头里，用两只手捧着它们，她的两只手因为肥胖和浮肿变得近于透明，看起来像发酵好的面包。她悲壮地对她说，是的，一分钟都没有。我早和你说过了，离了这些药我一天都不能活，我早就和你说过了。我只能像吃毒药一样每天吃下三十颗药。这不是毒药是什么，从吃这药开始，我从一百一十斤胖到了一百五十斤，而且还在往下胖。你看看我身上，哪里都是肉，这里是肉这里也是肉，以前所有的衣服都穿不上了，简直像一只充了气的布袋。这让我怎么见人啊，不行，一停药我就要减肥，一定要甩掉四十斤肉，你想想四十斤猪肉够吃多久？我就每天把四十斤肉挂在身上走来走去，你说累不累。她说着开始抹眼睛，倪慧皱皱眉头，不耐烦地说，快吃快吃，四点就要出发了。

老太太一边使劲啃馒头一边抽噎着说，早饭我得多吃点，吃少了我一会就饿了，一饿了我就全身发抖还会晕倒，我血糖低。

老太太几年前患上了失眠症，她像一只奇怪的沙漏一样慢慢地把睡眠都漏掉了，到后来干脆就把睡眠戒得一干二净，一点都没剩下。黑夜对她来说不过是染了色的白天，本质上和白天没有任何区别。每个晚上她只能睁着眼睛看着天花板一点一点熬时间。熬到一个月的时候，时间已经被她熬得彻底没有了形状，而她自己则像炼丹炉里刚炼出来的丹药一样，浑身上下弥漫着一种病态的精神抖擞。失去睡眠让她变得异常亢奋，神经又加倍发达，哭和笑都不受她控制了，在她身体之外独立出去打闹着。她带着老太太去了医院，诊断为是由抑郁症引起的失眠症，然后医生开出了一堆药，奥氮平，奥沙西泮，阿普唑仑，盐酸丁罗环酮。每天要像吃饭一样最少要吃三十粒药。

那天出了医院，不见老太太跟上来，一回头，她正独自坐在医院门口的台阶上。见她过来，老太太忽然就抬起头半是惊喜半是委屈地对她说，原来我得的是抑郁症，我居然得了抑郁症。她说话的声音好像她刚刚中了福利彩票的头等奖。她想不明白这种非同凡响的病怎么就会降落到她的头上。

这些药强势地给她带来了一种人造睡眠。这种睡眠一望而知是人造的，是不真实的，因为这睡眠太过整齐，倒更像是切割好的绑架在人身上的某种附属物。从一吃上药她就开始迫不及待地进入睡眠，然后一直死死地睡到天大亮。但她自己醒来的感觉却像是刚刚走了一晚上的夜路，周身无力。

吃了半年的药之后，副作用开始争先恐后地出现，首先就是凭空长出了四十斤肥肉，见缝插针地镶嵌在身体的各个角落。药物压住了她原先病态的亢奋，它们像五行山一样牢牢把她压在了下面，她忽然就变得安静变得呆滞起来。然后，比安静和呆滞更可怕的东西又出现在了她的身上，这可怕的东西最初探出头的时候，让她们母女都不约而同地吃了一惊。那就是，她开始失忆，断断续续地失忆，前十分钟做过的事情后十分钟就忘了。对那些遥远的陈芝麻烂谷子的事情却记得愈加清晰，简直就像昨天刚刚发生过的。

倪慧偷偷向医生咨询，医生说有可能是药物的副作用，停药就好了，但也可能是老年痴呆症的前兆。她绝望地问医生，要是老年痴呆症能治好吗？医生摇了摇头，它只会加重，直到最后病人会连亲人都不认识。病人会在记忆的迷宫中彻彻底底地走失，并且再也找不回来。

就是从那个时候开始，倪慧决定带母亲回趟老家，回趟山西。父亲和母亲自从二十多岁从山西来到湖南，就再也没有回过老家。现在父亲已去世多年，只剩下了一个正逐渐走向痴呆的老母亲。而她自己，她不敢告诉母亲，一个月前她刚离婚了。男人要了房子，把一辆半旧的雪铁龙留给了她。她所在的保险公司又加大了任务量，被一帮生鲜的小女孩衬托着挤兑着，她连着两个月没有完成任务。她决定主动离职，反正婚都离了，房子也没了，现在就是把她放在烙铁上烤，怕是也不痛不痒了，再来点噩耗那还不是隔靴搔痒。

相反，她现在很需要这种把所有的坏事都集中在一起的感觉，就像把所有的箭镞集中在一起射向自己才会有足够的杀伤力。只有这种宏大集中的效果才能让她勉强有过瘾的感觉，似乎她终于是被惩罚了。似乎她早就是一个该被惩罚的人却一直侥幸地躲着，现在终于轮到她了，这种惩罚的实现竟也让她生出一种奇怪的快感来。

她决定在奔四的时候疯狂一次，自己开车带着母亲回老家去。回那个她从未见过的山西去。听说那个地方到处是能埋掉人的黄土和黄风，听说因为缺水，那个地方的人们一年才洗一次澡，还是你洗完他洗，洗到最后水里简直是泥沙俱下。听说那个地方的人们根本不认识米饭，碗比脸盆大，馒头比人头大。还有，一年四季要吃土豆。他们可以把土豆做出一百种吃法，但终究还是个土豆。

倪慧把这个想法告诉了母亲，老太太听了简直要对女儿感恩戴德了，她想回家想了四十年了。两人商定十天以后再出发，因为老太太必须得做一些返乡前的准备工作，她急着要减肥，她觉得她如今胖成这样，实在是见不得人的。尽管老家那村子里她唯一的亲人就是一个老年痴呆的哥哥和一个眼睛斜视的嫂子，还有两个还没娶上媳妇的侄儿。但她觉得自己年轻时那么苗条，就是当年从纺织厂下岗的时候都是有款有型的，老了却晚节不保，痴肥成这般模样。

但要减肥就得停药，要停药就得失眠。她绝望地发现自己已经陷入了一个根本走不出来的圈套。最后的出路只有一条，就是为了保全睡眠，狠下心来让自己继续痴肥下去。人不能不睡觉啊，失去睡眠的人会发疯的。

虽然无法控制体型，但老太太还是对自己做了些局部的修整，她把头发染得乌黑，新烫了个卷发，把两颗开始松动的牙齿也修补了一下，恨不得把全身的零件都紧一紧好拿出手去给人看。她打算给老家带一些东西回去，倪慧陪着她去购物。老太太拎着一只巨大的带轮子的旅行包，往里塞腊肉塞香菇塞莲子塞茶叶，她说老家没有这些东西。然后又去了商店打算给哥嫂各买一套保暖内衣，倪慧说，买保暖内衣做什么，穿在里面又看不见。老太太辩解道，老家冷啊，冬天一来就是半年，我们兄妹小时候哪有什么内衣穿，光身子上套一件棉猴，我都十八九了还没穿过个内裤。这话倪慧已经听了九百遍了，她阻止她继续说下去，你买这么贵的内衣他们又不知道好歹，还不如买件能穿在外面的。老太太虚弱地挣扎道，可是穿在里面暖和啊，那里的冬天你是不知道啊，西北风能把人吹散架。

给别人买好东西之后，老太太又给自己添置了一身出门的行头，又买了一瓶廉价的粉底霜，因为她一直固执地认为一白遮百丑。最后居然还狠心买了一只真皮的男式钱夹准备送人。这样就可以浩浩荡荡地与女儿一起返乡了。

母女俩把大大小小的行李装到车上，四点准时出发了。倪慧算了一下路程，预计最少得十三个小时，出发得早一点，这样她们天黑前就可以到山西了。

当她们上了京珠高速的时候，月亮依旧高悬在头顶，几颗星星在路的尽头闪着寒光，月光下的高速路看起来像一条柔软的丝带，正沿着荒野里的某种纹路不断攀升蜿蜒，似乎她们正通往一个陌生的星球。不时有红色的车灯像烟花一样在她们身边绽放又熄灭，却愈发衬出了旷野里的孤独。

在无边的黑暗中，小小的车厢像金属子宫一样包裹着她们，好像她们是两个还没有出世的婴儿。自打记事以来，倪慧就觉得自己和母亲从没有过任何的身体接触，她好像从没有抱过她，甚至没有拉过她的手。而母亲和父亲的关系一直也很糟糕，多少年来两人一直在吵架，她印象最深的就是母亲会在厂里四处向别人哭诉，他根本就不爱我，他心里就没有我，要不怎么就对我连一点关心体贴都没有，连一句话都没有。我知道他心里根本就没有我，我要离婚，这不离婚可怎么过下去啊。

她说的是父亲。不过现在，父亲正静静地在后座上陪着她们母女，一如他生前的木讷寡言。后座上的那只盒子里是他的骨灰，他七年前就死了。因为死前都没有回过一趟老家，所以现在就把他顺便也捎回去。

逼仄的车厢里坐着两个活人和一个死人，甚至显得有些拥挤，拥挤而沉闷。现在母亲的身体离她只有一尺远，她忽然就有些紧张，每当她和母亲被塞在一个狭小空间里的时候，她就会觉得这是对她们以往生活的一次集中强化和惩罚。她便会忽然觉得害怕和无所适从。三年前她带着母亲去了趟九寨沟，跟着旅行社去的。这是老太太平生第一次出门旅游。那时候她觉得父亲忽然就没了，无论怎样都得带母亲出趟门。

母亲是那个旅行团里年龄最大的，她头上戴了一顶珍藏了二十多年的宽边太阳帽，这是她二十多年前买的，一直舍不得戴，就压在箱底，再翻出来的时候帽子上的粉色纱巾已经变成白色的了。她在人群里高高戴着这顶帽子，像个刚从时间深处里冒出来的落魄的拿破仑，惹得身后的年轻人抿着嘴看着她偷笑。她一次又一次地对老太太说，把你的帽子摘了吧。老太太紧紧护着自己的帽子，不能摘掉，我的皮肤不能被太阳晒，一晒就成了猪肉被煮过的颜色。

她只好厌恶地看着母亲头上那顶帽子，恨不得离她远点，好让人不要知道她们俩的关系。

中午和其他团友围在一张桌子上吃饭的时候，老太太习惯性地拿筷子挑盘子里的菜，倪慧一开始没注意，直到身边一个女人忽然拿胳膊捅了捅她说，不要让你母亲拿筷子挑，不卫生。她的脸急剧红到了脖子里，以至于整张脸看上去都是血淋淋的。她像训小孩子一样训斥着老太太，不要用筷子在菜里挑来挑去，让别人还怎么吃。老太太拿筷子的手一愣，半天没敢再夹一筷子菜。她半是委屈半是恼怒地为自己辩解着，以前吃饭不都是这样吃的吗，我都这样吃了六十三年了。没有人理她，她嗫嚅着辩解着，却再不敢为自己夹一筷子菜。最后她只吃了自己面前的一碗白米饭。

倪慧不敢看母亲，只管一口一口机械地吃下去，好像她今天的饭量好得出奇。每吃一口她便觉得多了一分罪恶感，但是每多一点罪恶感，她又觉得从中得到了一种奇异的解脱，仿佛这解脱感自身便携带着一只巨大的胃，足以把这些罪恶感消化掉。最后别人都吃完了，她一个人还坐在那里吃，老太太坐在旁边一声不吭，她手边是那顶拿破仑的帽子。

晚上，她们被安排到一个房间。她已经很多年没有和母亲同住一个房间了，从她上小学开始，她就有了自己的房间，从此以后再没有和母亲同住过。她有些莫名的紧张，说自己先去冲一下澡。她飞快地冲了个澡，一出卫生间忽然就看到卫生间门口正站着一具丑陋的裸体，她吓了一跳。是母亲已经把自己脱光了站在那里，正等她出来自己就进去洗澡。她目瞪口呆地看着那具裸体，松弛下垂的乳房耷拉到腰上，腰间裹着一层层的赘肉，鼓起的小腹上还爬着长长一道做肠胃手术后留下的刀疤。

她的情绪再次失控，她忽然就冲着那裸体吼道，这么早就把衣服脱光了干吗？怎么连个睡衣都不穿？没给你买睡衣吗？你就连个睡衣都不会穿吗？老太太蹒跚着进了卫生间把门关上了，里面很久都没有水声，一片死寂。她站在那里没有动，头发上的水珠滴落在了她的肩膀上。她觉得浑身上下的每一个地方都陷入了一种迟钝而模糊的痛苦，就像有一把很钝的锯子正一点一点锯着她的全身。只是，她感觉不到疼，她支离破碎的身体甚至都感觉不到疼。可是她知道她全身上下所有的器官包括脚趾头都在剧烈地痛苦着。她觉得自己真不是个东西，她觉得她罪孽深重，她觉得她应该一头撞死。

就在这时，卫生间里终于传出了低低的喑哑的哭声，那是一个委屈的老人发出的哭声，安静的、疲惫的、赌气的哭声。就在那一瞬间，她的泪也哗地下来了。她站在卫生间的门外，更安静地更汹涌地哭着，以至于哭得浑身抽搐趴在了地上她都没有让自己的嘴里发出任何一点声音。

当着母亲的面哭是一种能力，她学不会，她已经来不及去学会了。从很小就这样了，她和母亲父亲三个人之间有一种默契，就是表达出感情似乎是一件羞耻的事情。他们永远不会对对方说，我是爱你的。他们都学不会。那时候她在上中学，喜欢上了一个电影明星，她就在日记里写下了这种感觉。后来母亲偷看了她的日记，还和邻居说她女儿不好好学习喜欢一个什么电影明星。她一个人跑到野外大哭了一场。在那个三个人的家里，甚至没有一点可供流泪的空间。有时候半夜她会被父母房间里的吵架声惊醒，他们正一边吵架一边摔一切能摔的东西。她不去劝他们也流不出泪来，就一个人无声地坐在黑暗中，一直坐到天亮。有好几次她觉得她其实远比那两个吵架的人更痛苦，她走到窗口看着外面的夜色，不止一次想从那窗口跳下去好结束这一切。

此刻她趴在冰凉的地板上，一边哗哗流泪一边命令自己，一定要向母亲道歉，无论如何这次一定要向母亲道歉。母亲在卫生间里哭了很久，后来哭声渐渐没有了，然后是哗哗的水声，趁她走出卫生间之前，她把哭得全身瘫软的自己从地上拎了起来，她不能让她看到自己这副样子。

卫生间的门吱嘎一声，母亲笨拙地裹着一条浴巾出来了。她羞涩地用浴巾遮挡着自己的身体，怯怯地不敢看倪慧。倪慧也不敢看母亲，她的嘴张开又合上，再张开还是合上，一晚上愣是没有说出一个字。向自己的母亲道歉居然这么艰难，她简直不能原谅自己。可是，她终究还是说不出那几个字。

母亲也没有说话，她像做功课一样机械地吃下十片药，然后躺在了自己那张床上。不一会儿，人造睡眠便轰隆隆地驶过来了，房间里响起了这种睡眠特有的鼾声，杂沓，不均匀，偏执。母亲已经睡着了。

她却一夜无眠。

二

直到离开九寨沟的最后一天，她们再次发生了冲突。母亲要在景区门口买一些廉价的小挂件回去，她阻止她，你买这个回去干什么?

送人。

这有什么好送的，你还想让厂里所有的人都知道你来过九寨沟啊。

街坊邻居都知道我出来旅游，一点东西都不带回去怎么见人。

那也不要买这个啊，又不值钱又没用，就是骗人的。

值钱的怎么送人，值钱的还送不起呢。

她可怕地发现她又在对母亲发脾气，她冲着她喊，告诉你不要买就不要买了。

母亲手里捏着五六件小挂件，听见她的话她并没有立刻放下，而是又埋着头挑了一件，握在手里看了看然后才忽然撒手，把手里的东西全扔了回去。然后她站在那里，当着人来人往开始大声抽泣起来，因为哭泣，她的脸皱成了一团，拿破仑的帽子在头上跟着她一耸一耸。

她在心里对自己咆哮着，你怎么能这样，你怎么又这样对自己的母亲，快对她道歉，她是多么的可怜。可是她站在那里，浑身上下包括舌头都在迅速石化，她呆呆站着就是说不出一句话来。就在这时导游催着要上车了，她一言不发面色惨白地独自向旅游车走去，一边走一边偷偷看看自己身后，母亲哭着跟上来了，她边走边哭，委屈得像个刚刚挨过骂的小孩子。倪慧坐在座位上后久久不敢和母亲说一句话，她只觉得心里痛得直哆嗦。她觉得自己简直就是个怪物，她根本不是人类。

她终于明白了丈夫找别的女人的原因，这几年里她和他只要有争吵，她就会准确无误地滑进同一种模式里，那就是绝不道歉也不说话，只用看着对方难受来拼命虐待自己和对方。到最后她甚至已经分不清究竟谁是有错的那个人，究竟谁是真正的罪魁祸首。有时候她简直觉得自己是一个残疾人，那是一种内化的残疾，除了她自己，谁也看不到。想到这里她独自冷笑起来，那个时候她甚至希望全车厢的人都能围过来狠狠骂她这个不孝子，把唾沫吐到她脸上去。她希望他们都能替母亲出气，替母亲来惩罚她。可是，车厢里静悄悄的，有人已经打起了瞌睡。母亲戴着帽子的头一直扭向窗外。

从九寨沟回来之后，母亲拿着一沓在九寨沟拍的照片在纺织厂的家属院里四处游荡，四处炫耀，她想让全天下人都知道她刚刚旅游回来。每次倪慧在家属院找到她的时候，都能听到上次的版本又被加工过了。就是在不出门的时候，她也会一个人戴上花镜坐到窗前细细地看那些照片。似乎那照片里的女人根本就不是她本人，照片里的女人比她年轻比她漂亮比她有钱比她上档次，她只能这样远远地隔着照片膜拜她仰望她。她似乎一边希望能让她从照片里活过来，一边又希望她永远不要走出这照片，不要来这个世界受苦，就在这四季不变的照片里待着多好。

倪慧一边偷偷地残忍地窥视着母亲的行为，一边时时刻刻打算着要向母亲道歉，一定要为九寨沟之行向她道歉。可是，话到嘴边又总是被咽下去，那句话在她嘴里怎么也长不出完整的形状来，简直无法超生。她想那就再推迟几天吧，结果一推迟就是三个月。这时候母亲开始了失眠，再往后开始大把吃药，再然后开始像气球一样被催胖，接着开始轻微失忆。那句道歉的话却始终都没有说出口。

所以她决定要带她回趟老家，她知道这是母亲的心愿，这是她唯一能做的补偿她的行为。

现在母亲就坐在她的身边，离她只有一尺之遥。身体的接近让她又感到了紧张和不自在，与此同时，她再一次强烈地想对老太太说一句，妈妈，对不起。她还是没有说出来，她有些绝望，她怀疑她是不是一辈子都说不出这句话来了，只能任由它烂在她肚子里。这句话像牙齿一样长在她的嘴里，嚼不碎也咽不下去，只能永远地盘踞在那里硌着她。

老太太今天早晨特意在烫过的头发上抹了一层发油，头发看起来闪闪发光，像戴了一顶假发。发油和粉底液混合成的刺鼻的味道弥漫在车厢里刺激着她们的嗅觉，她忍不住说了一句，不要抹那么多粉底，会堵塞毛孔的。老太太假装没听见，她知道老太太是为了让自己看起来能皮肤更白一点，因为这样会看起来更漂亮一点。

过了一会老太太忽然惊叫了一声，哎呀，我们还没吃早饭吧，在这高速路上什么吃的都没有，幸亏我带了些干粮。说着她就伸手打开自己的皮包，从里面拽出几只馒头来。倪慧一边开车一边皱着眉头说，你刚吃过早饭好不好，馒头夹煎鸡蛋。老太太疑惑地看着她的侧面，真的吃了吗？我怎么一点都想不起来。

她恋恋不舍地把几只馒头装进包里，重新坐好，困惑地盯着前方的路面。这时天光开始发白，整个世界好像刚睡醒了一样，马路上弥漫着一种酸酵灰白的睡意。老太太坐在副驾驶上，像是忽然从刚才的自我困惑中苏醒了过来。她语气急促激动，简直要从那座位上站起来了，她说，如果我不是得了什么抑郁症，就不会失眠，不是失眠就不用吃这么多毒药，不是吃这么多毒药我就不会胖成这样，不会变得这样没记性，连刚刚吃过饭都想不起来。可是，如果不是你爸老和我吵架，老不关心我不管我的死活，我怎么能得抑郁症。

她说着说着又开始大声抽泣起来，一边抽泣一边用皱纹纵横的手擦着自己的脸，粉底液被擦化了，在脸上变成了一团一团的，皮癣似的。她边哭边继续说，我和他刚认识没几天就被我哥嫂订婚了，那时候我什么都不懂，就图人家有个工作就嫁给了他，然后二十出头就跟着他背井离乡南下湖南，这一去就被卖到湖南了，一待就是四十年啊。这四十年我是怎么过的，在湖南连个亲戚都没有，连个说话的人都没有，周围的人说湖南话我都听不懂啊。我是怎么一天一天熬过来的啊，呜呜，年轻的时候我就是给他当牛做马，我说我不能做那事，做的时候下面疼得直冒汗，他还要……

倪慧猛地打了一下方向盘，差点连人带车撞到了栏杆上，车上的两个人都吓出一身冷汗，老太太赶紧闭上嘴，什么都不敢说了。倪慧铁青着脸继续开车，她居然当着自己女儿的面，当着死去父亲的骨灰说这些，她听到那装骨灰的盒子碰到什么了，发出咚的一声，近似于呻吟的声音。真可怜，她忽然觉得父亲好可怜，但母亲也好可怜，自己也可怜，活在这世上的人就他妈的没有一个不可怜的。

她的泪差点下来了，靠着内力才勉强镇压了回去。是的，她知道，母亲是个从年轻时起就爱美的女人，她会连夜在缝纫机上为自己和女儿做出当年最流行的裙子，为了能穿上好看的衣服她特意花钱去学了裁缝。后来纺织厂被改制，效益越来越差，经常发不出工资。只要听到哪里正清仓大处理，母亲便和厂里的女人们像苍蝇一样闻着扑上去，给一家三口抢回几件廉价的处理品。她会在偶尔吃鸡蛋的时候把蛋清一点一点全刮到自己脸上去保养皮肤。她真的是爱美了一辈子，这没有错。这一点上她居然一点都没有继承母亲的基因。她更像父亲，沉默寡言，越是痛苦越是说不出一句话来。还有，永远不会用正确的方式和人交流。

她想，无论怎样还是要对母亲说一句对不起。替她也替已经死去的父亲，那个老实巴交的父亲活着时受的苦也许比她还多，但还是要替他向她说一声，对不起。为他从来没有来得及说出口的那句话，她明白，他仅仅是因为说不出口。

可是，如同父亲的魂魄附身，她也开不了口，她的牙齿和舌头总在要紧关头神奇地锈在一起。她想，以后吧，总有说出口的那天。

黎明了，清晨了，上午了。车窗外的光线和景色像流动的电影屏幕一样迅速更迭着变幻着，车里的两个女人从黑夜一直开进白天，虽然不过几个小时，却觉得怎么好像已经在这条路上跋涉了几个季节了。老太太忽然又惊慌地问她，我早晨吃过药了吗？倪慧说，吃过了。老太太抚着胸口说，我这药是一顿都不能落的，落下一顿晚上就别想睡觉了。你说哪有一顿吃十颗药的，这医生不是想把人吃死吗？是不是卖的药越多他们挣的钱越多？我简直是在长期服毒药啊。

嘴巴刚闭上几分钟忽然又问她买好的保暖内衣拿了没有，挑好的莲子拿了没有，她包好的那个钱夹拿了没有。她坐在那里有点近于耍赖的任性，好像觉得自己反正已经开始失忆了，索性就忘得再多一点，这样才能证明她是个病人。她需要人的照顾，她一直就希望能得到别人的重视和照顾。此时倪慧也希望母亲能多和她说点话，因为她感到越来越疲惫了，可是没有人能替她开车。

老太太似乎看出了她的疲惫，隔了几分钟之后，她又成功地把话题引向了倪慧的婚姻，她说，你就不要再和戴兵怄气了，等我们从山西回来之后，你就还是回你家去住吧，你看你从家里搬出来住已经几个月了。戴兵也是不像话，都不来请你回去。但你也不能老这样和我住下去，我早就和你说要生个孩子生个孩子，你就不听，要是有个孩子也不至于你们一吵架就几个月不说话。

……

要不这次我们就从山西领养一个小女孩吧，隔这么远，她就是长大知道自己不是亲生的也总不会跑回山西去找自己的父母。

……

你听见了没有？你再不听我的会吃大亏的，你知道人老了活个什么，就活个孩子。没个孩子你试试去，真是会可怜死。

……

你到底是听见了还是没有听见？

我离婚了。

……你连离婚这样的大事都不告诉我？你让我下车，我要下车，我不和你去了。

……

你说你离婚干什么，都半辈子的人了。你离婚了就和我过啊，我一个老太太了，哪天说死就死了，你爸早死了，我死了以后这世界上就剩你一个人了，你又没孩子，到时候你一个人多孤单啊，我就怕我死了以后你一个人流离失所地活着。呜呜。

她说着开始抹眼泪，从口袋里掏出一块发黄的古董一样的手帕拼命地擦着眼睛。

倪慧虽然直视着前方，眼睛却也开始湿润，她强迫它们不要流出来，她忽然怪异地哈哈笑起来，那还不简单吗，你保护好身体，加油活到八十岁，我呢，活到五十岁就够本了，到时候咱俩一起死，也就没有谁会孤单的问题了。再和我爸的骨灰放在一起，咱们一家三口就又团圆了。只是，我们现在把我爸的骨灰带回老家了，等我们死了，谁又把我们的骨灰带回老家？要不我们提前支付个快递费，到时候等我们火化了就把我们两个打包寄回老家去。

听了这话，抹着眼睛的老太太却反而嚎啕大哭起来，鼻涕眼泪流了一脸，她拿那块大手帕使劲擦着它们。倪慧则拼命笑着，你看你哭什么，怎么像个小孩子一样，都说人老了就是小孩子了，我看真是这样。一边笑着，她的泪一边哗哗地流了下来，她也不擦，任由它往下流。

前面的路边出现了一个服务区，倪慧把车开进了服务区，她说就在这里吃点午饭吧。她声音疲惫，开了一上午车的原因。老太太不肯下车，她从包里拿出三个馒头和一包咸菜还有一个煮鸡蛋，说，我都带好吃的了，我不下去，我就在车上吃午饭。

倪慧看着她手里的馒头咸菜，忽然再次无法按捺自己的暴躁，她几乎是对着她吼了一声，快下车。老太太抱着馒头和咸菜，委屈地下了车，不情愿地跟着她进了餐厅。倪慧点菜的时候，她不停地插嘴，这个太贵了，不吃这个不吃这个，就一个菜就够了，我还有馒头呢。最后她特意嘱咐服务员，千万不要给她上米饭，她有馒头。

倪慧愤怒地瞪着她，她看了一眼窗外，表情阴郁地说，又嫌我丢你的人了？那你带我出来干什么？快让我自己走回去吧，我不跟你回山西了。最后倪慧又不得不安抚她，哄她吃了几口菜，她吃了自己带的馒头之后稍微高兴了些，觉得这服务区毕竟没占到她们多少便宜。

吃过午饭她们不敢多做停留继续上路，因为怕天黑前到达不了目的地。头顶的太阳越来越炽烈，把高速公路烤得像一片永远走不出去的沙漠，雪铁龙像骆驼一样呻吟着，马不停蹄，一步也不敢耽搁。刚吃过午饭加上天热，倪慧开始感到困意了，她和母亲说，妈你快我和说话，随便说什么都行，要不我可能会睡着了。

老太太忽然肩负起一个重大的责任，连脸色都肃穆起来，她便坐在那里开始喋喋不休地说话，说她的童年是如何的可怜，父母早亡，就留下她和她哥哥两个人被奶奶带大。后来哥哥娶了媳妇，嫂子对她也不好，生怕她吃得多，恨不得让她三顿只喝凉水。

这话倪慧已经听了一千遍了，她听得恹恹欲睡，但还是努力和她搭话，那你还老想着回去看他们。老太太又开始哽咽了，那是我的故乡啊，我就是出生在那里的，在湖南的这四十多年，我几乎夜夜都会梦见老家的村子，总是梦见自己又回去了，在梦里我还告诉自己，这不是梦不是梦，一定不是梦，可是等醒过来才发现真的就是个梦。

那我舅舅现在呢？我从小就觉得自己没亲戚，别的小孩都有一堆姑姑舅舅叔叔什么的，就我没有。

他几年前就得了老年痴呆症，我不知道他见了我会不会认出我，我真怕他都不认识我了。听你大表哥说原来他已经被人说好了一个女朋友，人家带着点心去家里看他，结果他对儿子说，快给你妈吃吧。手指的却是儿子的女朋友。结果把人家吓跑了。所以我就害怕……我害怕我下一步会不会也是老年痴呆症。

不要瞎说。

真的，你看我哥哥就是。慧慧你说我万一要是痴呆了可怎么办，我连你都不认识了，我连谁都不认识了，我见了你就像见了一个陌生人一样，你会不会害怕？

倪慧听到这话，背上忽然有种阴森森的感觉，她不禁打了个寒颤，却用更粗粝的声音掩饰着自己的害怕，告诉你不要瞎说就不要瞎说，你只不过是年龄大了容易健忘而已，谁还没个老的时候。

可是好多事情一转身的功夫我就忘了，居然连一点点都想不起来。咱们家属院的李老头不就是得了老年痴呆症？他好可怜啊，每天就像只石狮子一样坐在自家的门口看着家里人和外人，却不认识一个人。儿女们来看他给他买一点好吃的，他就东藏西藏，藏起来就不记得放哪里了，任由那些吃的发霉被老鼠吃掉。谁要是给他一点钱，他就紧紧把那钱握在手里，睡觉的时候又塞进枕头里，结果第二天忘了放哪里了，他就哭着说钱被人偷了。他因为怕死就拼命吃东西，每天像推土机一样要吃好多顿饭，刚吃过就忘了自己是不是吃过饭了，又嚷着要吃下一顿。他知道喝牛奶对人好，就哭着喊着要喝牛奶，又问小孩子们一天应该喝几包牛奶，小孩子骗他说喝十包，他就坐在那里，专心致志地数着喝牛奶，一直要把十包喝下去。你说人活成这样还有什么意思啊。

又不是每个人老了都会得老年痴呆症。

慧慧你说我要是真得了老年痴呆症，你会怎么对我？会不会把我送到老人院里？

老太太的声音里半是先知式的悲怆，半是残忍的窥探，她在窥探她，在一点一点地拿着镊子小心翼翼地把她身上的某个地方的皮挑开，她想一直看到最里面去。说这话的同时，显然她也在为自己的这道测试题感到得意，这情景类似于一个愚蠢的女人在问自己的男友，我和你妈掉水里了你会先救谁。

倪慧想起了医生对她说过的话，她觉得此刻老太太正强行要把自己拖进那个医生已经铺好的轨道里，拖都拖不出来。她感觉自己的情绪再次失控，她呵斥她，别想这么多，想这些干什么。

老太太显然没有从她这里得到她想要的答案，她又是失落又是害怕地把脸扭向了窗外。现在她居然时不时会表现出害怕倪慧的表情来，这让倪慧心里又是一阵尖酸的痛。像某种腐蚀性很强的酸性物质蔓延过全身，要烧毁全身。

三

车窗外的天色开始渐渐变暗，黄昏已至，似乎又回到了她们凌晨出发的那个时刻。每个白天和黑夜连缀起来就像一条无头无尾的蛇，靠自我的吞噬慢慢向前蜿蜒。

前面就是石太高速的出口，也就是说，她们马上就要到太原了。老太太坐在座位上身体前倾，一副异常紧张的样子，好像随时准备着要下车。倪慧周身的疲乏忽然被来自脚下的黄土高原里的陌生地气冲撞了一下，不由得也精神为之一振。这是她活了三十八年来第一次回到山西。母女俩心情都有些紧张，以至于坐在车里都像装了扩音器一样能听到彼此咚咚的心跳声。她想，她和母亲此时多么像两条溯源之鱼，硬是凭着本能的带领，溯游过千万里来时的途程，重返生身之地。

为了掩饰自己的紧张，她对老太太说，老家就只有舅舅舅妈和两个表哥了吧，你买那钱夹是送给谁的？舅舅还是表哥？那可是要花你半个月的退休金的，你也真舍得。

不是送给他们的。

即使在昏暗的光线里，倪慧还是感觉到老太太的脸忽然红了一下，她坐在她旁边忽然之间便羞涩成了一个小女孩。老太太声音里含着一点笑，好像她正躲在一把团扇后面说话，她说，那钱夹是送给一个人的，那人比我还大两岁，四十年不见，现在也老了吧。

年轻时候相好的？她开始替后座上的那盒骨灰不平起来。母亲居然带着父亲的骨灰，不远千里给相好过的男人送钱夹来了。

老太太的表情和声音却越发迷离柔软起来，颤巍巍的，简直像托在手里的一块果冻。她好像一瞬间里变得身手矫捷，比她的儿女游出了更远，直接就游回到四十多年前去了……那时候我们在一起下地劳动，我家地的旁边就是他家的地，他每天在地头等着我，等我去了一起干活，却从来不敢和我多说一句话。晚上下地回家的时候，他路过我家门口总要给我放下两个桃子一个甜瓜，他只会默默地在我身后看着我，却从来也不敢去敲我家的门。他个子很高，脸方方正正的，性格温和不爱说话，我觉得他一定很会体贴照顾人，我要是当初嫁给了他说不来就不会得什么抑郁症，就不会失眠，就不会胖成这样，就不会忘性这么大……

她已经开始新一轮的刨根寻底和歇斯底里了，她边说边哭喊起来，后排的骨灰盒静静地听着她的哭喊，在他活着的时候也是这样的，静静地听着她的哭喊和抱怨。倪慧皱起眉头，她不能不厌恶此刻的母亲，她觉得这不应该是她的母亲，她冷冷地说，那你怎么不嫁给他？有人拦着你吗？

还不是我哥我嫂子还有我那已经没了的姑姑，强迫我嫁给一个有工作的男人，说不要嫁给这村里种地的，要不就得种一辈子地了。我那时候才二十岁，什么都不懂，稀里糊涂就嫁给你爸了。

他后来结婚了吗?

那肯定了，听说他结了婚还生了两个儿子一个女儿，那女儿七八岁就得病死了。

那他老婆现在还活着吗？要是他老婆也死了，你就再嫁给他得了，也了了一桩心愿。

你说什么呢？没大没小的。老太太忙不迭地嗔怪她，只是语气里竟包着一缕细细的欣喜。

反正你们也都老了，也都没伴了，山不转水转，说不来就凑到一起了，搭伙过日子嘛。

哎呀，你越说越不像话了。老太太的声音已经近于撒娇了，听得倪慧起了一层鸡皮疙瘩。她真想抱住父亲的骨灰盒跳下车，把这老女人单独留给她四十年前的青梅竹马。

她没有再说什么，专心开车，天色彻底黑下来了，她们方才已经经过了太原的高速口，再往下就是交城县，进了交城县，再走十公里就可以到达那个叫水暖的村子了。那就是她们的老家，她们血液流出来的那眼古老巢穴。

老太太扭了扭身子，像是还要为自己解释什么，她讪讪地说，你想我们都老了，也有四十年没见了，这次见面肯定也是一辈子最后一回了，就这么见一面总要送他点礼物吧。我知道年轻时候他喜欢过我，对我也是一片真心，后来我突然嫁给别人还不知道他有多难过呢。我都没给他写过一封信问问他过得怎么样，他这么多年肯定也没有把我忘掉的。我就想啊，我好歹也是有过工作的人，就是后来下岗了那也毕竟有点退休金，比那些种地的受苦人强多了。最苦的就是农民。总得送他一点东西表示一下我的心意，你说是不是。

倪慧不说是也不说不是，她知道反正老太太也根本不需要她的回答，她只是在自问自答而已。

在交城县她们下了高速口，然后拐上一条乡间公路，也就是说，再过十几分钟，她们就要真正到达老家了。老太太越来越紧张，她执意让倪慧打开车里的灯，从包里取出一面小镜子，就着昏暗的灯光审视着镜子里的自己。她给自己补了点粉底液，早晨抹的那层已经化了，又扑了层粉，然后忽然像变戏法一样变出了一只劣质口红，她给自己涂了圈口红。倪慧不知道她居然准备了口红，她假装什么也没看见。老太太又收拾一下头发，拽拽衣服，深深吸了一口气，然后便坐在那里再不敢动了，唯恐一动会毁坏了自己刚弄好的造型。

前面在黑黢黢的夜色里飞出了一座村庄，然后在村头的大槐树下，她们看到了按电话里说好的来接她们的两个表哥。两个完全陌生的五大三粗的男人，一身的汗味，给她们带路，回到了老太太的哥嫂家。

进了院子，两位表哥像哼哈二将一样雄赳赳地为她们母女开路，把她们带到屋里去。一挑门帘，一个眼睛斜视的老女人立刻迎了过来，抱住母亲就是一顿嚎哭。母亲也哭，连站在一边的倪慧忍不住也要被煽下两滴泪来。趁着她们姑嫂二人抱头嚎哭的当儿，她打量着这间屋子。青砖盖的瓦房，屋里一张上天入地的大炕，炕上铺着一张墨绿色的油毡，摞着一摞宝塔似的摇摇欲坠的被子。被子下面坐着一个人，一个枯干的老头。老头盘着腿坐在那里，看着地上这几个哭哭笑笑的人，脸上没有任何表情，猛一看上去简直以为是木雕石刻的。

母亲忽然也看到了老头，她猛地从嫂嫂怀里钻出来，像只笨拙的胖飞蛾一样，向炕上的老头扑去。她扑过去抱着老头的大腿，哥啊，是我啊，我回来看你了。老头看了她一眼，把目光慢慢移开了，他显然根本不认识这个哭喊着的女人是谁。他的目光移到了倪慧的身上，然后他忽然就对自己的大儿子说了一句，这是你媳妇来了吧，让人家坐。倪慧浑身打了个哆嗦。

老太太不相信自己送到了人家的鼻子底下，却硬生生地不被认识，硬是要把她推到记忆之外。她又抱他的胳膊，他的脖子，她一定要把自己的身份砸进他的大脑，哥啊，哥，哥，我是英兰，你看清楚了，是我，你再仔细想想，你肯定能想起来的是不是。老头被她晃了半天，脸上忽然浮出了一丝古怪的笑意。她大喊，你是不是认出我来了，是不是啊哥。但老头轻轻对她吐出了几个字，我见过你，你是老二的媳妇。

老太太轰然栽倒在他脚下，半天爬不起来。替父亲羞愧的二表哥走上前说，爸你能不能不要老是胡说。又转向老太太道歉，他不是不认识你，他连我们都不认识，他谁都不认识了，他得了老年痴呆症，好不了了。

老太太绝望地看着地上的几个人，想向他们求证，想让他们证明给她看，她这么不远千里费上汽油和过路费，不是为了回来看一个不认识她的傻子的。可是站在地上的所有人都默默地看着她不说话，近于在给她致哀。

她又死死盯着老头看，老头又诡异地笑了一下，她一下便从炕上跳了起来，她怕他又给她创造出一种新的身份，刚才是老二的老婆，现在说不来又会说她是老大的岳母。显然她在他嘴里已经成了一个彻底丢失身份的人，没有将来也没有过往，她身上只堆砌了一堆近于乱伦的族谱。与此同时她还有一种兔死狐悲的哀戚，似乎已经从哥哥身上提前照到了自己几年以后准确无误的归宿。

她心情复杂地哭泣了一会，然后便也不再哭了，表示她已经接受了这个崭新的哥哥，一个老年痴呆症患者，一个根本不认识她的傻子。两个表哥抬进一口铁锅，倪慧吓一跳，舅妈说快吃晚饭吧，你们肯定也饿了。锅里是满满一锅和子饭，又称米面，据说此饭的起源是山西人把中午吃剩下的米面菜到晚上一锅煮了就是晚饭，叫米面就是因为饭里有米又有面。倪慧简直不能忍受如此懒惰的做饭方式，勉强吃了两口便说吃饱了，其实正饿得头晕眼花。

母亲虽然觉得四十年以来头次返乡便遭到最贫贱的和子饭的待遇，心里有些不快，但还是吃得下去，毕竟从小就吃这个长大的。看来她就是六十年不回乡，嫂子也知道她是用什么材料做成的。她们姑嫂一边吃饭一边聊天。

在南方过得还好吧？南方人都有钱。

我们住的楼房，小汽车也有，这次就是慧慧开车把我送回来的。她隆重地强调了这次是专车把她送回来的，她翘着小拇指握着筷子，摆出小型慈禧太后的样子。

啧啧，看你们过的这日子，再看看我们。本来就没钱，家里还有这样一个病人，儿子们讨老婆都难。慧慧的孩子多大了，男人是做什么的，挣钱多不？

在倪慧还没有开口之前，老太太抢着说，她小孩上小学了，因为上学就没一起来，她丈夫是开公司的，也忙，来不了。

啧啧，看人家这命。

倪慧脸色铁青，狠狠瞪了老太太一眼。那个老太太又问，那你退休了以后每天都干什么啊，是不是整天就像电视里一样在学跳舞什么的？

老太太两眼放光，立刻放下碗筷冲到自己的包前，从里面取出一沓在九寨沟的照片。倪慧不知道她什么时候偷偷把照片放进去了，她想拦住她，但已经来不及了。这老太太冲着另一个老太太财大气粗地晃着照片，没事就出门旅游啊，这都是在外面照的照片，看看这景色，真的没的说啊。住的地方也没的说，吃的也没的说，顿顿有肉。

倪慧冲她使劲瞪眼跺脚，就差点找个缝隙让自己赶紧埋进去了。但老太太假装看不见她，她假装把她当成了空气，然后她口干舌燥喋喋不休地把九寨沟向另一个老太太隆重推荐了一遍又一遍，好像那是她的私家花园，她像熟悉自家的房子一样熟悉这花园，然后又怂恿她也一定要去一次。

另一个老太太抹着斜视的眼睛说，看看你，再看看我，一辈子都没出过这个村子，真是白活了一辈子。

老太太狡黠而虚弱地向倪慧眨了眨眼睛，央求她千万不能戳穿她，她这是四十年里第一次回乡，再怎么也要假装出衣锦还乡的架势。她当然不能让人知道她早早下岗了，平时去菜市场也只敢买最便宜的时令蔬菜，买条鱼都得掂量半天。给自己买瓶抗衰老的保健品都要经过半年以上的思想斗争，至于出门旅游，她唯一能和人讲的也只有九寨沟了。倪慧简直后悔曾经带她出去旅游过，她假装没看见她的眼色。

饭也吃完了，翻箱底的话说得也差不多了，哭也哭结实了，可是两个表哥还蹲在屋里不肯散去。倪慧和老太太心照不宣地明白了这是在索要东西的意思。老太太忙拉过那只巨大的旅行袋，把里面的东西一件一件地往出掏，这是给你的保暖内衣，这是给他的袜子围巾，这是给你的莲子，质量可好了，我一粒一粒挑出来的，这是给老大的湖南茶叶，这是给老二的湖南腊肉，这是……老太太把自己战斗了十天的战果悉数取出，一件一件摆在面前请人家阅览。嫂子一边说着，带这么多东西啊，一边又忍不住失望地朝她袋子里看了一眼，好像要验证就这么多了？就这么点东西？她失望的眼神在告诉母女俩，她本来期望着她们的包里能变出一台电视或者一台冰箱。这让母女俩同时都感到自尊有点受伤。

两个表哥各自领了东西才分头散去，然后倪慧和母亲被舅妈安排到隔壁的屋里睡觉，说是专门给她们打扫出来的。这屋子估计是烧过柴火的，有一股烟熏火燎的味道，躺在炕上倒像是躺在刚烧完的灰烬上。两人在炕上躺下好一会了都没有说话，似乎是靠着一旅行袋的贿赂才得了这么个睡觉的地方，只觉得委屈而愤怒。老太太在黑暗中忽然惊叫一声，我刚才把带回来的衣服发给他们了没有？不能让人家以为我们赤手空拳，两个肩膀抬着一张嘴回来吃喝来了。

倪慧恨恨地说，让你装有钱人。老太太假装没听见，忽然又惊叫，我是不是晚上还没吃药，不吃药怎么能行啊，我会一晚上睡不着的。又爬起来吃了十粒药，好像纯心躲着和倪慧说话一样，只片刻她就顺利躲进了轰隆隆的鼾声里。把倪慧一个人抛在异乡的黑暗里，深一脚浅一脚地等天亮。

四

第二天的任务是把带回来的父亲的骨灰安置到水暖村的坟地里。

由两位表哥带路，倪慧捧着父亲的骨灰盒，和母亲一起向坟地里走去。

出了村口又走了一段路，除了看见前面一片浓密的黑压压的树林没有看到任何坟地。两位表哥扛着工具带着她们向那片树林走去。走过去倪慧才注意到这片树林里居然全部是柳树，而且是那种巨大的老柳树，因为年久，树皮树枝都已经变成黑色的了，黑压压地站在一起，肃穆，寂静，阴森，好像一群裹着黑衣的老僧侣正静静地看着她们的到来。

她打了个寒颤，不由自主地往后退了一步。这时候一阵大风从树林里刮过，整片黑树林哗哗摇摆了起来，就像在他们面前忽然张开了血盆大口。柳树枝在风中乱舞着，好似从树林里伸出了千千万万只手。倪慧抱着骨灰盒差点转身跑掉，她战战兢兢地问表哥，你们的坟地在哪呢，怎么看不到一座坟？大表哥指指树林，就在里面。

他们一行四人继续往树林里走，越往深处走树木越茂密越古老，不时有一两只乌鸦扑棱棱从他们头顶掠过，发出了凄切的叫声。他们站在林中的一小片空地里，因为树木太高大太浓密，只有丝丝缕缕的阳光能从缝隙间渗进来，落在潮湿的地上和他们身上。落在身上的阳光也是凉飕飕的，好像这阳光是从地底下的另一个世界里钻出来的。倪慧又问了一句，坟在哪？大表哥指指周围的大树，每一棵的下面都是一座坟。

倪慧吓得差点跳起来，她这才注意到，每棵大树的根部确实有一个小土堆，但土堆太小了，几乎发现不了，而且每棵大树都是从土堆里长出来的，树长得太大太粗了，土堆却长年累月被风吹雨淋渐渐夷平，但是仔细一看仍然能发现，真的所有的柳树都是从一个个土堆里长出来的，这样看上去这些树好像是从坟堆里爬出来的巨蛇，正相互交错着向半空中爬去。

倪慧哆嗦了一下，老太太感觉到了，对她说，在我小的时候这片坟地就是这样了，这坟地怎么也有一千年了吧，你看看这些大树就知道了，从古时候起，村里每死一个人就埋到这里，在坟上插根柳树枝，后来柳树枝就长成了这样的大树，大约是因为吸了死人的骨血，这片树都长得特别高大特别茂密，看上去都有点吓人。

这里埋了多少人？

反正这一千年里只要死人就埋在这里，你数数有多少棵树就有多少个人在下面。其实埋在这里挺好的，你看看这些树长得多好，我小时候也怕这些树，但现在老了反而觉得这些树可亲。我的父母亲爷爷奶奶都埋在这里面，在他们的尸体上都长着这样一棵树，我看见这些树的时候就像又看见了他们。我就会觉得他们还活在这世界上，只不过换了种形式，换了副样子，他们只不过是变成了一棵树。这些树里一定还流着他们的血，因为它们是吸了他们的血才长这么大的。这样多好，活着的人和死了的人又在一个世界里遇见了。现在我甚至觉得，不光是我们在讨论他们，那些已经死去的人是不是正聚在一起讨论我们呢，讨论我们是谁家的子孙，感叹我也老了，我也快来这里了。把你父亲埋在这里他肯定不会孤单，我虽然和他吵了一辈子，但知道他真是个好人。他就是不爱说话，打死都说不出一句话来，是天生的吧，也不是他的错。他要找了一个不爱说话的女人可能就好了。

表哥们问她们，是埋在林子中间还是林子边上？林子边上有些是新坟，坟上的柳树还没有长大。老太太抹着眼睛说，埋到林子边上吧，这样树才能长大，他一世卑微吃尽做人的苦头，到死了总该有自己的一棵大树替他活着。做不了人总能做棵树。

兄弟俩便走到树林边，在几座新坟的边上挖了一个墓坑，把骨灰盒放进去，筑好坟堆，又从旁边的柳树上砍了一根嫩柳枝插在了坟头。倪慧看着这比指头还细的柳枝，又看看身后巨蟒般的大树，忽然觉得父亲在它们中间变成了一个小孩子，甚至是一个婴儿。他小得足以在这片柳树林里重新开始，一切都可以重新开始。她记得父亲去世后整整一年里她都走不出那种悲伤，因为她觉得她对不起父亲。他死于脑梗，摔倒就死了，没在医院花一分钱，他的死法好像是存心要为她们母女省钱一般。现在，她亲眼看着他变成一个婴儿，变成一根柔嫩的柳枝，忽然竟为他高兴起来，是啊，父亲会在这里一直长下去，长下去，有一天会像那些巨大的老树一样也长得遮天蔽日，长成一种最坚固的活着。

老太太久久看着那新坟，忽然转过头，满脸是泪地对她说，我要是死了你也把我埋在这里，这里有我所有的亲人。我情愿睡在这里，也不愿意再孤零零地回到湖南。在湖南的四十年里，你和你父亲是我唯一的亲人，其实我是那么依赖着你们，如果没有了你们我一个人一天都活不下去。所以我才总是嫌他不够关心我，我就怕他给我的爱不够，所以我总是和他吵架。现在想想其实我也对不住他。

倪慧的眼睛潮湿了，她使劲盯着身后巨大的柳树看着。

老太太忽然尖着嗓子又说，要是有一天我也变成你舅舅那样了，谁都不认识了，成了一个傻子了，你就帮我了结了，不要再让我再受罪好不好。你就把我埋在这里，插一根柳枝在上面我就很高兴了。

倪慧忽然就跳了起来，她身上的疼痛与躁狂再次同时发作，她最受不了的就是母亲这样虐待她，她最怕的就是她用这种方式虐待她。她跳着脚对老太太大喊，不要再和我说这样的话，你要我怎么做，到底想要我怎么做。老太太坐在地上大哭了起来，最后两个表哥过来把老太太搀了回去。倪慧慢慢跟在后面，走出很远了又回头，跟父亲告别。

母女俩在水暖村一连住了四五日，每天白天在村里四处游荡，村里难得来个外人，她们仿佛是异国来的两件展品正在这里做循环展览。村里的年轻人不多，大多外出打工，剩下的多是些老人和妇女还有小孩。年纪大的老太太们拄着拐杖，手搭着凉棚盯着两人使劲瞅，直到母亲自己送过去报上名字，老太太们才恍然大悟，于是免不了又是抱在一起一泡泪。末了，老太太们总忘不了夸她一句，看你保养得多年轻，哪像个六十多岁的人。

倪慧知道，其实母亲见人就打招呼的真正目的就在这一句话上，她恨不得全村老小都能把她的年轻夸一遍，那她也就不虚此行了。等人家夸完，她一边心满意足地摆弄着头发，一边还假笑着得意地谦逊一下，哪里啊，都老了，怎么看都是个老太太了。

一连在水暖村扫荡了七日之后，她们发现，就连村里的那些母猪，她们都已经打过招呼了，实在没有人可以再扑过去摆出一副四十年没见的架势了。这时候倪慧发现新的问题出来了，舅妈这两天在吃饭的时候开始对她们旁敲侧击了，说什么如今一做就是六个人的饭啊，为了招待客人每天还得买块豆腐，两三天还得买肉，两个儿子都一把年纪了还没娶上媳妇，她和老头子每天从牙缝里省出一点钱来就是为了能给两个儿子娶上媳妇。

母亲再假装听不见也毕竟是听出来了，所以连吃饭都不敢大口吃了，果真是吃人的嘴软。这天下午，趁着嫂子出门去了，老太太冲着坐在炕上的傻子就哭诉起来，哥啊，我四十年没回来，回来几天在你家吃口饭都嫌弃我啊，我嫂子她年轻时候就这样对我，如今老了还这样对我，你倒是出来替我说句话啊，你是我哥啊，你就真认不出我吗？你再好好看看我啊。

炕上的傻子呵呵笑了两声，忽然盯着她说了一句，奶奶你回来了？你什么时候回来的？我还以为你已经死了。

老太太从房间里落荒而逃，一个人坐在院子里又大哭了一场，哭完了才悻悻地对倪慧说，那就再给他们点钱吧，看来光给他们东西都不够，给他们买东西就花了我一个月的退休金啊。你说给他们多少钱合适？我身上就带了一千块钱，总不能都给了他们。

说着又是委屈又是愤怒又是心疼，老太太脸涨得通红，几欲栽倒在地上，扯着嗓子说，难不成还等着我回来给她两个儿子都娶上媳妇不成？连她儿子娶不到媳妇也是我的责任了？这趟根本就不该回来，你说我们回来又是送东西又是送钱，还成天看人家脸色，图了个什么，我的亲哥哥都不认识我。

倪慧赶忙说，小声点，别被人听到了。我身上还带着钱呢，你就把那一千块钱都留给他们吧，少了也拿不出手。

老太太一听，像有人要割她的肉一样，几乎跳了起来，全给他们？我不活了，我现在就收拾东西去，我今天就回湖南去，都不要拦我。呜呜。

话虽如此，到吃晚饭的时候她还是乖乖地把一千块钱拿出来给了嫂子，她就权当自己是回故乡交苛捐杂税了。嫂子的脸色当晚就好看了很多，连那只眼睛都不那么斜了。和子饭里还特意煮了两个鸡蛋犒劳她们母女。

虽然吃了这额外的鸡蛋，老太太还是觉得消化不了这事实。睡觉前还是盘腿坐在炕上，悲伤地摇着头，不能住了不能住了，再住一天我们就回吧，在湖南虽然孤零零的，这么多年都听不懂那边的话，可是我在那里毕竟不用寄人篱下，不用看人的脸色，还是死在湖南算了。

倪慧知道，她是怕再住下去难免还要交一笔苛捐杂税，那真是会要她的命的。她便说，明天再说。吃药了没，吃了就睡吧。老太太黯然神伤地吃下十粒药，然后蜷成一个团，很快睡着了。在药物的作用下，她几乎是迫不及待地乘着火箭冲向睡眠的。

第二天早晨，倪慧还在被子里，就看到母亲早早起来，刷牙洗脸收拾自己，她对着镜子厚厚抹了一层粉底液，又把头发抹上发油，看上去像顶了一头的爆米花，然后又开始比划衣服，显然今天是有一场异常隆重的出场。她看看地上仿佛被抽脂了一般瘪下去的旅行袋，问了一句，妈你今天又要去哪里，该送人的不是已经都送完了吗？包都空了，这回去的时候倒是方便了。

老太太正背对着她偷偷试衣服，猛地听见她在背后说话，吓了一大跳，她慌里慌张地掩饰着自己的新发型，恨不得找个帽子先把头发遮起来，她小声地迟疑地说，那不是……还有个钱夹吗？一旦开了头她却好像又什么都无所畏惧了，一副破釜沉舟的样子，她语速变得飞快，绝不给倪慧插嘴的机会，我难得回来一次我就应该去看看他，毕竟他年轻时候对我好过，我知道他喜欢过我，都四十年没见了，还不应该见见？都这把年纪了见了又能怎么样，还不就是见见。见见他也算了结了一桩心愿。

倪慧爬起来穿衣服，我陪你一起去，也去见见你年轻时候相好的。老太太一边脸上缀着一片红晕，却摆出一副大义凛然的架势说，走就走，又不是什么见不得人的事。倪慧一笑，看你，你就是现在想嫁给他，我都双手双脚地赞成，要不把你留下我一个人回湖南算了，你们要结婚我做伴娘。

老太太脸上的两坨红晕更结实了，几乎要掉了出来，她一巴掌拍到倪慧肩上，又撒娇一般嗔怪道，真是越说越不像话了。她们母女之间素来没有这样的肢体接触，竟把倪慧吓了一跳，震惊之余她心里的某个地方不可遏制地暖了一下，以至于她差点流下泪来。母亲的手都收回去了，她还觉得肩膀那个地方久久燃烧着余温。

收拾停当，她问母亲，他家住哪？离得远吗？老太太一边最后一次照镜子一边说，他家住在村的最西头。顿了顿她忽然有些难为情地说，要不，你还是开车带我过去吧，走过去还有一段路，也不好走。

就是从水暖村最东头走到最西头也不过二十分钟，老太太想坐车过去自然是为了要在昔日恋人面前摆摆阔气，好做出衣锦还乡的样子。她这点小心思一边让倪慧觉得可笑，一边又一阵心酸，她看着眼前的母亲正一点一点地小下去，简直是在时光中逆行，她唯恐她一回头向她展示的是一张十几岁的少女的脸，好像她站在原地倒成了她的母亲。

倪慧开着车，母女俩在村民的目光拥簇之中，浩浩荡荡地杀向村西头。从西头再往西就是那片茂密阴森的柳树林了，倪慧远远看见那片黑色的树林仍然觉得一阵寒气袭来。但想想父亲已长眠于那里，便又不由得觉得亲切，似乎那也是一处归宿。

村西头的边上只有一户人家，倒也好找。别人告诉他们，最西头的那户没有墙只有篱笆的人家就是张铁生家的，他们家人素来不和别人来往。张铁生就是母亲要找的那个男人。把车停好，母女俩刚下车就看见篱笆院门里走出一个高个子老人，他脚下还有只矮脚狗跟着。

老人头发花白，满脸都是石刻般的皱纹，而且他只有一只眼睛。另一只眼睛连眼珠子都没有了，只在原来的地方陷下去一个黑洞。这使他看人的时候不得不侧着脸，拿那只好的眼睛使劲看着来人。狗对她们狂吠起来，老人喝住，继续用独眼盯着两人看，因为太用力的缘故，使那只独眼看起来异常凶狠。

老太太忽然大叫一声，她认出来了，站在她面前的独眼老人正是当年的张铁生。可是他如今的形象与她四十年前保存下来的一点记忆出入实在太大，以至于她目瞪口呆地站在那里，都不敢再往前走一步。最后还是倪慧上前做了介绍，她把母亲的名字强调到第五遍的时候，独眼老人终于想起来了。他的那只独眼忽然就变得惶惑起来，他下意识地低头看了看自己身上穿的衣服，又死命呵斥那条狗走开，狗被无端呵斥，委屈地走到院子里趴下来看着他们。

张铁生终于想起来要把她们让进院子里，他急急走进厨房倒了两碗水出来给她们喝。老太太看着那碗上的污垢再一次倒吸了一口凉气，她明白她一个早晨的精心准备都白准备了，粉底白擦了，发油也白抹了，她甚至都害怕自己一身的喷香被他给闻到了，这也让她觉得羞耻。在板凳上坐了片刻她觉得还是惊魂未定，还是说不出一句话来。这男人在她记忆里昏睡了四十年都保存地完好无缺。像经过了防腐处理，怎么一旦从她脑子里取出来就迅速颓败成这样，简直是惨不忍睹。

他坐在她对面也不敢看她一眼，紧张木讷，只知道不停地拽衣角，时而没事找事地把狗斥责几句。狗躺在那里痛苦地哼了几声表示抗议。她用余光看在眼里，只觉得这趟实在不该来，就让他长生不老地活在她脑子里多好，她就是变成老太太了，他还是二十岁的样子住在她脑子里。

这倒好，一见面她就感觉自己和他都被时间撕成了一缕一缕的破絮。

她转而又想，一定是她当初先嫁给了别人，他心灰意冷随便娶了个女人才过成今天的样子。他一定不爱他老婆，四十年的时间里一定是度日如年。这么一想，倒是她对不住他了。想到这里，她又摆出一副慈悲的样子问他家里还有几口人，老婆在不在家之类。她急于从他身上验证自己的猜测是准确无误的，他一定是为了她才变成这副样子的，他是为了她走向万劫不复的，一定是这样的。

他的嘴里只剩下了几颗牙齿，一张口满嘴走风漏气，他慢悠悠地摆着一只手说，我老婆死了已经好几年了，

倪慧看了母亲一眼，意思是提醒她，你有机会了。

老太太不看她，继续往下追问，她活着时，你和她感情还好吗？

还可以，她脾气好，我们一辈子都没怎么吵过架。

老太太一阵眩晕，好像被迎头痛击了一下，但她不甘心，她继续追问，那孩子们呢，你孩子多大了？

老大都三十大几了，老二也三十了，都还没娶媳妇，家穷，女方家要的彩礼都太高了，我也是没办法啊。

老太太觉得自己扳回了一局，儿子们现在不在家？

他们白天都去铁厂干活去了，给厂里打铁。

你这眼睛是怎么弄的？

别提了。我原来也在铁厂里干活，这只眼睛就是被溅起来的

铁水烫瞎的。

厂里赔你钱了没?

黑心的厂长和村长镇长早就勾结起来了，不给我一分钱的赔偿，还说是我自己不小心，不属于工伤。烫瞎的眼睛后来发炎化脓，再后来就彻底烂没了，也没钱去看病。

就没人管你吗?

我一次一次地跑到县里上访，没有用，每次都被他们赶走，还有一次把我扔到了地里，让我以后再不能上访。

那就去省里告啊。

那样就怕要被他们打死在半路上了。

那你还让你两个儿子再去铁厂干活?

没有办法，村里的土地越来越少，村长还私自把地卖给开厂子的，不分给村里人一分钱。光是种地一年也挣不下两个钱，只能种下一点自己吃的粮食。离村子几里地之外有好几个私营铁厂，村里的年轻人想攒钱娶个媳妇的只能去那里给人家干活，要不就得出远门打工。现在娶个媳妇贵啊，光彩礼就要八万块钱，还不算房子，到哪里去偷这么多钱?穷人还不是只能打光棍。这村里的光棍越来越多，去年光一辈子没娶过老婆的老光棍就死了三个。死了几天了别人都不知道，都等臭了才被邻居们发现。不知是上辈子造了什么孽。

真是作孽。

你肯定过得好吧，小汽车都开来了。我们这些受苦人不能和你们城里人比，你们就是享福的。我想通了，我也不去上访了，怎么活还不是一辈子。眼睛瞎都瞎了，他们就是赔我能赔得起一只眼睛吗？瞎活吧。

我……

倪慧咳嗽一声，示意她千万不要把九寨沟的照片再拿出来炫耀。老太太略一沉吟，疲惫地说了一句，我也是瞎活，都是瞎活。我看看你就好，看看就好。

什么时候回？

明天一早就走，也住了十来天了。

不多住几天？等你再回来都不知道我还活着不。

这时候已经快到中午了，老太太站起身来表示出要告辞的样子。张铁生看了看天上的太阳，脸上没有任何诚意地客套了一句，要不在我家吃了饭再走。

老太太忙说不吃了不吃了，嫂子已经把饭给我们做好了。听了这话，张铁生便不再做任何挽留，拖着步子把她们送到了门口，目送着她们上了汽车。

车上两个女人半天没说话，忽然倪慧像想起了什么，说，你那钱夹还没送出去吧。老太太仍然不吭声，只是呆呆地萎靡不振地坐在那里。半天才说了一句，那么贵的钱夹送他可惜了，还是你送给你以后的丈夫吧。倪慧一笑，不要怕白买了，没事，回了湖南我负责给你介绍个老伴，公园里每天都有很多老头老太太跳舞，我负责给你找一个，你再送给他。

老太太突然便哀哀地哭了起来，她歪在椅子里哭得一声比一声大。倪慧只好把车停下，静静地等她哭完。

哭完了？

……

这次回来该见的人都见了，以后就不想再回来了吧。

不想了。

那我们什么时候回?

明天一早就回。

好。

无论怎么说，他们都是好人。我就是忽然觉得，见了还不如不见。见了更难受。

回了湖南你又会抱怨太孤单。

这么多年里我一直觉得我是湖南的客人，可是现在才知道，在这里我也是他们的客人，他们不会让我长住这里的。除非像你爸那样已经死了的人。

……

……

五

第二天天刚亮她们就上路了。上路之前倪慧自作主张又给舅妈留下五百块钱，舅妈回赠她一包山里采来的核桃，并眉开眼笑地欢迎她们随时再回来。痴呆症患者坐在窗前木然地看着她们离去，脸上没有任何一丝表情。

汽车缓缓驶过静静的村庄，一两只狗朝她们吠叫着，一只公鸡扑打着翅膀从车前穿过。母亲说，给他们钱也不和我商量一声。

就算痴呆了也毕竟是我舅舅，他们也不容易，要不是太穷，谁也不会这样厚下脸皮的。其实只有有钱人才高尚得起来文雅得起来。

你和你爸就是一个模子里拓出来的，心好，嘴上却永远不会说出来。你们啊。我想听他一句体己话，愣是等了一辈子也没听到。

倪慧的嘴悄悄张开，又无声地合上了，就在刚才她真想把准备了好几年的那句话对母亲说出来，可是不行，她再次浑身紧张，简直有大学刚毕业时去参加面试的感觉。她想，不着急，反正一路呢，一路上十几个小时，全是她和母亲的时间。她第一次觉得离母亲如此之近，她和母亲从没有这样近过。车内煦暖的空气让她顿时又手足无措起来，她开了音乐，想让音乐掩饰一下她此时复杂的心情。

母亲还在絮叨，回去以后你要不就和戴兵复婚了吧，他也是个好人……改改你的脾气……你总不能以后就和我生活在一起，我已经老了，你还年轻……

他有别的女人了。

……那回去了我让别人再给你介绍，再介绍个更好的。

……

那皮夹我给你留着。

……

前面就是那片茂密阴森的柳树林，经过柳树林的时候，她们不约而同地扭头看着黑压压的树林，和那个刚埋在此处的男人告别。从此以后他就是有故乡的魂魄了。

车驶过柳树林的时候，老太太又开始低声哭泣，倪慧则握着方向盘看着前方的道路，想着什么时候把那句话说出来合适。

忽然，她看到前面的路边站着三个人，三个男人，他们一字排开，好像正在迎接她们的到来。她眯起眼睛看着他们，车子离他们越来越近，大约离他们还有几米远的时候，倪慧和母亲忽然不约而同地认出，他们中间有一个人居然是独眼的张铁生。老太太抹了抹眼睛，疑惑地说，他怎么在这里？是要送我们吗？

车子越来越近，路边的三个男人看到车子近了，便走到了路中央，拦住了她们。

车子戛然停住了，老太太坐在那里又说了一遍，他们是来送我们的吗？可是倪慧知道她不需要回答。她的声音很尖很脆，绷得紧紧的，仿佛只要一碰就会粉碎。

倪慧的手还搭在方向盘上，她张大了嘴巴，她听到车厢里回荡着她紧张急促的呼吸。就在刚才停车的一瞬间，她看到，前面站着的三个男人手里各自拿着一把寒光闪闪的镰刀。就在那一瞬间，她还在拼命安慰自己，他们一定是要去地里干活，一定是要去割麦子。可是，一个更恐怖的想法袭击着她，现在的麦子根本还没有成熟……不可能，不可能。

那个年轻一点的男人已经站在车门前敲车门了，他示意她们出来。倪慧脸色惨白地看了母亲一眼，母亲的脸色比她更可怕，她今天早晨忘了涂粉底液，整张脸看上去是灰色的。母亲嘴唇剧烈地哆嗦着，说，他……一定是……来，来……送我们……的，一定……是。另外一个年长些的男人也走了过来，粗暴地打开了车门，然后，他们一边一个把两个女人从车里拽了下来。

她们的面前站着张铁生。老太太眼睛里充满期望和恐惧地看着张铁生，他也正用一只眼看着她却没有说话，脸上没有任何多余的表情。她忽然对他大大地讨好地丑陋地笑了一下，她正想对他说什么，那个年长些的男人走了过来，对她们说，把钱拿出来。张铁生用一只独眼默默地看着她，始终没有说一个字。老太太神经质地摸着全身上下，才想起来她已经把钱都留给哥哥和嫂子了。她绝望地看着倪慧，倪慧掏遍全身所有的口袋，八百二十三块钱，她身上全部的钱。她哆哆嗦嗦地双手把钱捧给他们。年轻男人接过钱，数了数，朝着张铁生说，爸，八百块钱。然后犹豫地看了她们一眼，又在年长男人耳边说了句什么。年长男人表情也犹豫着，却点点头。

然后年长男人朝她们的车走去，他站在车前仔细打量着这辆车。老太太忽然像想起了什么，她的记忆好像忽然恢复了，忽然清晰到什么都能记起来了。她用异常刺耳的声音尖叫着，听起来甚至带了一点马上要冲到极致处的狂欢，还夹杂着一股血腥味，她叫道，车上的包里还有一包核桃，还有一只真皮的钱夹，那钱夹要五百块钱，真的，都归你们，都归你们了，快拿去吧。昨天我刚去过你家知道吗，我刚刚去过你家。快拿去吧，什么都归你们。求你们了。

年轻男人看了一眼年长男人，然后朝着倪慧走了过来。这时候一天中最新鲜的阳光已经照下来了，落在了这群人身上。他手里的那把镰刀在阳光下寒光闪闪。老太太忽然就哭了起来，她朝着走过来的年轻人大声地声嘶力竭地喊道，你是他的二儿子吧，你认识我吗，你真不认识我吗？你再看看我的，再看看我。你还小吧，你多大了？你想要什么告诉我……

他离倪慧已经只有一步远了，这时候倪慧像是忽然明白过来了，她扭过头，用一种因为惊恐到极点反而看起来像是在笑的表情，使尽全身的力气对着站在一米外的母亲喊了一句，妈妈，对……但她还是没来得及把对不起三个字说出来。

一道寒光在阳光下闪过，倪慧的脖子里喷出的血溅到了老太太脸上，瞬间之后，老太太看到女儿的头与脖子已经只连着一点点皮肉了，只一点点。然后那点仅剩的皮肉也撕开了。那颗头上的眼睛没有闭上，还在直直地深深地看着她。

她发出长长一声凄厉的嚎哭，她拖着笨重臃肿的身体朝地上的女儿扑去。这时候，年长些的男人已经走到她身后了，他对着她那颗今早刚抹过发油的脑袋举起了镰刀劈了下去。沉闷的一声钝响，老太太的尸体重重地倒在了女儿的尸体上，她的脖子也几乎被砍断了，血正从里面汩汩地流出来，流了很远。

刚才年轻男人在年长男人耳边说的一句话是，车不错，留下，人不能留，会报警。

三个男人开着一辆半旧的雪铁龙缓缓离去。一对母女的尸体被扔在了阴森的柳树林里。她们被扔在这里的时候压断了几只新长出来的蘑菇，一只乌鸦嘎嘎叫着落在了这新鲜的尸体上面。

周围是无边的柳树。古老的柳树像一群穿着黑衣的僧侣，正静静地看着她们。

杀生三种

一

整个村庄浸泡在黄昏里，像一只古老而迟钝的陶罐。村头的木桥上出现了三三两两戴着草帽扛着锄头往回走的人，家家户户的屋顶上升起了炊烟，整个村庄的上空都是小米的清香，雪一样落了一层又一层。

村口的小卖部是面朝西的，所以每到了黄昏时分，整间房屋就被夕阳灌满了。金黄滞暖的阳光和陈旧的油哈气发酵在一起砌满了整间屋子，会使这屋子在这个时候突然绽放出一种幽暗的热闹，它们熙熙攘攘地挤在那些糖果里，那些大大小小的坛子罐子里，像无数的小孩子正在这屋里跑动。

伍娟正就着这金色的光线细细擦拭着柜台上的瓶瓶罐罐，她家的小卖部开在村口，在自家后墙上掏了一个门就开张了。白天的时候父亲和嫂子下地干活，大多数时间都是她在看店。伍娟今年二十二岁了，但一点都不急着出嫁。她愿意守着这种缓慢的日子，感觉自己就像一种被装进了容器里的液体，容器是什么样的，她就跟着长成什么样的。平日里除了做饭洗衣看小卖部，她最大的乐趣就是看电视里的《动物世界》。因为手里用不完的只有时间，她也就根本不把时间当回事，随便发个呆就是两个小时，像阔人不把银钱当回事一样。

一场雨过后，院子里的枣树落了一院的青枣，她蹲在院子里把枣子一颗一颗地捡到了手帕里，再一颗一颗洗干净了，拿针线串起来挂在屋檐下让它们风干。蹲在地上捡枣的时候，她忽然想，鼹鼠的日子也不过就是这样了吧。《动物世界》里是这样说鼹鼠的："在整个秋季，鼹鼠都在忙忙碌碌地四处觅食，然后把它们搬运到地下的巢穴中收藏起来。它们需要积累一个冬天的食物，这是属于它的财富，谁都别想抢走，这几乎是它生命的一个部分。”

她从小就见不得人欺负动物，但她自己极少养动物，因为知道最后动物不是丢就是死，总是要比人先走的，虽是动物，也是生离死别一场，不如不养。她只养过一条狗。那年她还在上中学，有一条流浪的小狗跑到了她家门口，因为她喂了它一点剩饭，它就再不肯走了，日夜守在她家门口，什么时候开门它都在那蹲着，像只石狮子似的。她发现这条狗有一只眼睛看起来不对劲，走近了些才发现它的一只眼睛瞎了，里面生满了白花花的蛆虫，低头吃东西的时候都会有虫子从眼睛里啪啪掉出来。她看着地上扭动的蛆虫浑身哆嗦，却还是不顾家里人反对收养了这条狗，用筷子把它眼睛里的虫子一条条地挑出来，但是因为天热，过了几天虫子又生出来了，她只好再把虫子挑出来。这条小狗仅剩的一只眼睛里的目光是她所见过的世上最卑微的目光，它看她的时候总是要侧着头，用那只好眼睛看她，一边看一边还哗哗地摇着尾巴。它每天都寸步不离地跟着她，连上厕所都跟着她守在外面。她知道它是怕被再次遗弃，拼了命地想讨好她。就是这样，几天以后它还是被伍自明扔了。

那天下午她去了一趟外婆家，晚上一到家门口就发现那条狗不见了。她扔下自行车大声问伍自明，花花呢，狗呢。花花是她给狗起的名字。伍自明头也不抬地说，许是自己走了吧。她大叫，你骗人，它根本就不会走，你把它扔哪去了。伍自明抬起头来一脸愠色地看着她，一条狗倒比人都值钱了？对人都没见你有这么好，对条狗就这么上心？那狗眼睛里都是蛆，你也不嫌个恶心，你不恶心我还看见了恶心。伍娟不再说话了，从地上扶起破自行车就往外冲。她骑着车子把整个村子绕了一圈又一圈，把每条巷子都找了一遍。夜越来越深，家家户户都闭上了街门准备睡觉了。她一边骑车一边高一声低一声地喊，花花，花花。哪里都没有狗的影子。她又战战兢兢地来到村口的垃圾堆旁边找它，期望它正在那里。可是，还是没有。一直找到深夜两点都没有找到，她哭着回了家把自行车一扔，连衣服都没有脱就趴在了床上。

天还没亮的时候，她在半睡半醒间隐约听见有狗叫的声音。她想，肯定是自己梦见花花回来了。可是，狗的叫声越来越清晰，她忽然就醒了，仔细一听，真是有狗的叫声，很轻很细，像是捏着嗓子不敢大声叫唤。她冲到门口打开街门一看，一只湿漉漉的狗正蹲在门口用一只眼睛侧着脸看着她，正是花花。伍自明套了个麻袋把它扔到了二十里之外的别的村子里，它居然走了一夜又回来找她了。晨光中，她抱着它蹲在门口嚎啕大哭，她不知道它究竟走了多少路才一步一步走回来的，去的时候它被装在麻袋里，它又是怎么找到回家的路的，它是怎样一个村一个村找一条路一条路找她的啊。

一年以后，这条狗还是死了，被邻居家投的耗子药毒死了。为此，伍娟把邻居家大骂了半天，邻居的女人在村口叉着腰回骂，真是奇了怪了，对人都不见得这么好过，平日里朝阳花似的见了人都不说话，对狗倒是亲。不就是一条狗，还要了你的命不成了，难不成我们家得死个人给你的狗偿命？

她从此以后再不养动物，但是绝对见不得杀生，就连平日里看到小侄子在院子里捉青蛙踩蚂蚁的时候，她都会声色俱厉地跳到他面前说，不许杀生，哪个动物都是一条命，你是命，它们就不是命了？一回头，嫂子正冷气森森地站在背后看着她，好像她儿子刚刚被伍娟虐待过了。

这个黄昏，她正在清理小卖部里的那些瓶瓶罐罐的时候，忽然听见门口一阵喧闹，一群人涌进了她家门口，裹在最中间的是她父亲伍自明。那团人挤在一起像枚奇怪的果实卡在门口，她远远看着他们，忽然感觉似乎有一缕邪气正从那果核里散发出来。这邪气触到了她的鼻尖，然后咔嚓一声，碎了。

她慢慢蹭过去，从人头的凹处往里一看，背上立刻就罩了一层阴森的感觉，她与一条蛇四目相对了。人群最中间围的是一条蛇。北方的村庄蛇是比较少见的，最近大概是修下水管道的原因，把地下住的虫豸们都翻出来了。伍自明下地回来，从自己家门口出出进进几次了都没有注意到墙上挂着一条蛇，偶尔一抬头，心里还纳闷墙上怎么突然别了一根树枝，刚伸手要去摘时，才发现是条蛇。

伍自明与那条蛇静静地对视了两秒钟之后，他开始悄悄向后撤退，挪出十步开外之后见蛇还是没有反应，他开始撒腿跑，跑到邻居家的院子里借了一把锄头一个笼子，这锄头和笼子又招引出了一大堆左右的邻居。村里的娱乐向来就少，偶尔来一个生人都要被村里人左一眼右一眼地从生看熟，何况是一条蛇。这样惊心动魄的娱乐，人们自然更不能放过。

半月形的人群跟在伍自明后面，像站在戏台下看戏似的，都伸长脖子屏息看着那条蛇。那蛇不知是被晒晕了还是怎么，居然还挂在那里。伍自明蹑手蹑脚把笼子放在地上，猛一锄头下去，正把蛇打在了笼子里。笼子门关上了，人群这才轰的一声活过来了，女人们一边惊恐地捂着嘴，一边还拼了命地往前凑，小孩子们尖着脑袋钻进去，看一眼就尖叫着钻出来，然后又多叫上两个小孩再次钻进去尖叫。简直是一场全民娱乐。连刚下地的男人们也纷纷围了上来。

这是条草上飞吧，我看像，村里都多少年没见过草上飞了。草上飞可是毒蛇啊。

你看这脑袋是三角形的，是毒蛇，打死算了。

毒蛇？打死了就可惜了，还不如泡酒了。

对，还是泡酒的好，毒蛇酒治半身不遂最管用了，这村里光瘫子就好几个，吃喝拉撒全在炕上。泡上一坛蛇酒喝上他两年，保管到老都瘫不了。

泡蛇酒是不是也得先把蛇打死了？

可不敢，听老人说泡蛇酒一定要用活蛇。现在还不能往酒里泡，现在蛇肚子里还不知道有多少脏东西，要把它关起来关上一个月，不能让它喝水吃东西，就那么饿着，等它肚子里彻底空了之后再放进高粱酒里，一定要六十度的原浆酒。等着蛇泡在酒里吐了血就死了，这样泡上两个月就差不多能喝了。

一圈男人像判官似的七嘴八舌地裁定好了这条蛇的归宿，就是用它泡酒。又因为这蛇是在伍家的墙上发现的，就像是伍家的藤上结出的南瓜一样自然还是归伍家所有，所以，这条蛇就像收割下的庄稼一样被伍自明带回了自家院子。

伍自明看到伍娟过来了，很是得意地对她说，娟儿啊，看到没，毒蛇。这一个月都不要给它吃喝，空上它一个月咱就泡了酒。

他自恃逮到一条毒蛇真是千载难逢，就像是不小心遇到了千年人参一样，又吩咐伍娟给邻居倒水，让众人坐下来喝着水慢慢参观。

伍娟没动，只是隔着人群静静地看着那条蛇。她从没有这样近距离地看过一条蛇，猛地看到这样一条寒光凛冽的蛇，简直像看到了一件刚出土的冷兵器，不能不轻微地打了个寒战。窄小的笼子里，这条蛇没有任何左突右撞的余地，它便在众目睽睽下一圈圈地把自己折叠起来，最后盘成了一张饼，这使它看起来忽然以一种奇怪的形式弱化下去了，连它身上携带的那种阴森巨大的气场也一寸寸坍塌下去了。一天中最后的光线涂抹在它的鳞片上，使它周身闪烁着一种金色的毛茸茸的光晕。她突然发现，蛇身上的花纹原来这么美丽，每一片六角形的鳞片都以不同的角度折射着一缕阳光，这一缕一缕的阳光缀在一起时，竟有了一种璀璨的感觉，仿佛是满身的珠玉。就连它身上的每一寸弧度，虽然在曲折的诡异中带着杀气，却也称得上优雅。她一时都看呆了。

晚上，伍自明特意让伍娟拌了个凉豆角拍了个黄瓜，平时就是没有任何喜事的时候他都要风雨无阻地喝上二两酒，更何况今天收获了一条蛇，更是要祝贺一下。门道里的灯开着，桌子摆好，他穿着一件汗渍斑斑的背心坐在那里开始自斟自饮。这就像摆擂台一样先搭好架势，有人自然就来了。果然，不一会，就有三个酒友鱼贯而入，各自手里拿着酒和下酒菜。六十多岁的王老头喝的是顿顿酒，每顿必喝，每喝必醉，而且他是最不讲究下酒菜的，一根大葱一个萝卜都是下酒菜。每天早晨一大早起来，不管春夏秋冬，他先倒上满满一杯酒，然后一手拿酒，一手随便拈根黄瓜啊梨啊什么的下酒，东窜窜西窜窜地窜到人家屋檐下，就着闲话把一杯酒喝下去。一杯酒下去，他便像秋虫一样蛰伏回家了，但一到中午，他就又活过来了，再倒上一杯酒出门，神仙一样四处云游。

另一个酒友是邻居海刚，海刚是农民里为数不多的戴眼镜的人，但他打落地就这样，遗传下来一对高达一千度的近视眼。这时候他拿着一碗凉拌西红柿，像梁山好汉一样捧着一大碗酒进来了。海刚喝酒容易上脸，刚喝没几口，脸就开始泛红，等一碗酒喝到见底的时候，他已经红成一只龙虾了。偏偏他还喜欢光膀子，全身上下就扎条裤头，于是喝完酒的海刚每次都像被上了一层红油漆，红彤彤油亮亮地坐在那里。伍娟曾问他为什么喜欢喝酒，他说喝完酒能飘起来，喝一次往起飘一次，虽说睡一觉就又掉到地上了，但他还是锲而不舍地想再次飘起来。也算一种享受。

第三个酒友是冰糖奶奶。这六十岁的老太太也是顿顿离不得酒，冰糖奶奶是伍娟给起的名字。原来伍娟养狗的时候，这老太太每次来了她家院子里就给狗带一块冰糖，这狗特别喜欢吃糖，每次把冰糖咬在嘴里都要嘎嘣嘎嘣咬碎了咽下去，连点渣都舍不得掉。这狗一见了老太太从门口过就大叫不止，想来是在要糖吃。伍娟就安慰它说，你冰糖奶奶明天就给你糖吃。那狗听了就不叫了，歪着脑袋专心等糖。所以冰糖奶奶这名号是给狗专用的。老太太早没了老伴，就一个女儿早已出嫁，女儿怕她有个万一没人管，就给她买了个手机，老太太把手机紧紧箍在一个袋子里，每天像令牌一样挂在腰间。每次手机响起的时候，她光是把袋子从腰上解下来就得十分钟，再把箍紧的袋子口打开又得十分钟，那嘹亮的手机铃声就不厌其烦地一直唱一直唱。好像她腰上挂的是录音机，专供人听音乐的。其实给她打电话的也就她女儿，但她每次接电话的时候还是要把整张脸都隆重地钻进手机里，当众用震耳欲聋的声音对着手机喊，喂，谁啊。

老太太没别的爱好，也是好点酒，加上人老了性别不性别也无所谓了，她光着膀子吊着两只垂到腰间的口袋乳房往人堆里一坐，也压根没人把她当女人。于是，几个男人就把她收留下来，四个人勉强凑成了一桌酒友。

正是夏天，伍家又住在村口，所以一到晚上大批的蚊子便像部队似的开进了院子里，蚊子忙，墙上的壁虎和地上的青蛙们也忙，打仗似的。尽管头上是壁虎，脚下是青蛙，四个人还是怡然地喝着小酒，一边喝酒一边不时朝屋檐下的蛇笼子看上一眼，那蛇虽然在暗处，但他们还是能感觉到它身上庞大的气场笼罩着他们，越是害怕便越是兴奋，话也比平日里多了许多。

老太太说，要不把蛇卖了？怎么也能卖个百儿八十块钱吧，我看村南的陈老太今天还背了个新包，听说八十块钱呢，啧啧，我活一辈子也没背过个包，八十块钱哪，那不是把八斤猪肉披在身上嘛。

海刚忙说，那不行，这可是宝，就是要泡酒，泡了给自己喝，能逮到一条毒蛇多不容易，等到泡好了让我们都尝尝。

伍自明啜了一口酒，回头又对伍娟喊了一声，娟儿，记住了，一个月不要给蛇吃的喝的，你可别见个动物就当爹妈一样孝顺。这可是蛇。

四个人把这蛇酒展望了一个晚上，只觉得又神秘又诱人，简直是天方夜谭里的东西。说着说着，把夜都说深了，酒也喝到人刚好能飘起来了，遂分头散去睡觉。

二

伍自明每天天不亮就下地，午饭经常就在地里吃，能在一天劳作下来喝点小酒，对他来说已经是最高享受了。他腾云驾雾地睡下了，伍娟在昏暗的厨房里刷锅，嫂子李莲花和小侄子还在屋檐下看蛇。

母子俩往蛇笼子前慢慢地蹭，凑到跟前能看清楚了又尖叫着后退上几步，然后再往前凑，再不厌其烦地尖叫。母子俩一边尖叫一边笑，腔子里的一口气都不够他们喘的。都是靠一点自娱自乐活惯了的人，笑点低得吓人。李莲花好像一晚上凭空年轻了二十岁，简直和她儿子一般大小了，她儿子叫，她就比她儿子叫得还凶还活泼。好像平日里攒下的力气太多了，今天晚上一条蛇就把她这些力气全点着了。

伍娟皱着眉头从窗户里看着他们。这一大一小两个婴儿的活蹦乱跳更衬出了那条蛇的安静。在如水的夜色中，它像一枚沉在水底的古老的贝类，独自闪烁着一种釉质的光泽，冰凉，华丽，还有些邪恶。伍娟间或向它瞟一眼的时候，只能看到它身上和蛇信子里嶙峋闪过的一点寒凉的光，此外它几乎一动不动，像一潭很深的湖水。它被人们围着看了都一个晚上了，伍娟心里不知什么地方忽然有些难过，她从厨房出来对着那一大一小两个人说，你们还不去睡觉啊，别没事就在那吓那条蛇，它也要睡觉。

李莲花在暗处转过一张模糊不清的脸来，因为人形涣散，声音就愈显得边缘清晰，嘴里的字都是一个个被裁好的。她说，那半夜还得着凉呢，快端进你被窝里去，免得它感冒了。伍娟不看都知道她在黑暗中正撇着两只嘴角，两条深深的法令纹拽着她的两只嘴角使劲往下扯，拽得两只脸蛋像布袋似的垂下去，看上去倒比实际年龄还老出了十岁去。因为自己的男人不下地，地里的活都是她做，风吹日晒自然老得快。伍强每天晚上打麻将打到天亮才回家睡觉，他回家睡觉的时候，她已经起来下地去了。他们俩看起来终日连个交集都没有，居然也见缝插针地生出一个孩子来，真是不容易。

如果伍娟在晚上偶尔出去一趟，等她一进门，李莲花就扑过去把大门关死了，把整个院子严严实实箍起来，唯恐有一星半点的声音飞出去。然后才转过身来，半是惊恐半是兴奋地朝着伍娟走过来，她耷拉着两条法令纹，眼睛里放着一绺很邪很亮的光，先是像不认识一样把伍娟上上下下看了一遍，这才凑到她跟前，把声音低低压下去，却愈发显得底气十足，她问她，我说，都做了什么？可要小心啊。

第二天一大早，所有的街坊邻居便都知道了，李莲花唯恐众人不知道，一大早便挨家挨户地做了报道，等到太阳出来的时候，全村人都恨不得围到伍家门口来看戏。直到这事都过去很久了，李莲花还是时不时走到伍娟跟前，痴痴地把她从上到下看个遍，好像她肚子里已经凭空长出什么东西来了，快要搁不住了。看完了又讪笑着低低问她一句，男人都是只顾自己的，没怀上吧？我当年要不是怀上就不嫁给你哥。

从此以后伍娟晚上再不敢出门。事实上李莲花都恨不得伍娟夜不归宿，如果真有男人了，那伍娟就是游过一条河游到她身边来了，如果那男人还不是什么好货色，那她简直要把伍娟引为知音了。凭什么就她一个人该遇到一个不堪的男人。她有事没事会当着伍娟的面幽幽叹口气，你不知道你那哥哥啊，我都没处说去啊……伍娟一听这话赶紧逃开，免得被她掳去做了同伙。不过有时候她也觉得李莲花可怜，有一次，她煎了一碗肉。村里的人家煎一碗肉都是要吃一两个月的，每天中午炒好菜了挑一筷头的肉放进去，其实也见不到肉，要的就是这点肉味。她去了个厕所出来，一进厨房正碰上李莲花把一大口肉塞进了嘴里。她见伍娟进来，慌忙把一嘴滚烫的肉咽了下去，囫囵吞枣似的，都不带嚼的。刚出锅的肉还吱吱冒油呢就被生生咽下去了，她都替她嗓子痛。更何况李莲花嫁的还是那样一个男人……她平日里再怎么省钱都没用，全是她男人的。

伍强常年不下地不干活，每天睡到下午，起来吃个饭一抹嘴就出去找人打麻将，一直要打到第二天清早才回来睡觉。而且他打麻将从来都是输多赢少，没钱的时候就问李莲花要，问伍自明要。二十八岁的男人了，旗杆一样往伍自明身边一戳，明晃晃地伸出两只手来要钱。要钱的时候他脸上没有太多表情，麻木下面若隐若现地浮着一点无耻和凄凉。那点凄凉成不了气候，倒是那点无耻早就长成参天大树了，谁也奈何不了它，更杀不了它，只能由着它鬼魅似的附在他身上。

门扇似的儿子伸手要钱，伍自明要是不给，他就一直赖在他面前不走，一边赖着一边喃喃说，给我点钱。完全是乞讨的架势，不想心酸都不行。他只好哆哆嗦嗦从腰里掏出一卷温热的钞票来，蘸着口水拈出几张给了儿子，或者说，身上没钱，去小卖部里看看这两天卖下钱没有。于是伍强又辗转进小卖部来要钱，伍娟辛辛苦苦卖下一个月的钱还没来得及给伍自明呢就被伍强一次卷走了。如果伍自明哪天心情也不好，非但不给钱还会破口大骂，你这狗日的，活到三十了还要老子养着你，你这讨债鬼不要再进这门……他们不给钱，伍强也自有办法。不过两天，他们就会发现他们藏起来的钱全部不翼而飞了。无论藏在什么地方，就是藏在老鼠洞里也能被伍强找出来。在偷钱方面，伍强简直已经具备了侦探的专业能力，无往不胜。时间长了，其他三个人简直都怕了他，又知道不能把他怎么样，他已经生出来了，总不能把他摁回娘胎去。他们只得纵容生活陷入一种巨大的惯性，一天天往下滑，滑到什么时候算什么时候。家里的小卖部也好，地里的收成也好，换来的钱基本上都供应了伍强一个人。他像一条吸血虫一样吸在这个家身上，其他三个人终日造血就是为了给这一个人输血。

其实从小时候起，只要看到伍强的影子，伍娟就觉得阴森可怖。听说伍强自小就学会了偷钱，他们的母亲就是被伍强活活气死的，母亲死的时候伍娟不过九岁，却一直记得母亲临死前那个巨大的长满腹水的肚子。现在伍强长得又高又壮，伍自明却老得背都直不起来了，更不用说打他了。伍娟知道自己要是嫁了人，伍自明跟着这两口子怕也活不长，所以她不去想嫁人的事，能守着伍自明多久算多久。伍自明要是催她，她就说，急着把我赶出去啊。

今天晚上，伍强照样在外面赌博，他这几天手气差，连连输钱，只要他一进家门，这家里的空气就得窒息上三分。所以这伍自明喝个小酒，李莲花逗个蛇，都不过是趁伍强不在时的一点娱乐而已。李莲花带着儿子进屋睡觉去了，只剩下伍娟一个人站在院子里。她慢慢走到蛇笼子前，看着那条蛇。那蛇还是一动不动，她分辨不出它是不是也在看她。她呆呆站了一会，又扭头看看四周，然后回到厨房舀出了半碗水，从笼子的缝隙里一点一点地滴了进去。滴答滴答，她在黑暗中看不清蛇是否在喝水，只能听到了水滴下去，又滴到了蛇的身上，发出了一种灰扑扑的声音，好像一柄很钝的刀子落在了地上。

第二天，趁伍自明和李莲花都下地不在的时候，她蹲在家门口的玉米地里捉了几只蛐蛐蝼蛄蝗虫之类的虫子，然后，一个人慢慢向那只蛇笼子走去，她还是有些本能地怕它。蛇见有人走过来了，无声地蠕动了一下，这一动，它周身便镂刻出了一道优美的水纹，那水纹转瞬即逝，蛇很快就又一动不动了，沉在笼底，盘成了一块时光深处的化石。她隔着笼子看着它，忽然想，这样一种动物，曾经有四百条腿，现在却无腿无足，可是人们为什么还是要怕它？其实蛇极少主动攻击人，除非是人先威胁到蛇了，蛇才会咬人。它还能活一个月，可是就这一个月里，她也不能让它就这样在她面前饿死了渴死了。狗饿了还会叫呢，可是它是哑巴，就是饿极了渴极了都不能发出一点声音来。

她把捉来的虫子慢慢塞进了笼子的孔里，蛇的头微微伸直了一点，她只看见一条红色的蛇信子寒光一闪，那只虫子已经不见了。在惊恐之余她又由衷地高兴起来，蛇吃了她喂的东西，这就像是承了她的情，懂得了她的心意。虽然她还是怕它，但在喂它的时候却觉得自己高大洁净，像个圣徒似的。是啊，连草木都有大命，何况是动物。人也无非是一种动物，谁说不是了，仔细想想，便会觉得人和动物之间有多少相似之处。男女之间就是比动物多一些情感游戏吧，但说到底，那点疼痛的游戏也不过是用来为自己争夺性交伙伴的。

此后，每天趁家里没人的时候，她就偷偷给蛇喂些吃的喂些水。这样做的时候，她感觉自己像是在给一个判了死刑的囚犯送行一样，多送一程少送一程终究都是要送到那一天的，心里便暗想，要不哪天偷偷把它放生了吧。可是，伍自明对这条蛇寄托的希望那么大，每天晚上从地里回来先要到笼子前视察一下蛇的情况，就像在视察自家自留地里长出的倭瓜一样，恨不得它一夜之间就长熟了能吃了。伍自明一边视察蛇一边问伍娟，娟啊，这几天没给蛇喂吃的喂水吧，你要是敢喂它我就打断你的腿。伍娟心虚地答应着，哪能呢，我怕蛇，都不敢走过去。老头子长年累月在地里刨食，又有个不孝的儿子，难得有点娱乐，就这点娱乐她还要给他剥夺了？也是残忍。所以，耗一天算一天，能让它多活一天算一天。

这几天小卖部生意不错，攒下了一点钱。等到家里人走光后，伍娟手里攥着那几张钱开始四处找地方，她必须找到一个不会被伍强找到的地方来藏钱。伍自明身上的那条裤子穿了都快十年了，裤脚磨破了，最近拉链也坏了，但因为没有可换洗的裤子，他还终日穿在身上，拿根布带子往腰上随便一捆，只要裤子不掉下去就行。还有他脚上那双袜子，早已是露了脚趾头的，补过也不止一次了，补丁都是重重叠叠的。伍娟亲眼见过伍自明怎样给自己补袜子。晚上，等他们都睡下了，他一个人坐在院子里，头上戴了个下矿用的头灯，像个矿工掘煤似的照着那只满是破洞的袜子，他戴着花镜拿着一根大针笨手笨脚地补袜子，一针一线的，像个小孩子趴在那里认真地做作业。伍娟看见了也没吭声，假装没看见。他大约是觉得自己的袜子太脏，只有自己补才能心安一点。伍娟嘴上不说，但心里一直想着去趟县城，给伍自明做身新衣服买双袜子，再给家里添置些米面油什么的。地里的庄稼又不听人使唤，总不能说长就长，说收就收。家里的所有开销就都指望小卖部攒下的这点涓涓细流呢。

伍娟像个陌生人一样把这间屋子上上下下翻尸倒骨地打量了一番，最后她选中了一个地方，两个柜子中间有道夹缝，夹缝里还架着蜘蛛网，这地方总不会被发现吧，但她不放心，把脸趴过去仔仔细细审视那夹缝的隐蔽性够不够牢固。和伍强斗争了这么多年，她又不是不知道，他简直就是有了抗药性，藏在什么地方都奈何不了他，好像他眼睛里长着 X 光，看什么都是透视进去的。她把道缝从上到下看了好几遍，这才把那卷钱塞了进去。她努力把钱往里塞，塞进去后再把蜘蛛网扯过去制造假象，她要做出浑然天成的样子，绝不能让它们露出一点点痕迹来。把钱藏好之后，她又警惕地向四周看了看，仿佛这屋子里四处都长着伍强的眼睛和耳朵。折腾了半天像打了场仗一样心生疲惫，她坐在椅子上，把两只脚也搁在椅子上，再把脸贴上去。就像自己从空中接住了自己一样，这让她觉得温暖，刚刚隐秘地藏好钱的安全感也像炭火一样温暖着她。她觉得自己像一只守着粮食的老鼠，这点粮食在她眼中简直是清华气象，够她微醺一阵子了。

这时已是下午，该出去给蛇捉些食物了。一挑帘子却看到伍强正光着膀子站在笼子前看蛇，听见她出来了，他没有看她，却朝着笼子里的蛇打了个口哨，仿佛笼子里关着的不是一条蛇，而是一只黄鹂鸟什么的。她有些奇怪他今天怎么至今还待在家里，倒不符合他的作息规律。她走到家门口的地边捉了几只虫子，回到院子里的时候发现伍强已经不见了。她走到笼子前喂了蛇，又给了它些水喝，然后站在笼子前发了一会呆。

她呆呆地站在那里不动，眼睛虽然跟着蛇游动着却也是木的。她莫名地觉得心里有个地方是悬着的，有个钟摆似的东西在那摆来摆去却迟迟不肯往下落。她就那么空空落落地站着看蛇，忽然之间，她听见自己身体里发出了一声清脆的撞击声，那只钟摆落下来了，撞到了她的什么部位。就在那一瞬间，她的眼睛里忽然闪出了一种锋利的光亮，这点光亮把她的整张脸都点着了，她的脸隐约浮动在这团光焰里，看上去平静而可怖。

她跳起来冲进了小卖部里，冲进了屋里那团昏暗滞暖的空气里，就像一个人跳进了一潭湖水里。她冲到那道夹缝前，先是上上下下审视了一遍，盖在上面的蛛网没有了。然后她不肯甘心，伸出一只手，哆哆嗦嗦地把一个指头伸了进去，那指头像条蛇一样嗅着那夹缝里的气息。没有，它闻出来了，里面是空的，已经是空的了。她还是不肯死心，她打开了电灯，找来一根筷子，像捞鱼似的在那道缝里不停地打捞不停地打捞。最后，她自己停下来了，像被射中了的猎物，自己慢慢停止了挣扎。昏黄的光线弥漫在这间屋子里，屋子里所有的器具上都像长出了一层毛茸茸的金黄的菌类，有些奇异的荒凉和萧索。

晚上，伍自明下地回来了。他早晨带着两只火烧一瓶水出了门，中午饭就在地头吃的。进了家门，他什么都不说，先扔下锄头往凳子上一坐，一坐下竟半天都起不来。伍娟努力不去看他，她不知道自己在躲什么，她就是觉得自己像逃命一样要拼命躲开什么。过了半晌伍自明才说了句，娟，拍个黄瓜，给我倒出二两酒来，这腿怎么说老就老了。

她知道他一整天都盼着这个时候，整个白天顶着烈日在地里干活的时候，能在晚上喝上二两酒大约是他全部的寄托了。喝上二两酒，然后什么都不要想，腾云驾雾地睡过去就是又把这一天成功打发过去了。这就是活着。

伍娟低头拍了条黄瓜，捣了蒜泥浇上去，又从塑料壶里倒出了一杯白酒，向伍自明走去。伍自明还是那个姿势坐在那里，两只手捶着腿，他今天像是累极了，满面灰尘也顾不得洗，坐在那里连动都不想动。伍娟偷偷看着他，他坐在板凳上张着两条腿。她看到了他磨破的裤脚，裤脚高高吊起来，像个正长个子的小孩子身上的衣服。然后，她猛然间停了一下，她看到他坐在那里，因为裤子的拉链坏了，这一坐，那个地方就像一张嘴一样张开了，她迎面看到了里面破败的内裤。伍自明自己却浑然不觉，他用两只手捶着膝盖，笨拙地笑着问了伍娟一句，娟啊，今天可没喂蛇吧，这也有二十天了吧。

伍娟不说话，愣是迎着那裤裆里露出的内裤一步一步走到他面前，把黄瓜和酒往伍自明面前一放就走开了。她默不作声地出了家门，疾步走进了玉米地里，看看周围没有人，她才蹲到地上，开始放声大哭。

三

喝完酒的伍自明先回屋睡下了。他不能不贪恋这点加了酒精的睡眠，这个白天算过去了，可是这睡眠的那头系的又是一个永生般的白天，这一夜的安睡不过是夹在两个白天之间短暂的躲避，像深宵旷野里的一顶帐篷。

伍娟悄悄走进屋里，蹑手蹑脚地拿走了伍自明放在炕头的裤子。伍娟朝炕上看了一眼，伍自明佝偻着身子，已经睡熟了，他睡在沉沉的夜色底下，看上去像一个浸泡在液体中的婴儿的尸骸。她没有再多看，拿着裤子就走到了院子里。李莲花带着儿子也睡下了，院子里就她一个人。她拖着一个长长的松散的影子坐到灯下，就着昏暗的灯光把那条裤子摊在自己的膝盖上，她费力地直视着那个拉链坏掉的地方。那个地方像一处刚被剖开的伤口，散发着一种新鲜的酷烈，近于鲜血淋漓。她安详地看着它，它躺在她的膝上忽然逼真得像一个人形，她甚至又看到了那伤口中间长出了一缕破败却鲜艳的内裤。它们冲着她的眼睛直逼过来，竟也妖冶茂密。她伸出一个指头摸索着那个地方，像在试探一盆水的温度，慢慢地，慢慢地，她把一只手都完全放上去了，就像在那里很深很深地抚摸着什么。最后，她在那个地方缀了三粒纽扣，缀好了，又一粒一粒地扣上。那个地方合上了，她愣是把那个伤口给缝住了，然后，她又悄悄进屋里把裤子放在了伍自明的炕头。

伍娟躺在自己床上辗转反侧睡不着。外间里有一只老鼠在窸窸窣窣地翻东西，墙角里还有一只虫子在呻吟，不知道那条蛇是不是也睡着了。虽然明知不过是个死刑犯，喂了二十多天，竟感觉和喂一只家禽也差不多了。她并没有想什么，相反，今晚她觉得心里是空的，简直有了空旷浩渺的感觉，就是因了这空旷，她觉得自己都不能把自己聚拢起来了，她支离破碎地一片一片地漂在黑暗中。

不知过了多久，刚刚才走进一种很浅很薄的睡眠中，她就被一声巨大的轰隆声惊醒了。这种声音在寂静的黑夜中带着一种天生的不祥，她几乎是下意识地，急速翻身坐起，开始手忙脚乱地穿衣服。衣服还没穿好的时候，她就透过玻璃看到一群人影嘈杂着推开院门进来了，朝伍强一家住的那间屋子走去。她死命地把脸贴在玻璃上往外看，可是一张脸都看不清，他们全都是影影绰绰的，像鬼魅一般融化在无边的夜色里。她知道他们就在这院子里，和她只隔着一扇玻璃，可是她还是不由得觉得他们如此幽深，遥远，神秘。她看着他们就像看着一眼黢黑的井底，那井底喑哑无声地伸出了几只可怖的手，却是怎么也碰不到她的。

伍强屋里的灯豁地亮了，院子像突然飞过了一柄雪亮的匕首，接着她听到了李莲花的叫声还有小侄子的哭声，这些声音像雪花一样很快就融化在了几个男人粗大的嗓门里。她的鼻子嘴唇眼睛都死死地贴在玻璃上，像是要把自己嵌进去了，她像个冰雪的雕塑一样死死嵌在那里，一动不动，她动不了。接着，她从那玻璃里看到那群鬼魅般的人影又七手八脚地出来了，他们手里抬着什么东西，东西很沉，他们便几个人一起抬着，她在黑暗中看到十几只手纠缠在一起，捆在一起，这使得他们看起来连体成了一只巨大的章鱼，满是蛇一般的手和脚，这些手和脚在夜色中邪恶地飘摇着，无孔不入。

巨大的章鱼在门口消失了，院子里还残留着一些杂沓纷乱的脚步声，似乎那些脚步声都是壁虎的尾巴似的，就是从身体上掉下来了，依然能活蹦乱跳地活上一阵子。接着又有一大一小两个影子哭着冲向了门外面，是李莲花和她儿子出去了。院子里彻底静下来了，这一静便静成了一眼千年古井，没有一点活的声息，好像一切的活物都突然葬身于刚才那场喧闹了。而她是唯一劫后余生的残留物。她费力地把鼻子嘴唇眼睛一样一样地从玻璃上拔了下来，每一样器官都是冰凉的，像是已经不在她的身体上了，它们像落叶一样兀自飘零而下。这时候，她突然看到了屋檐下还静静站着一个人，是伍自明。

她颤颤地走出去，站在屋檐下，默默地与伍自明的影子对视着。他们谁都不说话，似乎一夜之间都失去了语言的功能。她都不知道他们站了究竟有多久，似乎有很多个季节从他们中间俯仰着过去了，他们就那么站着，都感到了一种岁月深处钻出来的萧瑟感，突然之间又从他们身上剥去了几岁。终于，伍娟看到伍自明动了，他磕磕绊绊地向伍强那间亮灯的屋子走去。伍娟像个魂魄一般跟了过去，在伍自明挑帘子进门的那一瞬间她再一次站住了。就着屋子里的灯光，她看到站在灯影里的伍自明浑身上下就穿着一条破败的内裤，他光着脚，穿着这样一条内裤，走进了那片灯光里。他来不及穿一件衣服就从睡梦中跑出来了。

原来是伍强打麻将连日输，输了还给不出钱，于是人家叫了几个人来他家把稍微值钱点的东西都搬走了，包括电视机。李莲花带着儿子连夜哭回娘家去了。伍娟没有进那间屋子，她一直就在那里站着看着那灯光，那灯光就像装在一只杯子里的，就那么小小一杯，好像伸手就能握在手里。屋子里传出了两个男人的吵架声，再然后，屋里的灯咔嗒一声灭了。帘子一挑，伍自明出来了。他佝偻着背，一只手提着那条内裤，大约是松紧带早已没有了弹性，一不小心就掉下去了。他看见她了却没有和她说话，跌跌撞撞地进了自己屋子，然后就无声无息了。

整个院子又一次安静了下来，静得连葡萄叶落下来都能听见。伍娟慢慢向自己屋里走去，走过屋檐下的时候，她看了一眼笼子里的蛇，就着依稀的星光，她看到了那条血红色的蛇信子，它就那么一闪，却寒光凛冽。

伍娟不知道自己在黑暗中又沉浮了多久，只觉得自己像一个溺水的人，怎么挣扎也上不了岸。这么多年里关于伍强的一切突然全部都活过来了，原来平日里她只是强迫性地把它们埋掉了，她不许它们活着，她不想看到它们。可是在这样一个夜晚，借助着一种可怕的外力，这些尸骸突然全部复活了。它们一幕一幕地从她眼前往过走，像无数张黑白照片似的，最后这无数的黑白照片连缀在一起，连成了一部电影，她一个人在黑暗中看着，泪流满面。她清晰地看到，这电影的最后一幕就是现在，就是这个晚上和这院子里的三个人。那条破败的内裤再次锋利地割着她的皮肤过去了，就在那一瞬间，她突然在黑暗中无声地坐了起来。刚才衣服都没有脱，她一秒钟都没有犹豫，动作迅速冷静得如同蛇类。

她再次走进了院子里，无声地走到了蛇笼子前。她在黑暗中与那条蛇静静对视着。她在那一动不动地站了有五分钟，过分的安静使她看起来坚硬而庞大，像周身突然披上了一层诡异的盔甲。那两间屋里都静悄悄的，里面的人似乎都睡着了。她深深吸了一口气，像一个准备潜入水底的人做着最后的准备。然后，她果断地无声地伸出一只手去，提起了那只蛇笼子。蛇在里面昂起了脖子，血红色的蛇信子一闪一闪的。她提着蛇笼子疾步走到了伍强的门前，她站定，静静地听着里面的动静，然后，她缓缓挑起帘子，走进了黑暗的屋子里。站在门口，她借着星光辨认了一下屋子里，炕上躺着一个人，那个人一动不动，是伍强。她提着蛇笼子一步一步走到了炕前，她屏息看着炕上的人，他不动，毫无知觉的样子。她默默站了几秒钟之后，突然一只手捧起那只笼子，另一只手迅速打开了笼子的门，然后，她两手抱着笼子一抖，像倒水一样，一条柔软却带着杀气的影子在黑暗中流过，无声地落在了炕上。

伍娟忽然怕了，她手一抖，笼子掉在了地上，她不顾一切地向门口冲去，在出门的时候她全身重重地撞在了门上，居然没有感觉到一点疼。她从帘子下钻出来才发现自己全身没有了半点力气，两条腿已经不是自己的了，就是这样，她还是用尽全身的力气像划桨一样划着那两条棉花般的腿，她拼了命似的向自己的屋子游去。快了，快了，她几乎是在爬着走了，然而，就在她快要爬进屋子的那一瞬间里，她还是听到了伍强屋子里发出了一声恐怖的尖叫声。她伏在地上闭上了眼睛。

最先被惊醒的还是伍自明，他从屋里跑出来跑进了伍强的屋子，灯亮了，接着他便踉跄着跑了出来，一边朝院门口跑一边用一种嘶哑的可怕的声音大喊，救人啊，快救人啊。他冲出院门去砸邻居的门，周围的狗叫成了一片，邻居院子里的灯纷纷亮了，睡眼惺忪的邻居们一边扣衣服扣子一边跟着往进跑。脚步声又杂沓成了一大片，倒像在办什么宴会一样。她听见有人大着嗓门在叫，这深更半夜的谁家也没有解药，来，把大腿这扎死了，不要让毒流过去，还是快送县医院吧。又有人大喊，李二狗的车今天不在村里。又有人喊，再找车，快找车，快点，快点。在这一大片森林般的叫喊声中，伍娟只辨别出了一个声音，那个声音一直在抖，发不出任何一个完整的字，快……快……只是哗哗地抖个不停。那是伍自明的声音。

她就那么伏在地上，她爬不起来，她看着自己的这具身体竟像是看着别人的，脑子里装得满满当当的，身体却是木的，空的，一种身首异处的感觉。不知道究竟过去了多长时间，终于找来了一辆车，众人七手八脚地抬出了一个人，是伍强，他们把他抬上了汽车，有两个邻居跟上，连夜去县医院了。伍自明没跟去，他已经说不出一句话来了，只能在人群中像一条狗一样佝偻着背大口大口地喘息。

汽车走后，其他邻居又纷纷蹴了回来。这时候众人才像终于睡醒了一样，一个个都问伍自明，蛇怎么没关好，怎么能跑到屋子里去？

那蛇饿了一个月了还有力气咬人？

就是饿了一个月了才见什么吃什么，都饿疯了。

草上飞的毒那可是……

他叔，那蛇怎么进的屋里？

伍自明还是不说话，却慢慢抬起了头，他叫了一个喑哑的字，娟……伍娟听见了，想答应一声却说不出话来。她慢慢地顺着墙站了起来，两条腿还是哆嗦得厉害。她战战兢兢地站在那个角落里看着这群人。有人突然像想起了什么，哎呀，蛇还在这屋里吧，赶紧啊，要不还要咬人的，今天一定要把这蛇除了，要是让它跑了，再跑到邻家咬人，那还活不活了，快快，去找镰刀锄头……一想到这蛇下一个咬的人可能就是自己，所有的人都有些不寒而栗了。现在一定得杀掉这条蛇，这已经不是帮别人了，是在帮自己了。

院子里屋子里所有的灯都被打开了，更多的邻居惊醒了都跟着涌了进来，准备着投入一场人蛇大战。人们打着一束束雪亮的手电筒，在夜空中长长地狰狞地挥舞着，像一柄柄利剑一样，再加上人们手中的锄头和镰刀，整个院子里一片刀光剑影，杀机四伏。人们一边上上下下地找蛇的影子一边大声互相吆喝着，小心脚下，不要踩到蛇了，小心头上，别从屋梁上掉下来了。

在这满满当当密不透风的嘈杂声中，却是有两处漏洞的。有两个人一直不说话，也没有随着人群四处找蛇。这其中的一个人终于挪动了起来，他费力地拖着两条腿走到了另一个人的面前。是伍自明和伍娟。他们面对面地冰凉残酷地站着，好像在这人堆里打出了一眼深井，只有他们两个人是站在井底的。伍自明的舌头打着摆子，像喝醉了的样子，娟儿，你说，是不是你，是不是你……伍娟倚着墙站着，静静地不说一句话。伍自明的一只手突然就向着她的脸飞了过来，他一边打她一边痛心疾首地吼着，你连条蛇连只虫都舍不得杀的人，什么都舍不得杀的人，怎么就舍得去杀一个人啊，他就不是个人吗，他就不是一条命吗……伍娟突然之间便泪如雨下，她蓬着头发歇斯底里地对他喊着，因为他活着你就活不成。

就在这个时候，院子里忽然有人用半是恐惧半是兴奋的声音大喊，找到了找到了，在这里。于是所有的人和所有的手电筒哗地都向那个方向涌去，立刻便在黑暗中砌成了一圈厚实的墙。众多手电筒一齐指向了一个地方，那个地方顿时像被聚光灯包围了的舞台，舞台上只有一条蛇的影子。确实是那条蛇，只是，众人看不到它的头，它也看不到众人。可能是刚才人声鼎沸吓坏了这条蛇，它逃窜时在地上找到一个洞，就慌不择路地往进钻。这洞是原来插瓜架的，不深，而且是死洞，这蛇半个身子钻进去了，洞已经到底了，想再出来却因为洞太窄小，被卡在那里了，只留下半截身子在那哗哗地甩来甩去。

众人一看蛇被卡住了，觉得危险已经过去了一大半，现在这条蛇沦为这样的处境，他们想怎样处置都可以了。众人虽然没有被蛇咬到，但刚才跟着虚惊一场，都有些后怕，都跃跃欲试地要替伍强报仇。有人建议拿镰刀把蛇砍断了，有人建议用锄头劈死算了，后来终于达成了一致，他们决定用开水把它烫死在洞里，似乎这样更过瘾。话刚说完没多久就有好事者送来了满满一壶刚煮开的水，在夜色里还冒着雪白的水汽，看上去也像杀气。

一个男人提过壶来便向着卡在洞里的蛇浇下去。只听刺啦一声，蛇倒没有发出任何叫声，倒是围观的人们嘴里跟着呲了一声，仿佛开水是烫在他们身上的。那蛇被烫下去，身上的皮立刻便裂了，露出了里面粉红色的肉，那露在外面的半截身子疯狂地抽搐着，拍打着，把洞旁边的土都拍地飞起来多高。蛇的抽搐一阵紧似一阵，雪白的肚皮痛苦地翻上来再翻下去，却还不见有死的迹象，海刚接过壶又对准了蛇，准备再浇下去。这时候，忽然有人蛮横地闯了进来，她一边冲撞着人群一边大声地号哭着，人们听见她说，你们就是一刀杀了它也不要这样对它，它也是一条命，它就是一条蛇，你们不打它的时候它都不会咬人的，你们知不知道，蛇最怕的就是人，它就是疼死都叫不出一声来啊。她已经突围进来了，她冲到了这个圈子的最核心里，然后，在一片茂密的雪亮的手电筒的照射下，她伸手做了一个动作。

她扑上去，用两只手抱住了那蛇的半截身子，然后在人群的惊呼声还没来得及落下的时候，她已经像拔萝卜一样把那条蛇拔出来了。那蛇身上被烫坏的部分经过这样一摩擦，就像烤山芋皮一样啪啪掉下去了，里面滑腻腻的肉大片大片地裸露出来了，在灯光下闪着一种荤腥的光泽，使这条蛇看上去更像摆在桌子上的一道菜，已经是半熟的了。然而蛇头还是活着的，在伍娟还没来得及把那半截蛇身子放开的时候，那蛇的身体已经闪电一般绕成了一个圈，蛇头凶狠地转了过去，在众人还没反应过来之前，那蛇头已经一口咬住了伍娟的胳膊。

伍娟惊恐地狂叫，抓着蛇身子的手已经松开了，但那蛇头还牢牢叮在她胳膊上。像一条巨大的蚂蟥吸在那里。她挥舞着胳膊又是叫又是跳，想把蛇甩下去，可是这条蛇可能是刚才被烫了一下比人更惊恐，竟死死咬住不放。人群再次骚乱了，喊什么的都有，有人喊，快给她拽下来呀。还有人喊，你敢拽你试试去，谁拽咬谁。又有人喊，快拿镰刀砍下来啊。有人回应，离得太近了怎么砍，一砍就砍到胳膊了。围着一圈慌乱的人群竟没有人敢动，只任由伍娟一个人像疯了一样又是哭号又是狂跳。

也许是惊吓过度，突然，伍娟一头栽到了地上，昏厥过去了，蛇也跟着掉到了地上，却仍然像磁石一样吸在伍娟胳膊上。但是因为人和蛇都触着地了，蛇的身体与伍娟的胳膊中间终于有了缝隙，这时，一个眼疾手快的男人挥起手里的锄头狠狠朝那条蛇砍去。正好砍在蛇脖子上，但是没有砍透，那个地方还连着一丝皮肉，那截被砍下的蛇身子一边汹涌地往出喷血一边还在啪啪地甩动着抽搐着。众人喊，快，快，还没死，快砍死了。于是，又一锄头下去，这回，那点皮肉相连的地方也彻底断了，无头的蛇身子又在地上蹦跳了一时，血流尽了便渐渐不动了。众人再看去才发现，那蛇头居然还牢牢咬在伍娟的胳膊上。那蛇头瞪着两只灰蒙蒙的眼睛，岿然不动地钉在那里，看上去就像挂在她身上的一只恐怖诡异的装饰品。

众人无论用什么力气都撬不下那只蛇头，眼看着整条胳膊都已经发乌肿胀了，血流不止，去县医院光路上就得一个小时，村里唯一能找到的一辆车已经送伍强去了，至今还没有返回。谁都想不出办法来，众人无声地站着，都默默看着地上的伍娟和她胳膊上的那只蛇头。这时候一个人从人群中挤了出来，是伍自明。

他全身只穿着一条短裤，手里拿着一把锋利的菜刀，踉跄着走到了伍娟身边，他没有说一句话就对着伍娟的那条胳膊挥起了菜刀，一菜刀下去没有砍断，他又拔出菜刀，两只握着菜刀的手再次高高举起，再一次砍了下去。众人都闭上了眼睛，只听得一阵砍柴般的很钝的声音。等众人再睁开眼睛时，伍娟那条青乌色的肿得肥圆的胳膊已经滚落在一边了。那段胳膊上仍然挂着那只蛇头。

一直到早晨才从邻村找到了一辆车，车还没有赶到县医院的时候伍娟就咽气了。倒是伍强被送得及时，在医院里被抢救过来了，住了十几天院就回家了。

李莲花带着儿子从娘家回来了，离婚了再嫁人也未必能嫁到什么好人，她回来接替伍娟给父子俩做饭洗衣。

伍自明从此以后滴酒不沾，倒是常在晚上的时候歪在炕上一个人从电视里看看《动物世界》。他老了，经常是看着看着就睡着了，口水从嘴角流下来，蛛丝一样晶莹地垂下去一直垂到了他的胸脯上。

这个晚上伍自明看着《动物世界》又睡着了，电视里的声音还兀自在屋子里流动着，是一个男中音缓缓地解说："……巍峨雄伟的宫殿，庄严肃穆的教堂，沉重的十字架，还有端庄的贞节牌坊，每一种文明都浸透了亿万苍生的血和泪。"

他听不见。夜已经很深了。

图书在版编目（CIP）数据

骨节 / 孙频著. —南京：译林出版社，2023.9
(窈窕文丛)
ISBN 978-7-5447-9714-6

Ⅰ.①骨… Ⅱ.①孙… Ⅲ.①短篇小说－小说集－中国－当代 Ⅳ.①I247.7

中国国家版本馆CIP数据核字（2023）第084541号

骨节 孙 频 / 著

责任编辑 陆志宙 竺文治
装帧设计 孙逸桐
校　　对 张 堃
责任印制 颜 亮

出版发行 译林出版社
地　　址 南京市湖南路1号A楼
邮　　箱 yilin@yilin.com
网　　址 www.yilin.com
市场热线 025-86633278
排　　版 南京展望文化发展有限公司
印　　刷 苏州市越洋印刷有限公司
开　　本 850毫米 × 1168毫米 1/32
印　　张 10.875
插　　页 4
版　　次 2023年9月第1版
印　　次 2023年9月第1次印刷
书　　号 ISBN 978-7-5447-9714-6
定　　价 66.00元